GW00497079

FOLIO POLICIER

Patrick Pécherot

Boulevard des Branques

Une nouvelle aventure
des héros de *Belleville-Barcelone*
et des *Brouillards de la Butte*

Gallimard

© *Éditions Gallimard, 2005.*

Né en 1953 à Courbevoie, Patrick Pécherot a exercé plusieurs métiers avant de devenir journaliste. Il est également l'auteur de *Tranchecaille*, de *Tiuraï*, première enquête du journaliste végétarien Thomas Mecker que l'on retrouve dans *Terminus nuit*, et de la trilogie dédiée, via le personnage de Nestor, au Paris de l'entre-deux-guerres. Entamé par *Les brouillards de la Butte* (Grand Prix de littérature policière 2002), cet ensemble se poursuit, toujours aux Éditions Gallimard, avec *Belleville-Barcelone* et *Boulevard des Branques*. Patrick Pécherot s'inscrit, comme Didier Daeninckx ou Jean Amila, dans la lignée de ces raconteurs engagés d'histoires nécessaires.

« C'était un temps déraisonnable... »

LOUIS ARAGON

I

Ce matin, c'est le silence qui m'a réveillé. Un silence vide. Sans ces bruits minuscules auxquels on ne fait plus gaffe à force de les connaître. Aucun écho de chasse d'eau lointain, pas un craquement de parquet, nulle voix de femme pour chantonner en moulinant le café. Pas de café, du reste. C'était un silence sans odeur. Étrange jusque dans le sommeil. Vaguement oppressant. Et suffocant, en bout de course. L'absence de tout, ça pèse. À vous en étouffer. Comme un poids mort qu'on aurait sur la poitrine. Un silence pareil, c'était pire qu'une noyade. Je me souviens d'avoir cherché de l'air. Mon cœur s'est décroché et j'ai ouvert les yeux.

Mon palpitant cognait contre mes côtes. Dans mes artères, la pression jouait la pompe à bière. Mon pouls tressautait comme un lézard épileptique. Mais le silence était intact. Un bloc, avec rien pour l'entamer.

J'ai cru que j'étais devenu sourdingue. Depuis le temps que ça chauffait dans le coin, ç'aurait été une réaction comme une autre. J'en avais tant vu, en deux semaines de pagaille. Des coutumières aux charivaris, des bizarres et même des incongrues. Alors, que mes esgourdes se foutent en rideau, j'allais pas leur jeter la pierre. Elles seraient pas les premières à mettre les bouts. Pendant des jours, Paris n'avait été qu'un flot grossissant. Un fleuve en crue. Les digues avaient craqué, tout s'était répandu. Comme une cuvette qu'on vide, un abcès qui crève.

— Ohé ! j'ai crié pour sortir de la ouate.

Ma voix faisait de l'écho. On aurait dit celle d'un acteur dans un théâtre désert. J'avais entendu ça, une fois. Une pièce d'avant-garde, avec des idées bien senties et personne pour les écouter. Le public, c'est plutôt le gros de la troupe qui l'intéresse. Les éclaireurs, ça incite pas à la bousculade. Cette fois, c'était différent. L'avant-garde avait donné le ton. Elle s'était tirée la première. Ministères vidés, officiels envolés, autorités dispersées. Un sublime repli stratégique. On ne laisserait pas le gouvernement tomber aux mains de l'ennemi. La grande fuite, c'était courageux. Patriotique. « Les cartons sont dans l'auto, Firmin ? Oui, monsieur le ministre. Alors en route. Cap sur Bordeaux ! Bordeaux, Charles ? L'hôtel des Deux Faisans, on y mangeait si bien avant la guerre. À Bordeaux, Irène, et que Dieu sauve la France. »

La première vague partie, la piétaille avait suivi. Dans sa traction bouclée comme un coffre-fort, le notaire songeait qu'avec tout ce bordel ses actions Panama vaudraient bientôt plus tripette. Porte d'Orléans, la pharmacienne tremblait pour ses bijoux. Avec ces traîne-savates qui encombraient la route... La route, c'était déjà bien beau d'y être arrivé. Paris ressemblait à un entonnoir. Une fois entré dedans, le courant s'écoulait plus bézef. Ça poussait à qui mieux mieux, ça tassait, ça s'étirait. Des colonnes à n'en plus finir. Avec des vélos, des carrioles à chevaux, des charrettes à bras, des landaus. Des hommes en chemise, des femmes en cheveux, des mômes chougnards. Et un invraisemblable bric-à-brac amoncelé sur le toit des bagnoles, la plate-forme des camions, le guidon des tandems. Une cohorte fourbue avant de s'ébranler. Toute hérissée de machines à coudre, de cafetières, de chaises et de cages à serins. Les petites choses qui font des vies de peu. Comme on en voit parfois dans les maisons effondrées. Mais des vies, quand même. Avec des ballots, des draps, des matelas roulés. Et de temps en temps, des vieux installés par là-dessus qui ne savaient plus que branler de la tête avec des regards à vous fendre l'âme. Derrière, devant, partout, le piétinement. Un bruit de marée endiguée, des heures durant. Et puis, à force, ça s'était dégagé. Le bouchon avait sauté. Dans les gares prises d'assaut comme des châteaux forts, les derniers trains avaient fini par partir. Crachant, chargés à bloc d'une même cohue résignée. D'un seul coup, le grand méli-mélo d'humanité avait pris le large.

Moi, j'étais resté à quai. J'ai jamais aimé qu'on me presse. Et puis, service, service. Premier détective à l'agence Bohman, *enquêtes, recherches et surveillance*, ça impose de la tenue, du respect de la mission. Surtout quand elle n'a pas que des servitudes. Ange gardien. Depuis trois semaines, j'étais devenu ange gardien. Attaché à la destinée d'une sommité médicale ébranlée par la percée germanique. À l'entrée en France des troupes allemandes, le professeur Griffart, neuropsychiatre, avait manifesté les signes d'une neurasthénie tricolore carabinée. Son état avait eu beau s'aggraver avec la progression des panzerdivisions, il avait obstinément refusé d'en appeler à ses confrères. « Notre science est, hélas, bien impuissante face à un tel mal. Ce n'est pas l'esprit qui est atteint, mais le cœur. » Devant ses extrasystoles métaphysiques, la cardiologie se montrant aussi désarmée que la psychiatrie, les proches d'Antoine Griffart s'en étaient remis à l'agence Bohman. Si rien ne remédiait à la déprime du savant, une surveillance quotidienne pouvait au moins prévenir un geste fatal. Pour l'intéressé dont l'altération mentale avait quelque peu diminué le jugement, j'étais celui dont la présence rapprochée éloignerait la cinquième colonne et ses agents, toujours prêts à s'emparer des travaux scientifiques d'importance.

Promu ange gardien, j'avais pu vérifier que si un kilo de plume vaut un kilo de plomb, la ferraille garde l'avantage sur ceux qu'elle est censée protéger. Le soufflant suspendu à mon aisselle avait produit un effet calmant sur le professeur. Le fruit de ses recherches ne tomberait pas en pattes teutonnes. Pour le reste, je n'avais pas à me biler. Mon boulot impliquait le gîte dans l'hôtel particulier, le couvert et même la cave abondamment garnie.

Il impliquait aussi le respect des horaires. Antoine

Griffart était du genre lève-tôt. Et ce matin-là, en lorgnant ma tocante, j'avais le sentiment que quelque chose clochait. Dix heures. Avant de me réveiller, le silence m'avait joué le coup de la grasse matinée. Dans le dérèglement général, il s'était mis au diapason du bordel. C'était vraiment un drôle de silence. J'ai avisé la boutanche qui m'avait tenu compagnie et j'ai ouvert la fenêtre. Solitaire sur l'avenue déserte, l'auto du professeur ressemblait à une coquille de noix sur une mer d'huile. Je me suis vêtu à la hâte et j'ai gagné le couloir. Pas d'autre bruit que celui de mes pas sur le parquet. J'aurais pu croire la maison inhabitée. Le chauffeur et les domestiques avaient rejoint la foule de l'exode. Direction Saumur où Félicie Griffart avait devancé son frère dans la propriété qui servirait de salle d'attente des jours meilleurs. À cette heure, la baraque devait être autrement animée que le domicile parisien. Avec ses fauteuils houssés et ses tableaux emportés, l'hôtel, tout particulier qu'il était, faisait manoir à fantômes.

Quand j'ai poussé la porte de Griffart, je n'ai pas dérangé le sien. Malgré la douceur de juin, il était aussi froid qu'on peut l'être au cœur de l'hiver. Son cœur ne le travaillerait plus. Assorti au drap sur lequel il reposait, le professeur faisait un joli camaïeu de blanc. Seule une goutte de sang tranchait sur le tableau. Elle avait coagulé sur son bras gauche. À l'endroit précis où l'aiguille avait percé la veine. Sur la table de nuit, la seringue était bien rangée dans sa boîte de métal. Antoine Griffart avait été un homme d'ordre. Il avait tenu à être un mort ordonné. Soigneusement pliée dans une enveloppe, son ultime lettre était posée en évidence sur son secrétaire. À l'exacte distance de l'encrier et du tampon buvard. Il n'avait pas poussé l'obligeance jusqu'à en baliser le chemin, mais c'était tout comme. Même un ange gardien à la ramasse ne pouvait pas la rater.

II

« Confronté à la perspective d'un déshonneur désormais inéluctable, j'ai décidé de mettre fin à mes jours ce 14 juin 1940. Je meurs en priant pour qu'un jour notre pays surmonte la terrible épreuve qu'il traverse. »

— Allô, mademoiselle ! Ne coupez pas ! J'ai demandé Clermont-de-l'Oise. Oui, l'hôpital. Quoi ? Comment, personne ? Allô ? Allô !

La lettre de Griffart dans une main, le téléphone dans l'autre, mon reflet me narguait dans le miroir du salon. C'était donc ça, un ange gardien ? Sûrement une espèce spéciale. Tombée de la lune.

Méticuleux jusque dans son passage à l'au-delà, le professeur avait laissé son carnet d'adresses en évidence. Saumur ne répondait pas. Je me suis rabattu sur Clermont-de-l'Oise. Griffart y conduisait des travaux de recherche. J'ai appelé le docteur Delettram, son alter ego psychiatrique à l'hôpital. Coup de bol dans le malheur, le bigophone avait survécu à la débandade. Les agents des PTT étaient restés à leur central. Ordre de l'administration. Paris, ville ouverte, ne serait pas coupée du monde. Les nouvelles couraient toujours sur les fils télégraphiques. Et celle que venait de me rapporter la préposée au grelot valait son pesant d'ébonite. L'hôpital de Clermont avait évacué ses malades par convoi spécial. Deux mille dingues en chemin de fer. Ça devait valoir le jus. Un express rempli de Napoléon en pyjama et de baveux à camisole, le train fantôme pouvait s'aligner. Sur le coup, j'avais vu ça marrant, genre Laurel et Hardy chez les mabouls. En raccrochant, je le sentais moins rigolo, le tortillard des fous. Avec sa souffrance écorchée, ses hurlements et ses fronts qui cognaient les vitres. Tacan-tacan, au rythme des roues sur les rails. Le dur qui filait dans la fumée n'avait plus rien de comique. Et moi, j'avais sur les bras un client plus raide qu'une queue de pelle. De quoi ajouter une page au livre d'or de l'agence Bohman. Ou ce qu'il en demeurait. L'agence, elle était aussi vide que le reste. Octave Bohman avait préféré le vert de la campagne au vert-de-gris. Derrière les chars qui franchissaient le Rhin il sentait se pointer le grand cauchemar :

— Tout est dans *Mein Kampf*, Nestor, tout. Hitler fera ce qu'il a écrit.

— Vous bilez pas, patron, je garde la boutique et je vous fais signe dès que ça se tasse.

— Vous ne comprenez pas. L'horreur était programmée. Elle est en marche.

Pour ce qui est de piger, je crois qu'il avait un métro d'avance, le père Bohman. Celui que son cousin Samuel avait pris en pleine poitrine, à

Berlin. Une nuit de cristal, quand de jeunes gars au regard de ciel l'avaient jeté sous la motrice en riant.

Le départ du patron m'avait laissé un arrière-goût de mélancolie. À l'ordinaire, j'aurais dansé comme les souris quand le chat n'y est plus. Mais l'ordinaire, on était pas près de le revoir. Faire tourner la boutique m'avait paru une façon de pas me perdre tout à fait. La tristesse de Bohman quand il avait fermé la porte, peut-être. Ou à cause du cousin Samuel.

Sur son plumard, Griffart se foutait bien de mes états d'âme. La sienne avait mis les voiles, c'était dans l'air du temps. Il rejoindrait bientôt le panthéon des toubibs et des héros oubliés. Les nuits de bachotage, des étudiants fatigués s'endormiraient sur ses travaux obscurs. Et les soirs d'été, des amoureux de sous-préfecture emprunteraient l'allée portant son nom en se fichant de savoir s'il avait inventé la poudre de perlimpinpin ou le fil à couper le beurre.

J'ai laissé le professeur à sa gloire posthume pour faire l'inventaire de la pièce.

J'en avais visité, des chambres mortuaires, crèche de pauvre ou carrée huppée. Toutes, elles dégageaient la même impression. Dans le sillage de la crève, les objets prennent de la gravité. Même les plus tartes. En temps normal, personne s'attarderait sur une loupiote ou un verre à dents. Il suffit d'un macchabée pour qu'on leur trouve de la dignité. Ils sont là, cafardeux. Comme s'ils sentaient qu'ils allaient finir aux quatre vents et qu'après ça, le mort serait mort pour de bon. Tant qu'ils sont réunis près de lui, ils lui insufflent un peu de vie passée. Un cendrier Dubonnet dans une turne funèbre, c'est tout de suite la chaise au bistrot, la partie de belote et l'apéro du dimanche. La clope au lit quand le sommeil va tirer le rideau sur une journée de turbin ou celle qu'on fume à deux dans les draps froissés. Des fleurs d'oranger sous un globe et c'est du bonheur conservé, de la joie séchée au fond de l'armoire avec la lavande en sachets sous la robe de mariée. Elles étaient belles, les noces. Les époux comme des sous neufs, les invités bien fiers sur la photo, et les blagues de l'oncle Pierre au dessert. Les demoiselles d'honneur en rougissaient dans leur serviette tachée de fraise.

Les allongés, une fois refroidis, on les passe au scalpel. On sait que le petit gros du 15 a été occis au coupe-papier. Que le pendu de vingt-deux heures trente avait bouffé du boudin. Et puis quoi ? Est-ce que ça dit qui ils étaient avant de devenir charogne ? Les flics montent là-dessus avec leurs gros sabots et tout ce qui faisait le vivant ressemble à un livre esquinté. Faut avoir assisté à ça pour se rendre compte. À croire que défendre la loi oblige à rien respecter.

Griffart allait y avoir droit, à la visite des bourres. Peut-être laisseraient-ils leurs chaussettes à clous sur le paillasson, on a du savoir-vivre quand on va dans le monde. En attendant, il avait bien gagné un peu de compassion. J'ai ouvert ses tiroirs comme un album de famille. J'y ai pas trouvé lerche de souvenirs. La table de nuit ressemblait à un de ces nécessaires à fumeur où pas un accessoire ne manque. L'étui à cigarettes doré à l'or fin, le briquet assorti, un cendrier de poche à couvercle de nacre et la boîte à cachous Lajaunie, votre haleine est rafraîchie. Je me suis demandé si les petits bonbons fonctionnaient aussi pour les derniers soupirs. À vue de nez, le professeur n'avait pas parfumé le sien au pin des Vosges.

Dans l'armoire, deux costards gris attendaient leur maître avec la patience des chiens oubliés. Chemises pliées, chaussures cirées... J'ai laissé le rayon vêtements pour inspecter celui des papiers. Comme le reste, le plus gros avait pris la route de Saumur. Expédier ses affaires avant de s'envoyer dans l'au-delà... Si Griffart avait ruminé son geste, il avait pris soin de donner le change à sa frangine. Le double fond de la commode, où il planquait ses titres, ne contenait que quelques notes éparses sur son dernier dada : *L'aphasie segmentaire*. Je les ai empochées et j'ai appelé la maison parapluie.

III

— Réformé. J'ai les pieds plats, inspecteur.

— Pour un mec gonflé, c'est pas commun.

Sur le palier, Bailly se foutait de moi. Il s'était toujours foutu de tout. Il n'avait pas changé. Sauf de quartier. Depuis six mois, il avait quitté les hauteurs de Belleville pour le quai des Orfèvres. Une descente qui l'avait fait grimper dans la hiérarchie policière. Ce flic était la contradiction même[1].

— Dépêchez-vous de traduire vos vannes en allemand, j'ai fait en l'introduisant, ils adorent l'humour léger. Et dans le genre, la police n'a pas l'air plus mobilisée que moi.

La commissure de ses lèvres remontait vaguement dans un semblant de mouvement qu'on aurait pris pour n'importe quoi sauf pour un sourire.

— Elle l'est sur place, Nestor, sur place. Guerre ou pas, nous avons l'ordre d'assurer l'ordre.

— Inspecteur, sauf votre respect, vous allez ressembler à un serpent qui se mord la queue.

1. Voir *Belleville-Barcelone*, Gallimard, coll. « Série Noire », nº 2695, coll. « Folio Policier », nº 489.

— Je trouve pas ça plus con qu'un privé à pieds plats. Alors, ce cadavre ?

— Dans la chambre du fond. S'il s'est pas encore décomposé. Vous avez pris votre temps pour arriver.

— Vous savez, les cadavres, en ce moment... Ils ont perdu leur charme.

Il s'est décidé à entrer, un sous-fifre transpirant sur ses talons.

— Ça les empêche pas de faire salle comble, j'ai dit après que les deux poulets à pèlerine, le légiste et le photographe de service eurent franchi le seuil. Vous êtes sûr qu'il reste du monde dans la grande maison ?

Il a accompagné le toubib dans la piaule et les agents ont déplié la civière.

— C'est rupin ici, a constaté le plus gros. Et puis, l'escalier est large.

Les points noirs lui donnaient un faux air de foie gras truffé. Son pote m'a pris à témoin :

— Y'a des coins où les baraques sont si étroites qu'il faudrait un acrobate pour descendre le brancard.

— Sûr que des acrobates, chez vous...

— Ah, vous croyez pas si bien dire. Tiens, Marcel, raconte à monsieur le gars de la rue Maxime-Lisbonne. Un collègue à votre ami défunt, justement.

— Un psychiatre ?

— Non, un suicidé. Mais lui, il avait choisi la voltige. Il s'était balancé par la fenêtre du quatrième. Plaf ! Aux pieds de la concierge. Je vous dis pas la surprise tombée du ciel. Malgré les quatre étages, le type était pas mort. Un miracle, y'a pas d'autre mot. Ou alors une veine de cocu. D'ailleurs, c'est pour ça qu'il... Bref, après deux mois d'hôpital, on le ramène chez lui. Bandé comme une momie, mais vivant. Et de la suite dans les idées. Une semaine se passe et voilà-t-y pas qu'il se pend avec ses bandages ? C'est en le descendant que le brancard s'est retourné. Un virage trop court et zou ! Le gars se refait les quatre étages en vol plané. J'entends encore le bruit de sa chute. Mais le plus beau, c'est la bignole. Le gus s'était pas plus tôt aplati qu'on l'a entendue brailler : « Ça va durer longtemps ? »

— Évitez de lancer celui-là, a conseillé Bailly en sortant de la chambre. Les concierges ont le bras long, ici.

Les deux flics l'ont regardé en essayant de deviner si c'était du lard ou du cochon. Ils ont porté un index respectueux à leur képi et ils ont filé empaqueter Griffart.

— La cinquième colonne n'a qu'à bien se tenir, j'ai dit.

— Vous aussi ou l'agence Bohman pourrait perdre son employé.

— Minute ! Y'a pas d'embrouille. C'est un suicide...

Le docteur nous a rejoints en essuyant ses lunettes. Sans ses carreaux, ses yeux ressemblaient à deux rustines usagées :

— On peut pas faire plus ressemblant.

— Ça veut dire quoi ?

Il a chaussé ses bésicles et ses yeux ont repris leur taille normale :

— Qu'à première vue il s'agit d'un suicide.

— Vous n'êtes pas de la partie ? Les légistes sont tous au front ? La première vue, je m'en tamponne s'il y en a une seconde.

Le médecin a regardé Bailly :

— Je me demande si je devrais pas l'examiner aussi. Pour quelqu'un qui a les pieds plats, je lui trouve les cheveux près du bonnet.

— Attendez qu'il soit refroidi. À force de se fourrer dans les emmerdements, il finira par y arriver.

— Hé là, hé là ! j'ai fait. Quels emmerdes ? Griffart s'est suicidé, non ?

— Doc ? a demandé Bailly.

— C'est ce que j'écrirai dans mon rapport. Suicide par injection. L'autopsie nous dira de quoi.

J'ai poussé un « ouf » gros comme un zeppelin.

— Vous m'avez foutu la trouille...

Bailly a sorti son tabac et il a entrepris de s'en rouler une :

— Je comprends. Laisser calancher son protégé, c'est déjà glorieux, mais si on l'avait buté pendant votre sommeil... vous n'étiez pas près de trouver d'autres clients.

— De toute façon, y'aura bientôt plus personne à Paris.

— Détrompez-vous, on signale des régiments de touristes aux portes.

— Je suis pas doué pour les langues.

— Vous apprendrez. Tout le monde apprendra, vous verrez.

On s'est interrompus pour laisser Griffart traverser le couloir à l'horizontale, un agent à chaque bout. Sous la couverture qui le protégeait des regards, sa dépouille se dessinait comme une statue avant l'inauguration. Sur le palier, les deux flics ont contemplé l'escalier avec des mines accablées.

— Prêt ? a demandé le gros, à l'avant.

— Prêt, a répondu l'autre sans conviction.

Ils ont entamé la descente en marchant sur des œufs. En les voyant disparaître pèlerine au vent, je me suis dit que gagner le ciel entre deux hirondelles était dans l'ordre des choses.

Le photographe rangeait son fourbi. Le toubib a pris congé. Il a serré longuement la main de Bailly. On aurait dit qu'ils venaient de conclure une bonne affaire : « Le corps est en excellent état, vous en serez satisfait. — Je vous le confirmerai à l'occasion, inspecteur. »

— Je vous envoie mon rapport, a simplement dit le docteur.

Après quoi, il a jeté un regard professionnel à mes pieds et il est parti en secouant la tête.

Dehors, l'été se moquait des hommes et de la guerre. Volets clos, l'avenue prenait des allures de Midi à l'heure de la sieste. Avec le soleil qui musardait sur le trottoir et le banc qui attendait ses petits vieux à chapeau de paille. La brise brassait des senteurs de tilleul. À un jet de canon la terre exhalait des relents de chairs pourries, mais ici les grosses mouches noires alourdies de chaleur ne se gorgeaient pas encore de viande morte.

Bailly admirait la façade de l'hôtel.

— Plutôt que flic, j'aurais dû faire psychiatre... L'hospitalière a pas l'air chiche sur les traitements.

— Vous gourez pas, Griffart consultait à Clermont mais son vrai boulot, c'était son cabinet. Les dingues de luxe finançaient ses recherches.

— À part la sœur et Delettram, vous voyez quelqu'un d'autre à prévenir ?

— Non. Pour une sommité, il n'était pas très mondain. Remarquez, ses relations sont comme tout le monde. Elles devaient plutôt penser à boucler leurs valises qu'à faire des pince-fesses... À propos de valises, c'est quoi, ce train des fous ? Clermont a été évacué ?

— En partie. Ça a cartonné dans le coin. Quand les toubibs qui n'avaient pas été mobilisés ont vu les réfugiés s'entasser, les panzers aux fesses, ils ont commencé à évacuer. Qu'est-ce qu'ils pouvaient faire d'autre ? Plus d'eau, plus d'électricité... Entre-temps, les Allemands ont pris Clermont. Depuis une semaine, ils occupent l'hôpital.

— Et les dingues ?

— Ceux qui n'ont pas eu le temps de partir sont toujours à l'hosto avec le personnel qui reste. Les autres sont éparpillés Dieu sait où.

Je les voyais d'ici. Tremblant de trouille dans une gare bombardée, sans rien piger à une folie pire que la leur. Largués aux portes d'un patelin plus fermé qu'une noix. « On n'a plus rien, foutez le camp ! » Des évadés qui comprendraient pas la liberté. Et les infirmiers qu'avaient pas décampé, gardiens d'un troupeau déboussolé. Une cohorte de pouilleux hagards, les pieds meurtris par les cailloux des chemins.

On est restés là, sans savoir quoi se dire de plus dans le silence retombé. Paris sans bruits, ça vous flanque le noir. Comme une grande bête devenue muette. Un cheval qu'aurait plus droit à hennir serait pas plus pitoyable.

— Eh bien, à un prochain macchabée, a dit Bailly en me tendant la main.

— J'essaierai de pas abuser de votre temps, j'ai fait en la serrant.

Il allait grimper dans sa bagnole. Il s'est retourné comme s'il avait oublié quelque chose :

— Bien sûr, vous ne quittez pas Paris avant la clôture de l'affaire.

Ne pas quitter Paris, ça, c'était marrant, les trois quarts de la ville avaient foutu le camp. J'ai cherché une vanne à répliquer mais Bailly avait pris sa tête de serpent. Celle des interrogatoires, quand il mijotait ses questions de sainte-nitouche en godillots. Un crotale était plus franc du collier.

— Quelle affaire ? j'ai demandé. Griffart s'est suicidé, vous n'avez pas entendu le légiste ?

— Son rapport le confirmera sûrement. En attendant, vous connaissez la formule, vous restez à la disposition de la police.

— Mince, moi qui croyais votre temps précieux... Il vous en reste suffisamment pour le gaspiller. Vous n'avez pas assez de boulot avec les cocos à surveiller ?

J'avais lancé ça sans intention de le blesser. Plutôt comme un truc en l'air. Depuis que Staline était au mieux avec Hitler, les communistes étaient dans le collimateur de la police. Ils avaient l'habitude, mais là, c'était du sérieux. Le Parti était interdit. Il n'avait rien trouvé de mieux que d'applaudir au pacte germano-soviétique. Et, dans la foulée, de saluer l'entrée de l'URSS en Pologne. Les chefs de la patrie des travailleurs sabrant le champagne avec ceux de l'Allemagne nazie, y'avait de quoi y perdre son cyrillique. Mais non, au comité central on avait trouvé ça très chic. Les fauteurs de guerre, d'un seul coup, c'était aussi la France et l'Angleterre, perfide comme pas deux. Elles valaient pas mieux que le Reich. Des gouvernements bourgeois, tout ça, impérialistes. Voilà, la guerre était impérialiste. Alors on criait à bas la guerre. Faut croire que la foi, c'est comme le vélo, ça s'oublie pas. Quand même, ça finissait par faire désordre. Et la police, le désordre, elle était là pour l'empêcher...

Mais Bailly était un flic spécial :

— Les cocos, je les laisse à leur cocotier. Moi, je préfère les suicidés. C'est plus marrant que les lettres de dénonciation.

— Quelles lettres ?

— Celles qu'on reçoit tous les matins : « Mon voisin tient des propos défaitistes », « Le buraliste de la rue Popincourt lit *L'Huma* clandestine », « Le plombier a déclaré que le siphon de mon bidet était aussi solide qu'un acier soviétique »... Ça y va, à la plume, à la correspondance ! Vous qui êtes un gros malin, vous verrez, ça ne fait que commencer. Demain ce sera autre chose. Un de ces quatre je recevrai peut-être une bafouille qui me parlera de vous et de vos pieds plats.

Il avait l'air de prendre ça à cœur. J'ai laissé passer l'orage :

— Vous tracassez pas, inspecteur, je ne bouge pas de Paris. Qu'est-ce que j'irais foutre ailleurs ?

Il est monté dans son auto et je l'ai vu s'éloigner sur l'avenue déserte.

IV

J'ai mis le cap sur l'agence. Tandis que je remontais vers Belleville, une idée cheminait avec moi. Une que je n'aimais pas. Il y en a comme ça. Elle me susurrait que l'insistance de Bailly n'était pas naturelle. Comme si un détail l'avait troublé. Un détail que je n'avais pas vu. L'ange gardien à pieds plats pouvait aussi bien être miro.

Un chat baguenaudait sur le trottoir. Il était le seul. Les rues étaient vides de tout. Sans bagnole, sans piéton. Rien, personne. Une ville morte. Rideaux de fer baissés sur les boutiques, cadenas aux grilles, persiennes closes... Terrés derrière leurs volets, ceux qu'avaient pas déguerpi montraient pas leur figure. Quant aux petits malins qui attendaient les feldwebels comme on attend le printemps, ils comptaient les heures.

Aux Buttes-Chaumont, un vol de pigeons a déchiré l'air d'un grand battement d'ailes. Ils ont tournoyé un moment dans le ciel clair, puis ils se sont posés au milieu de la chaussée. Des chevaux y avaient laissé la trace fumante de leur passage. Les pigeons ont regardé le crottin d'un œil connaisseur et ils ont entrepris de le picorer en se tirant la bourre. J'ai pensé aux corbeaux sur les charniers et j'ai hâté le pas.

C'est en arrivant à Bolivar que je l'ai vu. Assis sur son banc, près du kiosque à journaux fermé, on l'aurait cru pétrifié. Quand je suis passé, il a soulevé son galure.

— Monsieur, il a fait, un peu guindé, comme ces vieux aux terrasses qui saluent les silhouettes vaguement familières.

J'ai porté la main à mon bitos, histoire de lui rendre la politesse. Ma foi, c'est des trucs qui se font. Et j'ai vu son visage. Noir de suie grasse, avec la marque blanche sur les yeux qui lui dessinait un loup. Quelques jours plus tôt on avait été plus d'un à porter le même. Quand l'incendie des dépôts d'essence, à Rouen, avait jeté sa neige sale sur Paris. On regardait le nuage par-delà les faubourgs. Porté par le vent, le pétrole mêlé au caoutchouc cramé était descendu en flocons cradingues. Une plombe plus tard, le quartier était peuplé de mineurs de fond. De la dactylo à la crémière en passant par l'employé du gaz. Rien que des gueules noires où le geste de s'essuyer les yeux avait imprimé un bandeau clair de carnaval. On se serait cru au bal masqué, avec le feu d'artifice dans le lointain des usines. Mais un bal sans joie comme celui-là, c'était à vous percer le cœur.

Le type du banc n'avait pas dû se laver depuis. En reluquant de plus près, j'ai reconnu le petit vieux tiré à quatre épingles que je voyais prendre l'air des Buttes avant la guerre. Ses quatre épingles, il les avait paumées. De son costard nickel ne restait qu'un souvenir fripé.

— Vous les entendez arriver ? il m'a demandé.

— Qui ? j'ai fait, un peu bêtement.

— Les Allemands, monsieur, les Allemands.

— Vous... les entendez ?

— Chut ! Écoutez.

Autour de nous, il n'y avait que le souffle du vent dans les arbres.

— À présent, vous les entendez ? il a insisté. Ils seront bientôt là, ce n'est qu'une question d'heures. Nous ne serons pas nombreux à les accueillir.

— Les accueillir ?

— Ils sont vainqueurs. Les vainqueurs ont droit aux honneurs, n'est-ce pas ? Je les attends.

Je suis resté coi. Sous son masque de suie, le petit vieux m'a dévisagé :

— Il n'y a de salut que dans l'abjection.

Il a recoiffé son chapeau et j'ai pigé que j'étais devenu transparent.

Quand je suis arrivé à l'agence, le téléphone sonnait.

— Allô...

— C'est Yvette.

— Yvette ?

— Nestor, c'est vous à l'appareil ?

— Ben oui, Nestor, agence Bohman, celle où vous bossez... C'est bien moi que vous appelez, non ?

— Plus de doute, c'est vous. Mais votre voix est étrange. Ça va ?

— Je viens de croiser un mort vivant.

— Hein ?

— Laissez tomber. Où êtes-vous ?

— À Chartres. J'ai essayé de vous joindre hier, mais les lignes étaient coupées... C'est épouvantable.

— Pas tant que ça.

— Pardon ?

— Ça se rétablit, la preuve.

— Mais de quoi parlez-vous ?

— Des lignes coupées...

— Vous êtes certain d'aller bien, Nes ?

— J'irais mieux si vous étiez là.

— Ça, c'est gentil. Bon, je dois faire vite, la cabine va être prise d'assaut. Je ne parlais pas des lignes téléphoniques mais de tout le reste.

— Le reste ?

— Nes, la guerre, vous vous souvenez ? Depuis quatre jours, on avance au pas dans une cohue indescriptible. Avec tous ces pauvres gens et leurs pauvres affaires. Les avions qui mitraillent, les morts, les soldats en déroute, les enfants perdus... Oui, madame, j'abrège, deux secondes et c'est à vous... Nes, il faut que vous veniez.

— Hein ?

— Il s'est passé un drôle de truc, ici. Cette nuit, on a dormi dans la gare. Vers une heure, un train est arrivé. Je me suis réveillée, il sortait de la vapeur. Je l'ai vu se mettre à quai comme dans un rêve. Et puis plus rien.

— Quoi, plus rien ?

— Le train était arrêté, la loco soufflante. Par sa

portière, le mécano regardait les wagons comme s'il attendait que les voyageurs descendent. Mais personne ne descendait... J'ai fini, madame. Oui, je sais, il n'y a que trois cabines pour tout le monde... Nes, vous êtes là ?

— Oui, oui, alors, votre train ?

— On aurait dit qu'il était vide. Vous avez vu beaucoup de trains vides en ce moment ? Le mécano a lancé le sifflet. Rien. Le chauffeur est descendu. Le chef de gare l'a rejoint, sa lanterne à la main, et ils ont ouvert la porte du premier wagon. Ils ont eu l'air de parler à quelqu'un, là-dedans, et le chauffeur est monté à l'intérieur. Soudain, on a vu sortir un homme le visage secoué de tics. Puis un deuxième, des femmes aussi, et tout un groupe. Ils avaient l'air terrorisés. On leur a donné ce qu'on pouvait, de l'eau, du pain. Ça, ils avaient faim, mais surtout ils avaient peur. Parmi eux, un grand type, le genre lutteur de foire. Il a enfourné le pain dans sa poche. « Vous ne mangez pas ? » je lui demande. Mais lui, muet, comme s'il ne parlait pas la même langue. Je lui montre sa poche. « Pas faim ? » je dis en faisant le geste. Alors, il me regarde avec des yeux... des yeux à faire pleurer. Et il me rend le pain. Il croyait que je l'accusais de l'avoir volé. C'est là que le papier est tombé de sa veste... Soyez gentille, madame, je raccroche. Nestor, il faut que vous veniez.

— Venir ? Allô, allô, ne coupez pas...

— Je dois raccrocher, Nes. Venez. Sur le papier, votre nom...

— Mon nom ? Allô, attendez, il venait d'où, ce train ?

— De l'Oise.

— Je n'entends rien, allô ! D'où venait le train ?

— De Clermont...

— Allô ! Allô !

V

— Mon pauvre monsieur, les trains, c'est fini. Celui de Chartres comme les autres. Le dernier est parti hier. Je peux même pas vous dire jusqu'où il a pu aller.

La gare ressemblait à un navire après le naufrage. Pas rasé, sa gâpette de traviole, l'homme suçotait un mégot jauni de salive. De temps en temps, il le décollait de ses lèvres pour le contempler. Surpris qu'il ne soit pas transformé en éponge.

— Je peux pas vous dire non plus quand le trafic reprendra.

Au-dessus de sa tête, la pancarte *Renseignements* s'étalait comme une mauvaise vanne.

— Eh oui, il a soupiré. Ça fait drôle. Enfin, drôle, c'est pas le mot... Si je vous racontais tout ce que j'ai vu.

— Ben...

— Vous en faites pas, j'ai pas envie. Des envies, j'en ai plus qu'une : dormir. Trois jours de rang à aider aux départs. Même les boches pourraient pas m'empêcher d'aller me coucher.

Son mégot ressemblait plus à grand-chose. Il l'a jeté, du regret plein les yeux. Pas mal de fatigue aussi, et des tas d'autres trucs que je pouvais deviner.

— J'ai peur qu'ils aient pas que ça à foutre, j'ai dit.

Il a bâillé. Un bâillement de trois jours sans sommeil. Sa mâchoire devait être drôlement bien accrochée. Seul l'hippopotame du zoo de Vincennes aurait pu faire ça. On voyait ses molaires, ses dents de sagesse, et jusque ses amygdales. Pour aller plus loin, on manquait de lumière.

Je l'ai regardé s'éloigner. Quand il est passé sous la verrière, le jour lui est tombé dessus. Il a eu un geste de la main pour le chasser.

J'ai allumé ma bouffarde et je me suis dirigé vers la sortie. Dans le fatras qui jonchait le sol, un mendigot solitaire cherchait son bonheur. Salle des pas perdus, il a ramassé une chaussure de femme et son visage s'est illuminé comme s'il venait de décrocher la lune.

La lune, je l'ai trouvée rue de Rome. Elle s'était changée en vélo. Rien que pour moi. Un joli biclou, encore bien potable, qui m'attendait près d'un porche. En l'enfourchant, je calculais qu'en pédalant gentiment je pouvais arriver à Chartres pour les vêpres. J'avais pas fait dix mètres qu'un olibrius en tenue de facteur me cavalait au derche.

— Au voleur ! il a braillé comme si ça intéressait encore quelqu'un.

J'ai filé un coup de jarrets et on s'est suivis un moment, comme ça. Moi devant, arc-bouté sur mon guidon, lui derrière, en marathonien. Je l'ai entendu s'essouffler. Il perdait de la distance. Il a crié encore :

— Voleur !

Puis il s'est arrêté. Quand je me suis retourné, il reprenait sa respiration, plié en deux près d'un lampadaire. Il a posé sa musette.

— Mon vélo..., il a gémi, la mine déconfite.

J'ai regretté que ça tombe sur lui.

— Je le laisse à Chartres, j'ai lancé. Pour porter des mauvaises nouvelles, t'iras aussi vite à pied.

« Vous ne quittez pas Paris », avait dit Bailly. À cinq heures, j'attaquais la Seine-et-Oise en danseuse. C'était pas franchement une échappée en solitaire. Le peloton de l'exode était loin, mais il restait les attardés. Ils se traînaient sur des kilomètres parsemés de bagnoles en panne et de chariots cassés. Ceux que je remontais, c'étaient les moins vernis, attelés à leur carriole, le cheval mort en route. Les paumés, aussi : « Vous n'avez pas vu mon mari ? Il devait nous rejoindre à Mantes. » Ou les plus vieux qui se demandaient lequel canerait le premier. Ils avaient vu 70, les uhlans, et 14, la Der des ders. Ils parlaient des pruskos et tout ça se mélangeait. De temps en temps, on croisait un corps dans le fossé. Une femme qui s'était jetée là, croyant échapper aux stukas. Ou un moribond qui avait fini sa route.

Je la trouvais saumâtre, la rando cycliste. Plus rien de commun avec les tandems de 36, les tours de roue joyeux et les bivouacs en chansons.

Vers le soir, j'ai senti les crampes. J'ai mis pied à terre et j'ai bourré ma pipe histoire de me dégourdir les poumons. Ça doit être l'odeur du tabac qui l'a attiré. Les chiens errants, ils sont tellement privés des hommes qu'ils n'y résistent pas. C'était un berger. Efflanqué. Il s'est pointé les oreilles couchées et le dos rond de méfiance. Pour se rassurer, il montrait les crocs. Mais c'était plus fort que lui, fallait qu'il approche. Quand il a été tout près, j'ai sorti le reste de pomme que j'avais en poche. Une belle pomme, avec du rouge et du jaune, ramassée sur le bas-côté. J'en gardais une moitié pour le coup de pompe. C'est le cabot qui l'a bouffée. Je l'ai posée doucement sur la chaussée et j'ai reculé. Le chien a grogné en retroussant ses babines et il s'est jeté dessus comme s'il avait pas becté depuis des jours. J'ai pensé aux cadavres dans les fossés et je me suis dit que c'était une brave bête. Après quoi, je suis remonté en selle. Vingt bornes plus loin, il me suivait toujours.

Quand je suis arrivé en vue de Chartres, les vêpres avaient sonné depuis une paye. Le glas avait pris le relais. J'ai pas eu le loisir de l'écouter longtemps. Le vacarme des avions en piqué m'a jeté à terre. Je me suis aplati, la tête dans les bras. Et je les ai sentis passer. J'y voyais goutte dans le noir qui était tombé, mais j'en ai compté quatre. Les bombes, je sais pas. Leur sifflement m'a déchiré les tympans. Avant d'entendre les explosions, j'ai su qu'elles avaient touché le sol. L'onde de choc s'est propagée sous la route. Et les lueurs rouges de l'incendie ont foutu le feu au ciel. Sur le blanc des éclairs qui hachaient la nuit, la silhouette du chien s'est découpée. Il décampait en hurlant. J'ai fermé les yeux. Les avions revenaient pour la deuxième couche.

Au petit matin, j'entrais dans Chartres. La ville n'était plus qu'un grouillement humain. Un brouillis de fin du monde. Les habitants avaient fui, poussés par la marée des réfugiés descendus de Belgique, du Nord, et de Paris maintenant. Tous ceux-là s'entassaient en attente d'aller plus loin. Et partout, la fumée et les cendres.

Je me suis frayé un chemin vers la gare. Un grand type remontait la cohue :

— Ça flambe, ici ! Les pompiers ! Où sont les pompiers ?

— Partis !

— Alors qu'on amène les gendarmes et qu'ils pompent.

— Foutu le camp.

— Qui a donné l'ordre ?

— ...

— Bon sang ! Canalisez au moins les réfugiés, ils empêchent les troupes de manœuvrer.

— Quelles troupes, monsieur le préfet ? Il ne reste que les coloniaux.

— Débrouillez-vous. Et réquisitionnez la farine, qu'on fasse du pain, qu'on nourrisse ces gens. Réunion à la mairie dans deux heures.

En se retournant, le grand type m'a heurté. Les traits tirés d'être sur la brèche depuis des jours. Il s'est excusé machinalement et il a fait un pas de côté. J'ai fait le même. On était toujours face à face. On s'y est repris à deux fois, sans que ça y change grand-chose. On avait l'air de deux danseurs mondains dans un champ de mines.

— Si c'est pour une valse, cherchez pas l'orchestre, j'ai dit, il a pris la tangente.

Il a froncé les sourcils. Et il a eu un pâle sourire. Pas longtemps. Sur le seuil d'une boucherie déglinguée, un homme hirsute s'époumonait :

— C'est plein de bidoche là-dedans et ils veulent nous filer du pain.

Une meute d'affamés radinait, les yeux luisants.

— De la viande ? a beuglé un excité couleur vinasse. Ah ! les salauds. Pire que les boches.

— Les boches, a ricané le premier, vivement qu'ils viennent. Y'en a marre des profiteurs !

Le préfet a blêmi :

— Ne touchez pas à cette viande ! Elle est pleine de vermine. Les réfrigérateurs ne fonctionnent plus, l'électricité est coupée depuis des jours.

L'hirsute a craché par terre et il a pris la foule à témoin :

— Regardez-le ! Il veut se la mettre à gauche, sa barbaque.

Un malabar en bretelles a ramassé une caillasse. Le geste lent du lanceur qui assure sa prise.

— Ça va tourner vilain, j'ai soufflé.

Deux tirailleurs sénégalais arrivaient en petite foulée. Ils ont fait glisser leur fusil de la bretelle et ils ont encadré le préfet.

— Elle est belle, la France ! a braillé le meneur. Voilà qu'ils envoient les négros pour nous égorger.

Autour de nous, le cercle hostile s'est refermé. Il suait la mauvaise fatigue et la haine. Depuis des jours, elle macérait avec les ampoules aux pieds. Plus aigre à chaque porte fermée. Plus épaisse à chaque mitraillage. Poisseuse de souvenirs ressassés qui revenaient en montées de dégueulis. Toute cette bile, fallait qu'elle sorte. Leur malheur, quelqu'un en était bien responsable ! Hébétés, dressés dans les décombres, ils allaient nous faire la peau en réclamant justice. Leur bidoche avariée en étendard. C'était moche. La rogne, elle est salingue quand elle dérape. Une foule en pétard, c'est aussi vite le lynchage que la prise de la Bastille.

Le préfet a fait un pas en avant.

— Je comprends votre colère, il a dit d'une voix ferme. Mais vous êtes malvenus d'en rendre responsables ceux qui sont restés pour la soulager. À l'approche de l'envahisseur, j'en appelle à votre dignité.

Ils ont eu l'air perplexe. Tout ça faisait beaucoup pour leur tronche épuisée. Le braillard a senti le flottement.

— Tu parles ! il a lancé.

Il ressemblait à un bateleur en panne de texte. Derrière lui, le costaud au caillou a levé le bras, sa pierre en main. Je lui ai bondi dans le lard la tête la première. Souffle coupé, il a cherché l'air sans rien trouver d'autre que le vide. Il gardait le bec ouvert. Mon coup de boule l'a refermé. Les deux Sénégalais ont braqué leurs flingots.

— L'incident est clos, a lancé le préfet, dispersez-vous ! Une fournée de pain va être distribuée devant la boulangerie.

Leur hargne était tombée comme un sac trop lourd. Ils ont rompu le cercle en silence. Le meneur les a regardés s'éloigner avec le dépit d'un général que sa troupe abandonne. Puis il a haussé les épaules et il est rentré dans le rang.

Le préfet m'a tendu la pogne :

— Merci.

— La guerre a vraiment tout chamboulé. Me voilà du côté de l'ordre.

Il m'a reluqué, surpris.

— Et de l'honneur, il a commencé.

— Gardez ces machins pour les discours à la préfecture.

Cette fois, il a souri.

— Je crains que la préfecture ait besoin d'autre chose que de discours. Enfin, peut-être nous reverrons-nous, monsieur... Monsieur ?

— Mes amis m'appellent Nestor.

On s'est serré la main, une nouvelle fois. Pour la route.

— Eh bien, Nestor, les miens m'appellent Jean. Jean Moulin, il a fait.

Et il s'est fondu dans la cohue.

VI

— Nestor ! J'ai cru ne jamais vous revoir.

Même sur un prie-Dieu, on aurait pas confondu Yvette avec une image pieuse. Dans la cathédrale, c'était impossible de la louper. Elle était à sa place comme un piano à bretelles dans le chœur des anges. J'ai failli la charrier, histoire de penser à autre chose qu'à tout ce malheur amoncelé. Mais la lumière filtrant d'un vitrail l'a éclairée. J'ai gaffé la poussière sur ses joues, ses tifs en bataille et ses bas filés.

— Ça ira ? j'ai dit quand elle s'est laissée aller dans mes bras.

Elle a reniflé et le geste qu'elle a eu pour se retaper le visage a fini de ruiner son maquillage.

— Dieu merci, vous êtes venu, elle a fait, comme si elle y croyait plus. Vous avez trouvé mon mot à la gare ?

— Ça m'a pris du temps, y'avait pas que le vôtre. Voilà longtemps que personne avait écrit mon nom sur un mur.

Les murs, ils affichaient complet. Couverts de graffitis, de bafouilles placardées comme on jette une bouteille à la mer : « Papa, on a perdu Mémé. On est place de la Paix », « Robert cherche Juliette. Serai toutes les heures sous l'horloge », « On repart vers Le Mans. RDV chez Raymond ? ». Des derniers espoirs, collés au petit bonheur la chance, qui faisaient un bizarre papier peint aux ruines. Fallait jouer des coudes pour approcher. À la foire d'empoigne, chacun régale sa pomme. Place aux démerdards ! Aux balaises, le pompon. Les faibles, les trop vioques, c'était déjà bien beau qu'ils soient arrivés là. À la guerre comme à la guerre. Elle était choucarde, la grande bousculade de l'angoisse. Ça augurait de la suite.

Dans ce fatras, Yvette n'avait pas été seule à donner rencard à la cathédrale. Depuis que la frontière avait craqué, les églises faisaient le plein. Pas seulement dans les hameaux où on a toujours besoin d'un goupillon contre le mauvais sort. On entonnait le même cantique dans les villes-lumière. Là où personne aurait eu l'idée de clouer une chouette à sa porte. Un clocher, c'était un phare dans la tempête. La moindre nef, une planche de salut. On accrochait des ex-voto, on faisait des vœux, des promesses au bon Dieu. Qu'il épargne nos soldats, qu'il sauve nos maisons, qu'il foute les boches dehors et il aurait pas affaire à des ingrats. Fini le laisser-aller, la java dans les usines en grève, les bacchanales du Front populaire. Pour sûr, on était bien punis de s'être vautrés dans le péché. D'avance, on l'acceptait, la grande repentance. Pour le prouver, on brûlait des cierges à pleins fagots, on s'abîmait dans les génuflexions. Et avec ça, pas regardants sur les saints. Pierre, Paul, Jacques, Antoine et son cochon, Roch et ses écrouelles. Ils y passaient tous. Jusqu'aux inconnus, les oubliés, les mous du miracle, les canonisés au rattrapage. Même Rita, la patronne des tapineuses, y avait droit, dans sa chapelle boulevard de Clichy. Mais probable que pour eux aussi, les carottes étaient cuites.

Yvette a reniflé encore un coup. Le royaume de Dieu, c'était le château des courants d'air. Autour, ça geignait pire qu'à l'hospice. Les plaintes des blessés, stockés là faute de lits. Les pleurs des mômes en manque de lait. Les comptines des mères, tous les « Fais dodo, t'auras du lolo », « Dors, mon p'tit quinquin », « Le petit Jésus s'en va à l'école »... Et les toux. Un vrai sana. Des caverneuses qui creusaient les poumons, les grasses, écœurantes, de ceux qu'osaient pas cracher dans la maison du Seigneur, et les sèches, réglées comme un tic-tac, à vous taper sur le système.

Courbé sur un tronc, un gus en prière marmonnait. Yvette s'est mouchée dans ce qu'elle a trouvé. L'écho a résonné avec un son d'harmonium. Le gus a sursauté et un môme a braillé plus fort.

— J'ai pas pu le retenir, elle a fait, désolée.

— C'est la nature.

Elle m'a regardé, des calots de chouette étonnée derrière ses lunettes.

— Qu'est-ce que la nature vient faire là-dedans ?

— Se vider le pif, c'est peut-être pas classe mais c'est naturel...

— Nes, les bombardements vous ont secoué ? Je vous parle de l'homme du train. Je n'ai pas pu le retenir. Il est reparti avec les autres.

Elle a fouillé dans ses poches :

— Mais j'ai gardé ça.

J'ai pris le papier qu'elle me tendait. Un morceau déchiré. Quadrillé façon cahier d'écolier. Je n'avais encore jamais vu de pareille écriture. Sans courbes, tout en angles et en traits griffés. Elle ressemblait aux signes tracés par un sismographe. Je me suis approché d'un cierge pour la déchiffrer : « Mon vieux Nes, si ce mot te parvient, je t'en supplie, sors-moi de là. Je suis au fond du trou. Je ne peux m'en prendre qu'à moi, j'ai trop bien joué le coup... » Le reste devait moisir au détour d'un chemin. Au verso, mon nom et celui de l'agence Bohman.

— Il ne vous a rien dit ?

— Qui ?

— Le type qui avait ça en poche.

— Il n'a pas prononcé un mot.

— Comment était-il ?

— Grand, carrure de lutteur sur le retour. Il a dû connaître des jours meilleurs. Décavé, le cheveu noir... Ah ! il avait le dessus des mains velu. Vous savez, comme ces types qui ont du poil partout.

— Vous avez l'air d'en connaître un rayon là-dessus.

Elle a haussé les épaules. J'avais beau me creuser les méninges, battre le rappel des souvenirs, son grand poilu, je le remettais pas. Un lutteur taciturne, j'en avais bien connu un jadis. Dans l'instant, ça m'avait traversé l'esprit. Mais mon pote Lebœuf, l'Hercule de foire, mon frangin au drapeau noir, était tombé un an plus tôt, à Madrid, fauché par les balles franquistes[1].

— Vous êtes certaine que le train venait de Clermont ? Clermont-de-l'Oise ?

— Pas Clermont-Ferrand, évidemment.

Je l'ai affranchie des nouvelles.

— Griffart est mort ? elle a demandé, incrédule.

— N'en faites pas trop. Il est pas le seul. Des macchabées, y'en a plein les routes.

— Oui, mais eux, vous n'étiez pas chargé de les protéger.

— J'aurais pas fait pire que ceux dont c'était le boulot. Vous n'avez pas été plus fortiche avec votre muet. Pendant que je mettais le braquet sur Paris-Chartres, vous l'avez bien laissé filer.

— La Charité...

— Quoi, la charité ?

— D'après l'infirmier qui les accompagnait, c'est là où ils allaient. La Charité-sur-Loire.

À vélo ça faisait une trotte, mais le train des dingues avait été le dernier à sortir de Chartres. Derrière lui, les voies avaient sauté. J'en étais là de mes cogitations quand la rumeur s'est répandue à la vitesse d'une traînée de poudre :

— Les Allemands ont passé la Seine !

On pense avoir touché le fond, mais le bordel, c'est pire que le tonneau des Danaïdes. Il y a eu

1. Voir *Les brouillards de la Butte*, Gallimard, coll. « Série Noire », n° 2606, coll. « Folio Policier », n° 405.

comme un tourbillon dans la cathédrale. Une grande vague s'est levée vers la sortie. J'ai harponné Yvette et on s'est plaqués contre un pilier. Le gus en prière s'était accroché au tronc comme à un mât de misaine dans la tempête. C'est là que j'ai vu ses chaussures. Elles faisaient tache dans le décor. Des pompes noir et blanc, tout ce qu'il y a de plus voyoutes. Dans les filets de sa pêche miraculeuse, Jésus avait remonté du hareng. Celui-là avait les nageoires crochues. Profitant de la mêlée, il avait fracturé le tronc comme on décalotte un œuf. Il plongeait dedans à pleins bras.

— Police ! j'ai dit en lui collant ma carte sous le nez. Brigade des cultes !

C'était bien la dernière qu'il pensait entendre. Il a esquissé un mouvement de repli mais le flux l'a flanqué dans mes bras.

— T'es fait, mon gars, je lui ai soufflé au visage. Dieu te biglait.

— Z'êtes malade !

Je lui ai flanqué mon pétard sur le bide :

— On va à ta bagnole.

— Ma bagnole ?

— T'es pas arrivé là sur tes pompes de julot.

J'ai récupéré Yvette et on s'est laissé porter par le courant. Dehors, la pagaille avait grimpé d'un cran. On s'est frayé un chemin à travers des véhicules agglutinés, des chevaux affolés, des réfugiés qui cavalaient de tous les côtés. Une fumée noire s'élevait au-dessus de la cathédrale.

— Le dépôt d'essence !

La moindre bagnole en état de rouler était prise

d'assaut. Près d'un café défoncé, une femme échevelée tendait une poignée de billets calcinés, implorant qu'on l'emmène. Un môme perdu braillait, la morve au nez. Un groupe de soldats tentait de s'organiser. Des tirailleurs sénégalais montaient vers un front hypothétique.

— Merde ! Laissez pisser ! a protesté le pilleur de tronc. Y'a pas plus important que me cravater ?

J'ai enfoncé le canon de mon soufflant dans ses côtes :

— Où est ta bagnole ?

Il m'a biglé avec l'air de celui qui flaire l'embrouille :

— Je pourrais revoir votre carte de flic ?

Mon pétard s'est enfoncé un peu plus.

— OK, il a gémi. On y va.

La traction l'attendait à l'écart. Sur la banquette, une fille se rongeait les ongles.

— Mimile ! elle a soupiré en descendant. C'que j'étais inquiète. Où t'étais ?

Sur ses talons, elle était presque aussi haut perchée que sa voix. Elle avait dû rater le concours de berger landais à un poil près.

— Et eux, c'est qui ? elle a demandé du haut de ses échasses.

— Si je le savais, a grimacé Mimile.

— Mince, et ça, c'est quoi ? Un feu ?

Elle avait le genre à réclamer des points sur tous les « i ». C'était pas sorcier à deviner qu'elle récoltait plus souvent des mandales que des réponses à ses questions.

— Laisse tomber, Marcelle, a grogné Mimile.

Et je l'ai poussé au volant.

Deux heures plus tard, routes bloquées, Chartres s'encadrait toujours dans le rétro. Pour décarrer plus vite, les fuyards auraient tout nettoyé devant eux. L'infanterie en déroute, une armée de sauterelles s'ébranlait. Pour un peu, elle s'en serait prise aux coloniaux qui cavalaient à contresens.

— Oh ! les zouaves ! a lâché Marcelle comme au défilé du 14 Juillet.

Devant leurs capotes trop grandes et leurs sacs trop lourds, les panzers n'avaient qu'à bien se tenir. N'empêche, ils montaient à la riflette en braves pioupious de la République. C'est pas tant qu'ils avaient envie de mourir, même debout. Mais le noir ébène était pas la couleur préférée des troupes aryennes. Le bruit se répandait que leurs prisonniers africains perdaient le goût du pain. Alors, à tout prendre, ils préféraient vendre chèrement leur peau.

C'est plus tard qu'on a su. En entrant dans Chartres, l'armée du Reich avait rien trouvé de plus marrant qu'accuser les coloniaux d'avoir assassiné des réfugiés. Femmes et enfants. Violés. Mutilés, même. Bouffés, pour un peu. C'est pas pour rien qu'outre-Rhin ils avaient un ministre de la Propagande. Les soldats blonds rempart à la barbarie nègre. Fallait le trouver. Et pour la graver dans le marbre, leur histoire, ils avaient exigé du préfet qu'il la contresigne. Là, ils étaient tombés sur un bec. Moulin, se déballonner, c'était pas son genre. Il les avait envoyés se faire voir chez le Führer. Il y avait gagné sa première séance de torture. Pour ne pas craquer, il s'était ouvert les veines. C'est ce qui l'avait sauvé. Du moins ce coup-là.

Nous, pour l'heure, on barbotait dans la marée humaine. De guerre lasse, on a fini par enquiller une vicinale. Une espèce de chemin à sentir la noisette. On a serpenté un moment, à l'écart du flot, avec l'impression d'avancer. Ça devait faire trop pour Marcelle.

— Faut qu'on s'arrête, elle a décrété.

Mimile guettait ma réponse.

— Roule, j'ai dit.

Un kilomètre plus loin, Marcelle a remis ça en se tortillant sur la banquette :

— Faut qu'on s'arrête.

— Ça serait mieux, a suggéré Yvette à l'arrière.

On s'est rangés près d'un champ de blé et elles se sont éloignées vers un bosquet. Mimile s'est étiré comme un élastique fatigué.

— Je crois que je vais en faire autant, il a bâillé.

Devant les lois de la nature, mon autorité partait en sucette. J'ai retiré les clés du tableau de bord et je suis descendu à mon tour. Déboutonné aux pieds d'un chêne, Mimile sifflotait l'air de *La belle équipe* : « ... Comme tout est beau, quel renouveau... » Je la trouvais pas de saison, sa chanson. Sans compter qu'elle me rappelait quelque chose. Un truc enfoui dans ma mémoire que je parvenais pas à extirper. Je connais rien de plus horripilant.

Marcelle et Yvette sont revenues bras dessus, bras dessous. Dès qu'elle a entendu Émile, Marcelle a embrayé. Il lui en fallait pas lerche pour pousser la ritournelle. Une vraie boîte à musique, celles qu'on décroche à la fête à Neu-Neu entre la rose en papier crépon et le cœur pain d'épices.

« Paris au loin vous semble une prison, on a le cœur plein de chansons... » Marcelle gazouillait de sa voix de Betty Boop mâtinée Mistinguett. Le grondement de l'exode s'était estompé, remplacé par le vent dans les blés. L'air transbahutait un parfum d'herbe et de foin, avec, par moments, de bonnes senteurs d'étable. Après ce qu'on avait respiré de mort et de cramé, ça faisait comme une eau fraîche.

— C'est calme, ici, a dit Marcelle.

La veste sur les épaules, Émile rajustait son pantalon.

— La campagne, ça me rappelle quand j'étais môme, elle a continué. Sans compter que ça m'aguiche l'appétit. Hein, Mimile ?

— Aiguise.

— Quoi, aiguise ?

— Ça aiguise l'appétit.

— On pourrait peut-être manger un morceau, alors...

— Je crois pas que ce soit une bonne idée, il a répondu.

— Pourquoi ? Je suis certaine que tout le monde a faim, elle a dit. Ouvre le coffre, qu'on voie ce qu'il y a à grignoter.

La tronche d'Émile s'est allongée. Du regard, il l'a fusillée. Ç'avait beau être de saison, ça sentait le coup fourré. Je lui ai lancé les clés :

— Elle a raison, ouvre le coffre.

Il s'est exécuté avec l'entrain d'un condamné devant la guillotine.

— Voyons. Qu'est-ce qu'il nous a apporté, le Mimile gourmand ? a minaudé Marcelle, le nez dans la malle. Il y a quoi sous ce joli plaid qui va faire une jolie nappe ?

Émile a levé les yeux au ciel. Peut-être pour le prendre à témoin qu'il avait des circonstances atténuantes.

— Alors ? j'ai demandé. Elle a trouvé quoi sous la jolie nappe au gentil Mimile ?

Marcelle ne mouftait plus. Elle s'est retournée, le front plissé comme si elle réfléchissait. Ses yeux ressemblaient à ceux d'une carpe qui essaie de piger pourquoi elle a encore bouffé l'hameçon. Elle a arrondi la bouche et elle a lâché d'une voix qui frôlait l'ultrason :

— Le petit Jésus !

VII

Émile n'était pas un gars à s'embarquer sans biscuits, mais ceux qu'il trimbalait dans le coffre sentaient le pain bénit. Ciboires, calices, encensoirs... un bazar à faire reluire une confrérie de fourgues. Jusqu'au divin enfant sur sa paille, « un bois polychrome pur douzième ». Mimile nous avait assené ça en argument massue. Son polychrome, sans lui, il passait à l'ennemi. Avec tout le reste. Les Allemands avaient piqué l'Alsace et la Lorraine, ils chouraveraient pas nos Jésus ! Qu'on aille pas se méprendre, confondre Émile avec un malandrin. Lui, il pratiquait la récupération patriotique. C'était comme qui dirait un résistant avant l'heure.

Dix bornes plus loin, il dégoisait toujours. À croire qu'il gobait ses propres vannes. Le plus grand malfrat, l'assassin le plus sournois se sent toujours une justification. La faute aux gros, bouffeurs de petits, à la jungle et à sa loi, à l'injustice du monde, à la terre entière... Alors, Mimile, il avait bien le droit de se la jouer Du Guesclin. Sa façon de se regarder dans le miroir et de se dire qu'on n'est pas si moche.

Au début, Marcelle avait écarquillé les yeux comme des soucoupes. Puis elle s'était laissée aller. Il avait beau être à la mie de pain, son héros, régulière d'un redresseur de torts, c'était quand même quelque chose.

Je me suis dit que j'étais verni. Même en pleine guerre, les tocards, je les aimantais. Qu'il en passe un dans le Sahara, il était pour moi.

Bercé par les cahots, j'ai fini par somnoler. Au fil des kilomètres, le baratin d'Émile s'est changé en ronron. Et la chanson est revenue trotter dans ma tête. Depuis notre halte champêtre, elle ne m'avait pas quitté. *La belle équipe.* Sans doute à cause de celle qu'on formait dans la traction. Ou parce que je l'avais fredonnée, moi aussi, jadis. Les camarades, les lendemains qui chantent et les rêves qui tombent de haut. « Quand on s'promène au bord de l'eau... »

Minuit sonnait quand on est entrés dans La Charité. Le flot nous avait précédés, abandonnant des restes de naufrage. On a garé la bagnole sur ce qui avait été la place du marché. Les puces, à Clignancourt, auraient pas réuni autant de saloperies. Les phares ont balayé un décor de cartons éventrés et de valises béantes. Dans une brouette sans roue, un mannequin de cire me faisait de l'œil.

— Pareil que chez les grands couturiers, s'est extasiée Marcelle en descendant.

Elle s'est entouré le cou d'un col de renard

oublié sur un tréteau et elle a pris la pose devant les lanternes de la traction :

— Paris sera toujours Paris !

— Et toi, tu seras toujours aussi conne, a groumé Émile.

Le visage de Marcelle s'est défait comme un soufflé qui retombe. Yvette ouvrait la bouche pour dire à Mimile tout le bien qu'elle pensait des julots de son acabit. Mais elle est restée coite. Dans la lumière des phares, une silhouette se découpait. Elle paraissait sortie d'un film de Tod Browning. Plus long qu'un jour sans pain, les yeux maquillés de noir sur un visage de pierrot, le type s'est collé dans la loupiote comme un papillon de nuit. Il est resté immobile, prisonnier de la lumière. Il n'a pas sourcillé quand Marcelle a hurlé. Un deuxième gus, venu d'on ne sait où, reniflait son renard avec des airs de bête craintive. Il s'est courbé comme s'il s'attendait à recevoir une dégelée. Puis il est revenu à la charge en balançant deux bras démesurés.

Émile a sorti un pique-cierge de la Citron.

— Bouge pas, j'ai chuchoté.

Fasciné par les phares, le fantôme aux yeux noirs semblait pétrifié. Avec précaution, j'ai chopé un saucisson dans la bagnole et je me suis approché de celui qui sniffait Marcelle.

— Faites quelque chose, elle a gémi, morte de trouille.

— Tiens, mon gars, j'ai dit en tendant le saucif-lard.

Il a humé l'air à la manière du chien la veille, et

un de ses bras immenses a happé le saucenot. Il y a planté les chicots qui lui restaient. Le bruit de ses mâchoires flanquait la chair de poule. On aurait dit une hyène sur une carcasse. Soudain, il s'est souvenu de notre présence. Il s'est arrêté de bâfrer. Le menton luisant de salive, il nous a jeté un regard perdu et il s'est évanoui dans les ténèbres.

J'ai cru que Marcelle allait tourner de l'œil, mais elle s'est contentée de virer son col de renard comme s'il puait la charogne. Le pique-cierge en main, Émile gaffait l'homme-phalène prisonnier des phares. Doucement, j'ai ouvert la portière de l'auto et je les ai éteints. Quand je les ai rallumés, il avait disparu.

— Qu'est-ce que c'était ? a demandé Yvette.

— Des petits cailloux sur le chemin.

— Hein ?

— Vous avez remarqué leurs fringues ?

— J'en ai vu de plus seyantes.

— Modèle internement. Il va bientôt faire fureur.

— Qu'est-ce que vous racontez ?

— On porte ces droguets dans toutes les prisons du monde. Dans les asiles aussi. Vous n'avez pas repéré la griffe du couturier ? AP.

— AP ?

— Assistance publique...

— Vous voulez dire que ces hommes...

— ... sont deux des pensionnaires de Clermont arrivés par le train spécial.

— Clermont... Celui des dingues ? s'est rencardé

Émile, histoire de se mêler de ce qui le regardait pas.

— Mon Dieu ! a gémi Marcelle.

— J'avais du répondant, il a fanfaronné en agitant son pique-cierge.

— Docteur boum-boum, hein ? a fait Yvette, la moue méprisante.

Il a bombé le torse :

— Pile-poil.

Yvette l'a dévisagé, navrée :

— À propos de poil, posez ce que vous avez dans la main, les grands méchants loups sont partis.

Mimile a essayé de piger où était le vice. Pour un peu, on aurait entendu s'agiter les neurones sous son crâne. Mais c'était en demander beaucoup.

— Elle se foutrait pas de moi ? il a questionné à tout hasard.

— Penses-tu, j'ai dit, elle oserait pas.

Il a paru rassuré.

— Vous voilà au port, il a souri en se frottant les mains. C'est ici que nos routes se séparent.

On aurait pu se quitter gentiment, mais le Reich en a décidé autrement. Dans un boucan d'enfer, les zincs à croix de fer sont arrivés comme un essaim de frelons monstrueux. Et la danse a commencé.

La première bombe est tombée dans les faubourgs avec une gerbe de feu. Les autres ont suivi de près. On s'est jetés au sol pour éviter la ferraille qui dégringolait de tous les côtés. Quand j'ai levé le nez, un déluge d'étincelles coupait un corps en deux.

— Yvette !

Tout est devenu noir. Un noir de tombe. En une fraction de seconde, j'ai revu la maison s'effondrer. La terre, arrachée du sol, qui retombait en pluie serrée. Et le vol des cailloux tout autour. J'étais enseveli vivant ! Les mots résonnaient à m'en percer les tympans, mais aucun son ne sortait de ma bouche. Seule la petite lueur m'a empêché de crever de terreur. Elle dansait, fragile, au fond du trou. J'ai pensé aux secours en m'accrochant à l'idée de toutes mes forces. L'espoir s'est mis à cogner dans ma poitrine. La torche se rapprochait. Elle était à deux pas quand elle a bifurqué. J'ai songé aux naufragés dans l'océan, aux navires qui passent sans les voir. La lueur s'est évanouie. Je l'ai imitée.

C'est l'ange qui m'a réveillé. Tout de blanc vêtu dans son paradis blanc. Un ange barbu portant lorgnon et verrue sur le pif.

— Farceur ! je me suis marré.

— Il revient à lui.

Histoire de vérifier, l'ange m'a soufflé une haleine anisée au visage. J'ai rigolé de plus belle :

— C'est pas jour sans, au paradis !

— Effet secondaire du choc..., a dit le séraphin d'un ton sec.

— Hélas, il était comme ça avant, a susurré une voix féminine.

La verrue s'est éloignée, cédant la place à un sourire autrement plus avenant.

— Yvette !

Je me suis dressé. Tout s'est mis à tourner comme sur l'assiette au beurre à Luna Park, et Yvette m'a rattrapé avant que je reparte dans le cirage. L'odeur de ses cheveux m'a chatouillé la narine. On était vivants et c'était bon.

— Me lâchez pas, j'ai murmuré, j'ai les guibolles en coton !

— Ici, vous êtes dans le ton.

— On est où ?

— À l'hôpital de La Charité. Dès que vous m'aurez rendu ma main, vous pourrez serrer celle du docteur Limay, il vous a récupéré de justesse.

D'un coin de blouse, l'ange à verrue astiquait son lorgnon :

— Notre ami est de constitution solide.

J'ai gardé la main d'Yvette dans la mienne.

— Je vous ai vue cisaillée par la mitraille...

Elle a souri.

— C'est donc pour ça...

— Quoi ?

— Vous étiez accroché au mannequin de cire. Enfin, à ce qu'il en restait après le passage des stukas. Quand on vous a transporté, personne n'a pu vous faire lâcher prise. Dans les vapes, vous êtes adorable.

Le toubib tripotait sa barbiche avec l'air d'y chercher quelque chose. Son collier de poils m'a rappelé le col de renard.

— Marcelle ? j'ai demandé.

Yvette a eu un geste évasif :

— Pfuittt ! Elle et Émile.

— Les bombes ?

— La poudre d'escampette, oui ! La traction devait être bénie, remarquez, avec ce qu'elle trimbalait... Tout ce qui pouvait tomber est tombé autour. Rien dessus.

J'ai rejeté les couvertures.

— Hé ! Où allez-vous ? a protesté Limay.

— Chez un de vos confrères spécialisé en psychiatrie. Yvette, aidez-moi.

— Vous pouvez rester couché.

Elle avait la mine d'une môme qui planque son bulletin scolaire.

— OK, j'ai fait, envoyez la mauvaise nouvelle.

— Elle est dans le box à côté.

Le professeur a écarté le rideau blanc. Dans le lit disposé près du mien, un corps reposait. Le drap rabattu sur son visage me disait que c'était pour l'éternité.

Je me suis levé, chancelant, et je l'ai découvert. Yvette n'avait pas exagéré, il était velu jusqu'aux phalanges où le poil noir poussait dru comme des ronces. Sa figure n'avait rien à m'apprendre, si ce n'est sur la mocheté des guerres. La bouillie sanglante étalée sur l'oreiller ne ressemblait plus à grand-chose.

— Un obus est tombé sur le pavillon des aliénés, a commenté Limay. Plusieurs se sont égaillés dans la nature, imitant nos pensionnaires qui avaient fait le mur la veille, lors de l'alerte. D'autres n'ont pas eu cette chance. Ce malheureux était l'un des malades évacués de Clermont. Étrange destin, n'est-ce pas ?

— Que savez-vous de lui ?

Le toubib a froncé le nez façon lapin pensif et sa verrue a tremblоté :

— Rien, nous n'avons pas eu le temps de prendre connaissance des dossiers.

— Vous m'autorisez à le faire ?

— Je n'aurai pas à en décider, ils sont sous les décombres.

— Pourrais-je voir un des infirmiers arrivés de Clermont ?

— Hélas, hormis les trois que j'ai autorisés à repartir, ils ont subi le même sort que leurs patients.

La piste s'arrêtait là. Pourtant, un détail me disait que l'inconnu ne l'était pas tout à fait. Bailly aurait appelé ça un signe distinctif. Il me ramenait sur les sentiers d'une autre guerre. *« No pasarán ! »* Sous l'épaule gauche de l'homme sans visage, le tatouage s'enroulait autour d'un drapeau noir claquant comme un défi.

VIII

— « La voix du Maréchal est comme le chant clair et doux de la Loire saluant ses coteaux. »

— Si vous le dites...

— Le chant de la Loire, la voix de Pétain ! Vous l'avez déniché où, ce canard, Yvette ?

— Là où les canards reviennent : au kiosque ! Il est tout nouveau. C'est le premier numéro. J'ai pensé que ça vous ferait plaisir de retrouver l'odeur du papier journal...

— Une odeur comme celle-là, même le pif bouché, on la raterait pas. *La Gerbe*. Au moins, le titre ne ment pas !

— Depuis que nous sommes rentrés, vous êtes à prendre avec des pincettes...

Je me confectionnais une pipe. J'ai suspendu mon geste pour afficher un sourire contrit.

— Cette histoire ne me quitte pas. Ce gus à l'hôpital... Impossible d'oublier sa tronche en charpie... Saleté de guerre !

— Ce n'est pas vous qui l'avez déclenchée. Au lieu de vous lamenter, acceptez les affaires qu'elle nous amène. Les créanciers n'ont pas signé d'armistice.

Un paquet de lettres s'entassait sur le bureau. J'en ai décacheté une au hasard.

— Vous parlez d'affaires ! Encore une qui me demande de rechercher son mari.

Elle a ôté ses lunettes pour les poser sur ses cheveux, façon bandeau. Je me suis senti devenir flou.

— Vous avez envie de couler l'agence ? elle a demandé. Les maris disparus ne sont plus assez bien pour vous ?

— Les volages m'amusaient. Les morts au champ d'honneur me dépriment. Apprendre à une femme éplorée que son cher et tendre engraisse la terre me flanque le bourdon...

J'ai contemplé le tas de bafouilles :

— Et il faudrait le faire dix fois par semaine...

J'ai ouvert une autre lettre. À sa façon, elle parlait encore de la guerre. Mais s'il y était question d'un mort, c'était pour lui cracher dessus.

— « Griffart était un beau salaud, mais il y a une justice. Même les crevures finissent par crever. »

Yvette a rechaussé ses binocles.

— Pardon ?

— Anonyme, bien sûr.

À son tour, elle a examiné la bavarde.

— Écriture et parfum de femme, elle a conclu en reniflant le papier.

— Vocabulaire d'homme, pourtant. Une femme aurait écrit « salaud » ou « ordure », non ?

— Encore une de vos idées préconçues...

J'ai allumé ma pipe.

— Essayez d'oublier vos trucs de suffragette. Vous vous entendez dire crevure ?

— Ordure, crevure, la belle affaire.

— Tutut ! Allez-y, répétez !

— Crevure, crevure...

— Vous voyez, ça sonne faux, vous vous forcez.

— Salaud, ordure...

— Là, c'est vous. Naturelle. Le ton juste.

— Idiot !

— Non, trop faible. « Même les idiots finissent par crever », on n'y croit pas.

Elle m'a jeté un regard assassin. Il lui allait sacrément bien. Mais l'heure n'était pas à ça.

— Soit, elle a consenti, crevure ne vient pas spontanément. C'est donc ce que j'écrirais si je voulais me faire passer pour un homme.

J'ai décroché mon bitos du portemanteau.

— Où allez-vous ?

— Chez Griffart. Depuis qu'il est refroidi, je l'ai un peu négligé.

À Pyrénées, le métro était bouclé faute de bras pour le faire rouler. Paris s'était vidé en deux jours, deux mois plus tard les retours d'exode s'étiraient comme un été pourri. « C'est le cœur serré que je vous dis qu'il faut cesser le combat. » La voix chevrotante d'un vieux maréchal avait été entendue comme celle du Messie. Les combats avaient cessé. Rentrer, c'était une autre paire de manches. Usines en rideau, voies coupées et, sur les Champs, des touristes à svastika. Y'avait de quoi s'attarder en route.

Je suis descendu boulevard de la Villette. Les cris de la ville résonnaient plus lerche. Quelques marchandes de quatre-saisons s'accrochaient à leur carré de pavés, mais le cœur n'y était pas. L'œil morne, elles regardaient les choux-fleurs se battre en duel dans leurs charrettes.

À Belleville, la station était ouverte. Le poinçonneur a pris mon ticket avec les gestes émus d'un philatéliste à qui j'aurais refilé un timbre rare, et j'ai sauté dans la rame qui poireautait sur le quai désert. À l'Étoile, appareil photo en bandoulière, des soldats de la Wehrmacht étudiaient un plan de métro. Je suis sorti respirer l'air des beaux quartiers.

Il ne noircissait pas les poumons des habitants. Ici, les usines, on ne les voyait que dans les livres de comptes de leurs proprios. Un guichet de banque en écran à la fumée lointaine des ateliers. Les mômes avaient de belles joues colorées et des nounous à tablier blanc. Leurs petits bateaux, c'est pas dans les caniveaux qu'ils allaient sur l'eau. J'aimais bien les regarder, avant. Ils faisaient comme du propre un jour de lessive. Du linge frais, avec un peu d'amidon pour la tenue. Les nurses anglaises sur le vert des pelouses, les femmes en chapeau, le tabac blond des hommes et le chouette pli à leur pantalon. J'en connais à qui ça flanquait des idées de chamboule-tout. Le petit vin blanc sous les tonnelles, il en prenait un goût de revenez-y, les soirs de lampions. Moi, il m'arrivait d'aller me baguenauder sous les marronniers, avenue Foch ou parc Monceau. Je prenais des goulées d'oxygène bien pur. C'était comme un petit vol en gants blancs. À l'abri de leur voilette, les dames des allées cavalières ne se sont jamais doutées que le type à la pipe, qui soulevait son chapeau à leur passage, les détroussait d'un peu d'atmosphère.

Mais en ces temps d'incertitude, le quartier l'avait mis en veilleuse. Les nids douillets attendaient leurs habitants. On commençait à les voir revenir, comme les premières hirondelles quand elles annoncent la saison. Ils radinaient silencieux et prudents. La poussière sur la voiture témoignait de leur calvaire. « Ce que nous avons dû endurer ! Nous payons cher le relâchement d'un peuple que Blum et consorts ont gavé de songes creux. » Devant la politesse des soldats aux cheveux de blé, ils se prenaient à regretter l'égarement qui les avait jetés sur les routes. Ils avaient côtoyé des harengères, dormi près d'épiciers ronflants. Il leur en avait tant coûté de faire bonne figure qu'ils retrouvaient l'ordre des choses en oubliant sa couleur.

Parvenu chez Griffart, je me suis effacé devant deux cavaliers allemands et leurs montures. En les regardant trotter vers la Concorde, j'ai pensé qu'avant de servir de décor à souvenirs pour troupes en vadrouille, la place à l'obélisque avait vu défiler les manifestants du premier 1er Mai. Cinquante ans plus tôt, là où paradaient les feldgraus, le préfet Poubelle avait fait sabler la chaussée pour que les chevaux des dragons ne glissent pas en chargeant les ouvriers.

Je n'ai pas remarqué tout de suite les scellés sur l'hôtel du professeur. En marchant dessus, je me suis dit que même la police n'avait plus le cœur à l'ouvrage. Sur ce triste constat, j'ai tourné la clé dans la serrure et je suis entré. Devant le bordel à l'intérieur, j'ai révisé mon jugement. Les flics n'avaient pas perdu la main. Griffart y avait eu droit, à sa perquisition. En bonne et due forme. À l'ancienne. Tiroirs ouverts, contenu renversé, meubles chanstiqués... Pour avoir éventré les coussins avec autant de rage, le bourre de service devait être un teigneux. À moins que la perquise n'ait rien dû à la Tour pointue. Instinctivement, j'ai fait sauter le cran de mon pétard.

Et j'ai dégusté ma première tisane de l'Occupation.

IX

— Vous en reprendrez bien une autre ?

Le Führer était urbain. La victoire l'avait détendu. La bouilloire à la main, il attendait ma réponse. Il a paru chagrin qu'elle ne vienne pas. D'un mouvement de tête, il a remonté la mèche qui lui barrait le front. Sûrement un truc qu'il n'aimait pas.

— Encore une tisane ! il a dit sèchement.

Ce n'était plus une question. Dans sa voix, le point d'interrogation avait mis les bouts. Je le voyais ramper vers la sortie comme l'asticot qu'un pêcheur aurait oublié d'accrocher à l'hameçon. Je m'apprêtais à l'imiter quand deux zigues en noir m'ont chopé au colbac. Le plus costaud a relevé la manche de son uniforme qui le gênait pour le service. « *Pasarán !* » Sous un drapeau à croix gammée, la devise ornait son avant-bras. J'ai levé les yeux. Là où aurait dû se trouver son visage, je ne voyais qu'une bouillie sanglante.

C'est la vieille dame qui les a chassés. J'ignore comment elle s'y est prise, mais quand j'ai rouvert les paupières, elle était seule.

— Monsieur ! Monsieur ! Venez, vite... Il ne faut pas rester là.

Une gentille vieille dame. Avec les cheveux blancs bien ordonnés qui l'auréolaient d'une meringue de pâtissier. « Au pays de dame Tartine, dans un beau palais de beurre frais. » On pense à des trucs quand on vous secoue la coloquinte ! Les souvenirs doivent être enfouis là-dedans comme des vieux jouets dans leur coffre. Il suffit de le chanstiquer pour qu'ils sortent. En une seconde, je me suis revu loupiot, dans le jardin du garde-barrière. Les échalotes en terre, le bouquet de romarin dans son coin, l'escargot rigolo qui boulotte la salade. Et sous la véranda, la mémé qui chantonne en écossant les fèves, près des tranches de pain du quatre-heures.

— Il ne faut pas rester là !

Dame Tartine m'a tiré par la manche et j'ai quitté l'enfance.

Elle créchait à deux pas, dans un immeuble à corniches et cariatides. Un chouette appartement, clair. Des meubles rupins et des tableaux aux murs. M'abandonnant aux bras dodus d'un fauteuil crapaud, elle a traversé le salon pour fermer la fenêtre. Ça faisait un bon bout de chemin.

— Quelle misère ! elle s'est désolée en posant un minuscule samovar en argent sur un guéridon marqueté.

— Tout est relatif, j'ai fait en reluquant le décor.

— Des brutes ! S'en prendre à d'honnêtes commerçants. Et personne ne lève le petit doigt.

J'avais du mal à suivre :

— D'honnêtes commerçants ?

Elle s'apprêtait à servir, elle m'a dévisagé. On aurait dit une vieille Alice découvrant que le pays des merveilles en a pris un coup.

— Évidemment, d'honnêtes commerçants, elle a dit, surprise.

Un nuage d'inquiétude est passé dans ses yeux :

— Vous êtes bien l'ami des Griffart, n'est-ce pas ?

Elle n'en paraissait plus convaincue. Aussi blanche que ses tifs, elle a regardé la porte en évaluant ses chances de l'atteindre avant que je lui tombe sur le râble.

Un enrhumé aurait flairé la maldonne. Pour la dissiper, je lui ai offert un sourire à rassurer une souris coincée par un greffier :

— Mieux que ça, j'étais à leur service...

Son teint s'est réchauffé :

— Mon Dieu, un instant j'ai pensé que vous étiez un de ces hommes.

— Quels hommes, madame ?

— Mais ces fous furieux qui se sont répandus sur les Champs-Élysées...

Le thé infusait. À défaut d'autre chose, j'ai servi la tournée.

— Oh ! elle a fait avec l'intonation d'une petite fille fanée qui ne s'habituera jamais à être prise en défaut. Je manque à tous mes devoirs.

— Je crois pas, madame. Parlez-moi de ce qui s'est passé.

Elle portait la tasse à ses lèvres :

— Vous l'ignorez ?

— Je venais d'arriver lorsque...

Elle a avalé une gorgée de liquide.

— Je comprends, elle a soupiré tandis que je m'escrimais à faire tenir un maximum de doigts sur l'anse de ma tasse.

— Pas moi.

— Ce matin, des bandes de jeunes gens ont investi les Champs-Élysées. Ils ont saccagé les vitrines des magasins qu'ils pensaient appartenir à des juifs. Quand je vous ai vu inconscient chez le professeur, j'ai cru qu'ils vous avaient molesté. Mais à l'instant, j'ai pensé que vous pouviez aussi bien être un des leurs...

Elle a froncé les sourcils :

— Non, vraiment, vous n'avez plus l'âge de ces voyous.

J'avais réussi à caler trois doigts sur ma tasse :

— Avez-vous vu entrer ou sortir quelqu'un de chez le professeur ?

— Entrer ou sortir...

Elle fouillait sa mémoire. Soudain, elle a souri comme une gamine qui vient de gagner une partie de cache-tampon :

— Les deux messieurs.

— Quels messieurs ?

— ... Ceux au ruban rouge...

— Ils portaient un brassard ?

La mine gourmande, elle a pioché dans le sucrier :

— Je ne devrais pas.

Je me suis demandé ce qui ne tournait pas rond.

— Ce ruban, c'était une décoration ?

Ses yeux reflétaient l'étonnement.

— Ah ? Je ne me souviens pas.

Elle ressemblait à une poupée ancienne avec laquelle on ne joue plus par peur de l'abîmer.

— Prenez votre temps, madame. Ces deux hommes étaient-ils avec les nervis, sur les Champs ?

— Avec ces voyous ? Oh, non, ils...

Elle s'est interrompue pour réfléchir à un truc qui ne devait pas coller.

— Ils ? j'ai demandé, le petit doigt en l'air.

— Ils avaient une carte de police.

Trois thés plus tard, elle avait fait le tri. Un tri laborieux. Son esprit vagabondait dans des méandres inattendus. Avec les années, elle avait largué les lignes droites pour le chemin des écoliers. De temps en temps, elle s'égarait dans des impasses. Des trous noirs qui la laissaient perplexe. Ses erreurs d'aiguillage facilitaient pas le boulot, mais quoi, j'étais pas au rendement, non plus. Alors je l'ai accompagnée. Quand elle se fourvoyait, je la remettais dans la bonne direction. J'avais eu un jouet comme elle. Une bath petite bagnole mécanique, avec une clé sur le côté. Quand elle butait contre un obstacle, elle patinait sur place. Il suffisait de changer sa trajectoire et elle repartait, bien vaillante. Dame Tartine, avec ses tifs meringués, c'était tout comme. Elle aimait qu'on lui tienne la main. Les guéridons à pieds tordus et les toiles dans leurs dorures, ça fait pas toujours de la compagnie.

Elle et moi, on a joué aux petites autos un moment, comme deux bons amis. Forcément, on a fini par arriver quelque part. Son histoire reconstituée, ses yeux en pétillaient. C'était pas rien de la voir. Plus fière de s'y être retrouvée que si elle avait décroché la lune. Elle bichait tellement qu'elle a repiqué au truc :

— C'est bien ça. Quand je suis rentrée chez moi, ils arrachaient ce ruban rouge.

— Les scellés...

— Oui ! Les scellés ! Comme je les observais du trottoir, le plus grand des deux a sorti une carte de son veston : « Police. » Ensuite, voyons, ensuite...

— Vous lui avez demandé ce qui se passait...

— « Que se passe-t-il chez ce pauvre professeur ? » Là, il m'a répondu...

— « Rien, rien... »

— Oui, et aussi quelque chose comme : « On nous a signalé la présence d'un rôdeur autour de la maison... Nous vérifions que tout est en ordre. » Revenue chez moi, je n'y ai plus songé. C'est en redescendant, tout à l'heure, que j'ai remarqué la porte entrouverte...

— Vous vous êtes dit que ce n'était pas très sérieux de laisser le domicile du professeur à la tentation de n'importe qui. Vous avez jeté un œil à l'intérieur. Et vous m'avez aperçu...

— J'avoue que j'avais oublié la qualité de ces deux messieurs, elle m'est revenue en vous parlant.

Elle a gloussé comme si elle avouait à un copain d'école qu'elle venait de copier par-dessus son épaule :

— Vous savez, il m'arrive de m'y perdre un peu. Ma mémoire me joue des tours.

Elle a posé un doigt sur ses lèvres :

— Chut ! Je compte sur vous, n'est-ce pas ?

J'ai fait semblant de cracher sur le tapis persan :

— Croix de bois, croix de fer !

Elle a eu un petit rire complice, elle a rempli nos tasses et on est restés à contempler le service à thé qui faisait une dînette de poupées.

— Pauvre professeur..., elle a soupiré.

J'ai hoché la tête à la recherche d'une phrase de circonstance.

— Dans quel état va-t-il retrouver sa maison ? elle a demandé, navrée.

Je l'ai reluquée.

— Il est... mort, vous le saviez pas ?

Son geste a eu la nonchalance de ceux qu'on fait pour chasser un souci les jours de bel été.

— Si, bien sûr...

J'avais réussi à boire une gorgée de ceylan sans me coller l'auriculaire dans l'œil quand elle a soupiré :

— Tout de même... Il sera contrarié.

J'ai renversé le thé sur mon pantalon et j'ai maudit l'inventeur des tasses pour doigts de fée. Dame Tartine, les yeux dans le vague, songeait au pays lointain où vivants et morts jouent à colin-maillard.

— Et ces policiers ? j'ai demandé quand elle est revenue sur terre. Vous pouvez me les décrire ?

Je connaissais la réponse :

— Quels policiers ?

Je me suis levé.

— Je dois y aller, madame.

— Déjà ?

Sa voix avait la mélancolie des fins de dimanche. Quand les cousins s'en vont, laissant les petites filles à leur solitude.

J'ai déposé un bristol près du samovar.

— Il est magnifique, n'est-ce pas ? elle a demandé.

— Pardon ?

— Mon samovar. Il a appartenu à Tolstoï. Ce que vous voyez gravé est extrait d'un conte pour enfants. Cela signifie « la coupe magique qui donne à manger et à boire ». Tolstoï buvait beaucoup de thé en écrivant.

— Gardez-vous bien, j'ai dit, mon galurin à la main. Les temps sont moches.

— Vous croyez qu'ils reviendront ? elle s'est inquiétée, sur le pas de la porte.

— Qui donc ?

— Ceux qui ont cassé toutes ces belles vitrines ?

J'ai rien trouvé à répondre.

X

Sur les Champs-Élysées, les éclats de vitrines brillaient comme des cristaux de neige. Ils ressemblaient aux souvenirs de dame Tartine. En les rassemblant, on pouvait reconstituer n'importe quoi. La visite de ses flics remontait peut-être à deux mois, quand Bailly s'était pointé chez Griffart à mon appel. Ou à deux ans. La police avait forcément recherché un rôdeur dans le quartier. Peut-être ne s'agissait-il même pas de la maison du professeur.

Un truc me titillait. Un truc en forme de bosse. Pourquoi les poulets ne m'avaient-ils pas embarqué ? Assommer un type qui passe à portée de matraque, c'est dans les usages. Mais le laisser sur place, ça sort de l'habituel. Même en temps de guerre, le plus distrait des condés n'oublie pas un suspect sur le lieu du délit. Une visite à Bailly s'imposait. Depuis mon retour, l'inspecteur n'avait pas donné signe de vie. L'époque avait vraiment tout chamboulé.

Devant une boutique dévastée, un gros type en chemise balayait le trottoir. La mine défaite, il s'est arrêté pour contempler l'arc de triomphe où flottait l'oriflamme à croix gammée. On aurait dit un naufragé solitaire. Les rares passants détournaient le regard sans qu'on puisse discerner qui, du drapeau ou du gros homme, les gênait le plus.

À l'Étoile, la fanfare de la Wehrmacht répétait sa parade quotidienne. J'ai pas l'oreille musicale, je me suis engouffré dans le métro. J'ai ruminé mon histoire de flics frappeurs sur le siège en bois d'une seconde classe et je suis descendu à Châtelet. La fontaine chantait comme aux plus beaux jours. Sur le kiosque à journaux rouvert, quelques canards amaigris tentaient de faire illusion. Depuis juin, les quotidiens repliés en zone sud avaient laissé la place à une presse ersatz que les accros à la feuille de chou s'envoyaient faute de mieux. En devanture, près d'une imitation de *Paris-Soir*, *Le Matin* revenait sur la condamnation à mort d'un général de Gaulle par le tribunal militaire de Clermont-Ferrand. J'ai mis le cap sur le quai des Orfèvres tandis qu'un petit homme aux allures de greffier échangeait cinquante centimes contre quatre pages d'infos bidonnées.

Près du pont au Change, un bouquiniste à bacchantes vidait sa boîte sur le trottoir.

— Zweig, Mann, Remarque..., j'ai lu sur les livres empilés. La commande d'un amateur éclairé ?

— Tu parles, Charles, aussi éclairé qu'Otto, y'a que la grotte de Lascaux.

— Otto ?

— C'est le nom de la liste des bouquins censurés. Tenez...

Il a sorti un papier froissé de sa poche :

— « Désireux de contribuer à la création d'une atmosphère plus saine, les éditeurs français ont décidé de retirer des librairies et de la vente les œuvres qui figurent sur la liste suivante. Les autorités allemandes ont enregistré leur initiative avec satisfaction et ont, de leur côté, pris les mesures nécessaires. » Il vous reste Mickey, j'ai dit en lui rendant l'avis imprimé en caractères garamond.

Il a ricané :

— C'est ça, une souris américaine... Laissez-moi votre carte, si j'ai besoin de conseils, j'irai vous voir.

Quand j'ai tourné les talons, Freud rejoignait ses collègues entassés sur le sol.

J'ai gagné l'île de la Cité. Palais de Justice, un officier allemand gravissait l'escalier de pierre à grandes enjambées. Sur son passage, un gardien de la paix à fourragère s'est figé dans un salut impeccable.

Quai des Orfèvres, le planton ne m'a pas salué.

— *Guten Tag !* j'ai lancé en entrant chez Bailly.

À la lueur jaune d'une lampe fatiguée, il potassait un rapport plus volumineux que *Les mystères de Paris*. Il a levé le nez.

— Qu'est-ce qui vous prend ? il a demandé, sèchement.

— J'apprends les bonnes manières.

Sous le jour pâle tombant du soupirail qui servait de fenêtre, son bureau balançait entre la cellule poisseuse et le placard à balais. Bailly a refermé son dossier comme s'il avait voulu écraser ma remarque entre les pages :

— Je ne vous espérais plus. Vous débarquez juste à temps.

— À temps pour quoi ?

— Pour m'éviter de vous dépêcher un fourgon.

— Moi ?

— Ne me fatiguez pas. Vous ne deviez pas quitter Paris...

— Cas de force majeure. Un appel au secours de ma secrétaire. Vous auriez agi pareillement.

— J'en doute.

— Elle sera déçue.

Il a pressé la sonnette sur son burlingue et un planton au parfum de Pernod est apparu.

— Comment vous faites ça ? j'ai demandé.

J'ai vu saillir sa veine frontale quand il a ordonné :

— Garde à vue.

Le flic anisé posait déjà la main sur mon épaule.

— Détention arbitraire. Ça ne vous suffit plus de me passer à tabac ?

Bailly m'a reluqué :

— Quel passage à tabac ?

— Chez Griffart, vos deux sbires...

— Qu'êtes-vous encore en train de chanter ?

Quand j'ai eu terminé, il avait renvoyé le planton.

— Votre vieille dame n'a pas pu fournir une description des types ?

— Je vous l'ai expliqué, sa mémoire patine. Déjà bien beau qu'elle ait pu m'en dire tant.

Il a sorti un paquet de gris du tiroir et il s'est roulé une cigarette. Ses doigts étaient plus jaunes que la lumière de la lampe. Sa clope agencée, il l'a allumée à la flamme charbonneuse de son briquet. Une odeur d'essence et de tabac s'est répandue dans la pièce. J'ai pris ma bouffarde :

— Je vous demande pas si je peux...

Il s'est balancé en arrière et son visage est entré dans l'ombre. Sous la loupiote, la fumée qui dansait ressemblait à un ectoplasme. Bailly a gardé le silence pendant un moment qui m'a paru long. Le jour baissait. J'ai pensé à tous les types qui l'avaient vu décliner, assis à ma place, sur l'éternelle chaise bancale des interrogatoires.

Derrière la porte, le planton arpentait le couloir. Quand il en a eu marre d'entendre ses grolles rayer le plancher, Bailly est revenu dans la lumière :

— La nuit où Griffart est mort, avez-vous remarqué quelque chose d'inhabituel ?

Il l'avait trouvé, son grain de sable sur le cadavre.

— Non.

— À quelle heure s'est-il couché ?

— Il a veillé tard, je ne l'ai pas entendu monter...

— Vous pionciez, quoi !

— Oh ! Ça va ! Pourquoi ces questions ?

— Parce que votre client, au lieu de vous embaucher, aurait mieux fait de filer son pognon à l'orphelinat de la police.

— C'était un homme de goût.

Ma vanne ne m'a pas fait sourire. Avant que Bailly poursuive, je savais ce qu'il allait dire :

— Le professeur ne s'est pas suicidé tout seul.

J'ai revu le corps de Griffart. Paisible, dans la chambre rangée. Les objets ordonnés, la lettre, la seringue dans sa boîte... Un flic à tronche de serpent avait repéré le détail qui m'était passé sous le nez. C'était raide. Griffart n'était pas un de ces clients qu'on ne voit qu'à l'encaissement. J'avais vécu chez lui. Partagé les petits riens de l'intimité. On a beau vous coller à l'office à l'heure des repas, il n'empêche, ça crée des liens. Les larbins peuvent cracher dans la soupe avant de la servir, ils finissent par s'attacher. Notre monsieur est la dernière des carnes ? Un mot gentil quand on s'y attend pas et nous voilà ramollis. Même si elle lui colle des gnons, il en faut pour que le cabot morde la main de la pitance. Alors, quand le maître a rien du mauvais bougre, il laisse comme un vide. Les jours du grand départ, je comptais plus les petites bonnes aux yeux rougis, les cuisinières au cuir épais secouées de trémolos. Jusqu'aux valets de pied dont la gueule d'enterrement le devait pas qu'à la bienséance.

C'est drôlement foutu, les sentiments. On fait le fier-à-bras, le ni dieu ni maître, et on monte au casse-pipe parce que son capitaine a pris des nouvelles du petit.

Je sais pas si c'est la lumière du dehors qui baissait avant l'heure, mais je me sentais monter du vague à l'âme.

Une nouvelle clope dans le cornet, Bailly soufflait des ronds de fumée. J'ai pas voulu lui offrir ma déconvenue en cadeau.

— Votre légiste était sacrément miro, j'ai fanfaronné.

— Son opticien vend des lunettes pour privés bigleux. N'hésitez pas.

— Ça va ! Vous répétez un rôle de sphinx pour la visite du *gross Paris* ?

— La tournée des marioles est au programme, vous devriez faire un tabac.

— Si vous cessiez de m'envoyer le vôtre dans le nez pour me dire ce que vous avez déniché ?

— C'est curieux comme vous mettez du temps à demander simplement les choses. Enfin, puisque le grand Nestor s'abaisse au niveau d'un fonctionnaire de police, je m'en voudrais de le faire languir. Ça va vous amuser, c'est bête comme chou.

Je n'ai pas relevé. Il a eu l'air déçu.

— Griffart était gaucher, il a poursuivi. Ça, au moins, vous l'aviez remarqué ? Je l'ai vu en entrant dans la chambre. La table de nuit à gauche du lit, le bracelet-montre au poignet droit... Il n'y avait qu'une chose qui ne collait pas.

À nouveau, il s'est interrompu. Je savais ce qu'il attendait. Il me fallait en passer par là.

— Laquelle ? j'ai demandé à contrecœur.

Il s'est fendu d'un sourire satisfait. Celui du serpent quand la petite souris lui tombe tout chaud dans le gosier :

— La trace de piqûre.

C'était suffisant, mais il a éprouvé le besoin d'enfoncer le clou.

— Elle était sur le bras gauche. Vous savez, il a précisé en mimant une injection, celui où on se pique quand on est droitier.

XI

Au sortir de la Tour pointue, j'ai retrouvé le jour, surpris qu'il ne soit pas plus tard. Le clair-obscur, chez Bailly, m'avait fait croire au crépuscule. Pauvre Bailly, serpent d'entresol contraint aux lumignons quand le soleil brillait à deux pas.

En longeant la Seine, j'ai savouré à pleins poumons un air qui jamais n'entrerait dans le bureau d'un inspecteur de police.

Place du Châtelet, on avait rouvert les brasseries. Je me suis attablé en terrasse pour faire le point.

En autopsiant Griffart, le légiste avait identifié le produit injecté. « Phénobarbital. On l'utilise dans certains cas d'aliénation mentale. Le malade devient doux comme un agneau. Et pas plus contrariant. » Côté Saumur, le rapport transmis par la gendarmerie ressemblait à un avis de décès. Sur la route qui mène à sa propriété, Mlle Griffart avait décroché le gros lot. Il pesait son poids d'explosif et lui était arrivé dessus largué par un avion allemand. À Clermont, le retour à la normale avait permis de contacter Delettram. Il tombait des nues. Le suicide l'avait affecté mais pas surpris, l'assassinat le laissait sans voix. Il ne connaissait pas d'ennemi au professeur et ne voyait aucune explication à sa mort. Griffart n'avait pas d'autre passion que la psychiatrie. Sa vie confinait à l'ascèse. Delettram ne s'était pas trop fait prier pour s'arranger avec le secret professionnel. Il rechercherait, parmi les anciens patients de Griffart, ceux qui auraient pu ruminer sa perte.

— « Le psychiatre en intervenant sur la folie peut la rendre insupportable au malade qui cherche à la refouler. Celui-ci n'aura d'autre échappatoire que de se réfugier dans une représentation inversée du monde et de la norme. Il transférera la cause de sa souffrance sur son thérapeute. En situation paroxystique, il pourra penser la faire disparaître en le supprimant. »

Bailly m'avait lu ça d'un trait avant de refermer son calepin :

— Je vois bien un dingue étrangler son toubib ou lui écraser le crâne à coups de marteau. Je le comprendrais, même. À écouter Delettram, l'envie m'en est venue. Je l'imagine plus mal s'introduire à son domicile pour lui faire une piquouse. Ce n'est pas très paroxystique. Vous qui êtes connaisseur en agités du bocal, vous en pensez quoi ?

Devant mon bock, je n'en pensais rien. Le suicide maquillé était le contraire de l'acte accompli sous l'empire d'une crise. Mais le transfert suggéré par Delettram pouvait avoir déclenché un mécanisme à retardement. Un geste mijoté comme un bouillon d'onze heures. Accompli avec la froideur de ces psychopathes à qui on donnerait le bon Dieu sans confession. Eugène Weidman, le dandy assassin raccourci un an plus tôt, avait occis ses six victimes sans se départir de son calme. Sous l'échafaud, les braves gens accourus se repaître de son agonie avaient témoigné d'une hystérie autrement plus manifeste. La tête à peine tombée dans le panier, on se bousculait pour tremper son mouchoir dans le sang. Quand la boulangère se pâme devant les bois de justice et que le mastroquet voit plus rouge que son beaujolais, le barjot peut ranger ses convulsions. La normalité valait déjà pas lourd, mais depuis quatre mois elle suivait la débâcle. Pour fuir plus vite l'avancée allemande, quatre infirmières d'Orsay avaient tué leurs malades en leur injectant un cocktail morphine et Sédol. Le psychiatre chargé de l'expertise avait conclu à un « obscurcissement du sens critique sous l'empire d'une émotion collective ». Un machin capable de transformer quatre braves filles en anges de la mort pouvait aussi bien changer un excité en tueur à sang froid.

— Et pour ces messieurs, qu'est-ce que ce sera ?

À une table voisine, le garçon prenait la commande. Je suis sorti de mes pensées pour le voir essuyer le guéridon où s'étaient installés trois officiers allemands.

L'horloge de la place marquait sept heures. J'ai pris le chemin de l'agence.

— Où étiez-vous passé ?

Les yeux d'Yvette lançaient des éclairs à faire

pâlir la DCA. J'ai accroché mon bada à la patère et j'ai laissé passer l'alerte.

— Détective au bistrot, secrétaire au bureau ! elle a grogné, raide comme la justice.

Sur sa machine ses doigts s'agitaient avec une dextérité à faire rêver. J'ai songé à un tas de choses que le Maréchal aurait désapprouvées.

— Qu'est-ce que vous tapez ? je me suis enquis, histoire de faire diversion. Je n'ai accepté aucune affaire depuis que nous sommes rentrés.

— Justement, je fais un état des lieux. Les créanciers reviendront plus vite que le gouvernement.

Sans cesser de martyriser son Olympia, elle s'est mise à secouer la tête vers le bureau du patron. Elle ressemblait à une aigrette qui aurait chopé la danse de Saint-Guy.

— Voilà une heure qu'elle vous attend, elle a chuchoté.

— Qui ?

— Lucienne Grignand. Elle vous a adressé deux lettres au sujet de son mari.

Elle a zieuté le burlingue et elle a fait une bizarre gymnastique avec sa bouche :

— Dunkerque ! Porté disparu...

— Yvette, je vous avais dit que je ne voulais pas...

— Lucienne Grignand !

— Et alors ?

— La chanteuse...

— Connais pas.

— Elle est certaine que son époux est vivant.

— Parfait, il rentrera tout seul, on démobilise. Et s'il est en Angleterre ou prisonnier, elle ne tardera pas à recevoir des nouvelles. Qu'elle laisse la poste éponger son retard.

— Nes...

Yvette a ôté ses lunettes. Sans ses carreaux, son regard flottait comme un nuage fatigué.

J'ai poussé la porte du bureau.

Lucienne Grignand patientait en feuilletant un vieux numéro de *L'Os à moelle*. Dodue comme une cantatrice, la narine palpitante et le regard plus fiévreux qu'une grippe espagnole.

— Maurice est vivant ! elle a déclamé.

Elle a marqué un temps, au cas où son effet aurait eu besoin d'être souligné, puis elle m'a tendu une photo :

— Monsieur, vous allez le retrouver.

Dans son uniforme, le sergent Grignand avait la touche d'un de ces cabots dont la peau fait tellement de plis qu'on la croirait trop grande. Le contraste avec son épouse était saisissant. En tenue de griveton, pipe au bec et bandes molletières, il posait près d'une cantine roulante plantée dans les dunes. Sur la plage, accrochée à son piquet comme un drapeau blanc, une liquette donnait au tableau un air de vacances. Derrière, la mer qui moutonnait annonçait des coups de tabac.

J'ai reposé la photo :

— Il y a des milliers de braves gars dont personne n'a de nouvelles. Prisonniers, débandés, paumés... sans parler des disparus...

Elle s'est levée, la main sur le cœur.

— Bien sûr, je l'ai stoppée, votre mari est vivant... Alors patientez, il finira par rentrer. En attendant, méfiez-vous de ceux qui vous promettraient de le faire revenir plus vite. Surtout contre de l'argent.

— De l'argent, beaucoup en donneraient pour le voir à nouveau m'accompagner.

Je me préparais une bouffarde. L'allumette a ripé sur la boîte, projetant une étincelle sur le bureau.

— Pardon ?

— Monsieur, bien des mélomanes vous envieraient.

J'ai regardé le phono du patron qui prenait la poussière :

— Pathé Marconi, c'est une bonne marque, mais je ne vois pas ce que...

— Votre discrétion vous honore, vous êtes un gentleman... Rassurez-vous, en venant vous voir, je ne pensais pas garder l'anonymat. Le succès a ses contraintes, n'est-ce pas ?

Ses doigts ressemblaient à des quenelles. Les bagues en plus. Elle a eu du mal à les faire entrer dans son sac à main. Quand elle les a ressortis, ils tenaient un programme de théâtre.

— « Lucienne Grignand, soprano, vedette des concerts Pasdequin, j'ai lu. Récital exceptionnel à la Gaîté-Lyrique de Puteaux. »

Elle a pioché dans le pot à crayons.

— Rappelez-moi votre prénom, cher monsieur...

Elle a griffonné un truc sur le livret et elle me l'a rendu comme si elle se fendait d'un bifton à la quête.

— Des épées nous forgerons des lyres, elle a

récité, la poitrine gonflée d'émotion et d'un tas d'autres choses. Les armes se taisent. Notre pauvre pays a besoin d'oublier sa peine. Notre devoir, à nous baladins, est de lui apporter le réconfort. Je ne faillirai pas à mon devoir.

— Pour sûr, j'ai fait en cherchant du pied la sonnette sous le bureau.

— Répondre à son appel ne dépend que d'une chose : le retour de Maurice.

— Parce que lui aussi...

— Ah, monsieur, en amoureux du bel canto, vous n'avez d'oreille que pour la voix qui le sert. Ceux qui, dans l'ombre, l'accompagnent mériteraient pourtant un peu de lumière.

— Votre époux est...

— Pianiste, monsieur.

« À Nestor, pour des notes d'espoir qui sont la plus belle des partitions. » Sur le programme, la dédicace s'étalait en grosses lettres rondes. Tout en bas, si on se crevait les yeux, on parvenait à lire le nom du musicien compagnon de la vedette.

J'ai revu le fantassin à l'uniforme trop grand. Dans l'enfer de Dunkerque, de la musique, il avait dû en prendre plein les oreilles. Après une symphonie pareille, les grands airs de la guerre en dentelle, il les entendrait différemment. Si toutefois les bulots ne lui avaient pas bouffé les tympans. Deux mois plus tôt, d'Ypres à Calais, sur des kilomètres de sable, quatre cent mille biffins, Français et Anglais mêlés, s'étaient entassés en attente d'embarquer. Le grand reflux les menait à la mer comme les rats du joueur de flûte. Les falaises de

Douvres étaient si proches qu'on voyait leur blancheur sous la fumée des bateaux bombardés. Mais les ordres et les contrordres s'étaient succédé au gré des badernes à culotte de peau. Après neuf jours de feu, je ne donnais pas cher de la roulante du sergent Grignand.

— Il a peut-être rejoint l'Angleterre, j'ai suggéré, ils sont tout de même trois cent mille à avoir traversé.

Elle s'est dressée comme les vierges outragées par l'ennemi dans les livres d'histoire.

— Maurice est sur le sol français !

J'ai battu en retraite :

— Évidemment. C'était pure hypothèse... Mais serait-ce indiscret de vous demander la source de vos informations ?

Lucienne Grignand m'a reluqué comme si j'étais un basson qui venait de faire un couac :

— Le Swami.

J'ai cru qu'elle se payait ma fiole. J'ai regardé vers la porte, certain qu'elle allait s'ouvrir sur les copains d'autrefois. Une boutanche à la main, ils entreraient, heureux des retrouvailles et de leur farce à la noix. On allait rigoler et trinquer jusqu'à plus soif à un tas de choses auxquelles on avait cru. Mais personne n'a franchi le seuil et la porte est restée close.

— Parlez-moi de ce Swami, j'ai dit.

Sri Aurobindo Bakor venait de Bombay. Guidé par les voix qui lui parlaient à travers toute chose, il avait parcouru le monde avant de comprendre que son karma était de soulager la misère descendue sur l'Europe comme un démon malfaisant. Il en avait eu la révélation alors qu'il méditait au bord du Gange. Ses pas l'avaient conduit à Paris. Il y avait mis son savoir au service de ceux qui recherchaient un être cher égaré dans la tourmente.

J'avais guère fréquenté les écoles, mais pour traduire le langage des gogos, ça me manquait pas. Le Swami, je le voyais d'ici. Et bien net encore. Avec sa barbouze, son turban et sa couche de fond de teint. C'est pas des Indes qu'il revenait. Ses sandales, il les avait traînées sur les sentiers caillouteux de la Catalogne. Et sur les chemins de l'exil aussi, les fascistes aux fesses. L'encens qu'il faisait cramer sentait la dynamite et la poudre à fusil[1].

— Vous en faites une tête, s'est étonnée Yvette quand j'ai eu raccompagné la diva de Puteaux.

J'ai ouvert la bouteille de Cinzano qui traînait dans l'armoire et j'ai levé mon verre :

— Au retour de Corback !

1. Voir *Belleville-Barcelone*, *op. cit.*

XII

Boulevard de l'Hôpital, face à la Salpêtrière, les pompes funèbres tenaient commerce. Deux belles agences, bien noires, qui attendaient le chaland. Avec devanture à couronnes, cercueils et angelots de plâtre. Au début, le voisinage avait trouvé ça raide, puis il s'était habitué. C'était pratique, finalement. Et d'un bon rapport. Tout le monde y passe, alors, pour le grand voyage, autant n'avoir qu'une rue à traverser. En signant leur bon d'admission, les malades s'inquiétaient bien de la proximité, mais la porte franchie ils s'alignaient sur les copains. « Dix balles sur le tubard du 12. Trois contre un sur le cancer du 9. » Les plus valides prenaient les paris. Miser sur la mort des autres, ça aide à oublier la sienne. Derrière leur vitrine, les croque-morts en faisaient autant et tout le monde était content. Une imprimerie de faire-part s'était même installée entre les boutiques à macchabées. Corback aurait pas pu trouver plus chouette endroit pour garer sa roulotte. Décorée façon baraque foraine, elle arborait un œil énorme, jaune sur fond de nuit, qui fixait l'hôpital, la paupière lourde de mystère. Sur son versant trottoir, une roue du destin symbolisait la sagesse de l'Orient. Elle évoquait tout autant une loterie pipée à la foire du Trône. Sous une photo du maître au regard plus sombre qu'une tenture mortuaire, une affichette signalait que « Sri Aurobindo Bakor, Grand Swami de Bombay », consultait tous les jours « de 9 à 12 heures et de 14 à 18 heures ». À entendre les éclats de voix à l'intérieur, le mage faisait des heures supplémentaires.

— Escroc !

Avec Corbeau, c'était sans surprise.

— Arnaqueur ! a gueulé la voix dans la roulotte. Tu vas rendre le pognon que t'as étouffé.

— Mon enfant, le chagrin vous égare. La révélation emprunte parfois le sentier de la douleur.

— Tu vas le descendre fissa, le sentier de la douleur !

Le boucan indiquait le type de parole. Quand j'ai fait irruption, Corback était répandu sur le plancher, la lèvre fendue et le turban en goguette. De sa main gauche, il essuyait le sang dégouliné sur son menton. Dans la droite, il tenait un pétard gros comme un temple hindou.

Un sourire s'est dessiné sur ses lèvres tuméfiées.

— Neftor, fa alors !

Les mains en l'air, un gus au format déménageur semblait hypnotisé par le soufflant.

— Frapper un saint homme, ça peut aller chercher loin, j'ai dit.

Le gars n'a pas eu le temps de poser son œil éberlué sur la carte rayée de rouge que je lui passais sous le nez. Elle a regagné ma poche plus vite que l'as de cœur au bonneteau.

— Mais... mais, il a bêlé comme un gros mouton largué.

J'ai ramassé un gri-gri, brisé dans la bagarre :

— Coups et blessures, destruction d'objets du culte...

— Objets du culte ?

— Je crains que vos ennuis ne fassent que commencer. Selon les apparences, un différend d'ordre... commercial vous oppose à Sa Sainteté.

— Sainteté ? Cet enflé ?

— N'ajoutez pas l'insulte aux délits. À combien se monte le litige ?

— Quatre cents francs. C'est ce qu'il a estourbi à ma frangine. Soi-disant pour lui révéler le destin d'André.

— André ?

— Mon beau-frère, on est sans nouvelles depuis mai. André, il était caporal au 5e d'infanterie. D'après les visions de votre Sainteté à la noix, il avait opposé une résistance héroïque aux Allemands avant de suivre la longue route de l'exode. Le retour des égarés allait nous apporter des nouvelles.

— C'était pas ça ?

— André, je l'ai croisé ce matin. Les seules cartouches qu'il a tirées, c'était au Panier fleuri, un bordel de Dijon. Pour sûr, ça devait être héroïque. Depuis deux mois, il faisait la nouba avec ces dames. La longue route de l'exode, il l'a parcourue entre la chambre aux miroirs et le jardin japonais.

— Il est des femins finueux, a protesté Corbeau en examinant sa tronche esquintée dans un miroir sorcière. Ve vous avais promis des nouvelles, vous en avez eu...

Le déménageur s'est empourpré. Un rouge sanguin, tacheté de marbrures violettes.

— OK, j'ai tempéré avant l'apoplexie, la police a d'autres chats à fouetter. Sa Sainteté va vous restituer la moitié de la somme et chacun sera quitte.

— La moitié ? a beuglé le type.

— Le retour d'exode vous a ramené votre beau-frère, non ? 50 % de la prédiction, 50 % de la consultation. C'est réglo. Essayez chez le toubib, quand il a pas tout bon dans son diagnostic, ça m'étonnerait que ça marche. Et, en prime, Sa Sainteté ne portera pas plainte.

— Ma feule loi est felle du divin, a fait Corbeau en sortant un paquet de biftons d'une boîte à reliques.

Le gus l'aurait bouffé tout cru, mais il a préféré récupérer son pognon et claquer la porte.

— Je m'en souviendrai, de la Sainteté, il a grogné en déguerpissant.

Restés seuls, on s'est regardés comme deux vieux copains qui ne savent pas par où commencer. Ça faisait que deux ans, mais la flotte avait coulé sous les ponts. La dernière fois, Corbeau partait pour l'Espagne. Sans fleurs, mais avec fusils. De l'autre côté des Pyrénées, la République agonisait et mon pote, le croque-mort fakir aux idées plus noires que le costume, s'embarquait pour une cause perdue d'avance.

En apparence, il était toujours le même. Le genre sur qui le temps n'a pas de prise. Pourtant, le Corbeau avait du plomb dans l'aile. Quelque chose dans le geste, plus lent, dans sa façon de vous regarder, sa frime accrochée comme une pièce sur une fringue usée. Devant la tronche que renvoyait le miroir déformant, il s'est marré mais je savais ce qu'il voyait derrière les plaies et les bosses.

— On s'en jette un ? il a proposé en ouvrant une des fioles alignées sur l'étagère.

J'ai ignoré le serpent à tronche de Bailly, dans son flacon de formol :

— Lucienne Grignand m'a rendu visite.

Il emplissait deux verres d'un breuvage couleur vin cuit :

— C'est pas vrai... Quelle truffe !

— Les truffes, m'est avis que t'en fais un fonds de commerce.

— Alors, aux truffes, et à l'amitié, il a fait, le godet levé.

J'ai trinqué :

— À l'indépendance du monde ?

— C'est loin, hein ? il a souri.

Et il a séché son verre :

— Lucienne Grignand, le rossignol de Puteaux... Elle est vraiment venue chez toi ?

— Elle croit dur comme fer à tes visions. Paraît que tu as vu son mari dans ta boule de cristal. Elle veut que je le retrouve.

— T'auras jamais gagné ton blé en te foulant si peu. Le Grignand est en face.

— À la Salpêtrière ?

— Pardi, pas aux pompes funèbres.

— Explique...

Il a remis une tournée :

— C'est Riton... Tu te souviens ?

— Riton ?

— Caducée...

J'ai vidé mon gorgeon. L'Occupation s'annonçait grandiose. À lui seul, Riton Caducée valait son pesant d'embrouilles. Il devait son surnom à son diplôme d'infirmier. Authentique ou truandé, il lui servait de viatique auprès d'une cour des miracles de bras cassés, arnaqueurs d'assurances et accidentés du travail bidon. Au fil du temps il y avait ajouté un cercle très privé d'esthètes à pignon sur rue qu'il alimentait en laudanum et autres sirops à rêves. La fripouillerie s'accommodant des convictions, il lui arrivait de soulager les filles dans le malheur du poids de leurs péchés. Riton s'en acquittait pour le seul profit d'un idéal dont il lui restait quelques souvenirs.

— Qu'est-ce qu'il vient faire là-dedans ? j'ai demandé, soupçonnant la suite.

— Il bosse à la Salpê. On est en affaires... Avec la guerre, c'est un vrai défilé dans ma verdine. Et que j'ai plus de nouvelles de mon mari, et qu'on a perdu toute trace du frangin, et que le fiancé s'est dissous dans la nature... C'est moche.

— Je te le fais pas dire.

Ses traits se sont durcis.

— La guerre est toujours moche, Nes. Toujours. Mais moi, les gens, je leur prends que du fric. Et, en échange, je leur file du baume au cœur. Je suis la dernière porte qu'ils poussent. Quand ils ont tout épuisé, ici, il leur reste un espoir. Pourquoi faudrait leur arracher ? Pour accepter la vérité, j'en ai vu plus d'un qu'avait besoin d'être préparé. Tu crois que l'armée et les flics feront jamais ça ? Moi, si. Mes transes et mes tarots, c'est pas que du faisandé.

— Et comment elles se mettent en branle, tes transes ?

— Dès qu'un client me consulte sur un disparu, je balance son pedigree à Riton. Entre infirmiers, ils ont un sacré réseau. De Lille à Marseille, si le gazier est dans un hosto, Riton sera mis au parfum. Il me tuyaute et quand la famille revient, j'ai une vision gagnante. Avec la cantatrice, on a pas eu à chercher loin. Son mari a échoué à la Salpêtrière. Bombardements, amnésie, il a dû errer un moment avant de revenir à Paris. Et pourquoi diable Paris vu qu'il se souvient de rien ? C'est Riton qui l'a reconnu. Il l'avait vu dans *Ciboulette*. Je faisais durer le plaisir avant de casser le morceau. Il a fallu qu'elle vienne te voir ! Le monde est petit, hein ?

— Et si le réseau ne trouve rien ?

— J'improvise. J'ai pas perdu la main, tu sais. Bon sang, tu te rappelles notre numéro de divination avec Lucia ? C'était quelque chose, pas vrai [1] ?

1. Voir *Belleville-Barcelone*, *op. cit.*

Son regard a dérivé loin de la roulotte.

— Vous étiez les meilleurs, Lucia et toi.

— T'as qu'à voir où j'en suis sans elle. À Barcelone, je me suis souvent demandé si je tirais pas sur des fantômes.

— Elle nous manque à tous, Corback.

— T'es chouette, Nes, t'as toujours été chouette.

Il s'était mis à renifler.

— T'es un foutu salaud, Corbeau, de profiter de la douleur du monde. Mais t'es bien le roi des illusionnistes.

Il s'est essuyé le pif sur sa manche :

— Vrai ?

— Robert Houdin peut aller se rhabiller.

Son visage s'est illuminé :

— La poudre aux yeux, c'est un art. Le grand truc, c'est de rester dans le vague. Plus c'est brumeux, moins les faits te contredisent. Dans le lot y'en aura toujours un qu'aura l'air de s'être réalisé. Il fera passer le reste. Sors une bonne grosse évidence, les gens s'y accrocheront. Tu leur dis qu'ils auront bientôt des nouvelles. Ça engage à rien et ça les requinque. Par la suite, que les nouvelles arrivent avec le fils prodigue, une lettre ou l'avis de décès...

— Dis-moi, Caducée, son réseau passerait pas par Clermont, des fois ?

XIII

En sortant de la Salpêtrière, si on prenait vers l'est, et pour peu qu'on ait un autre horizon que ses chaussures, on apercevait la cité Doré. Son nom ne devait rien à la couleur du jonc. C'était un ramassis de baraques lépreuses serrées les unes contre les autres pour éviter de s'écrouler. On pouvait passer à côté sans les voir, planquées qu'elles étaient derrière un mur haut comme celui des prisons. On y accédait par trois ouvertures percées place Pinel, rue Jenner et sur le boulevard de la Gare. Trois gueules béantes d'où s'échappaient parfois des relents d'ordures. Ouverte un siècle plus tôt pour offrir aux ouvriers des gentilles bicoques à potager, la cité utopique du bon M. Doré avait viré trou à misère. Les braves gens l'évoquaient en frissonnant et la police ne s'y risquait plus. Pots de chambre, caillasse, tuyaux de plomb, on aurait garni une décharge avec ce que les flics avaient reçu sur le képi à chacune de leurs visites. Ils en avaient pris leur parti, la cité était devenue zone sans loi. Elle vivait repliée. On y naissait à la va-comme-je-te-pousse, on y mourait vite. Le royaume de la dèche. Pas la pittoresque pour cartes postales, avec poulbots aux joues rouges et cloches à bonne trogne. L'authentique. La mouise à fièvres et à bacilles. Celle qui creuse les cages thoraciques. Qui forge le front bas et les manières brutales. Celle qu'on assomme avec du mauvais vin et des coups sur la gueule.

Dans ce nid à microbes rayé de la carte sanitaire, un millier de chiffonniers s'était entassé avec femmes, enfants, rats, chiens galeux et chats pelés.

Les démolisseurs avaient fait le ménage. Précédant sa frangine de la rue Jeanne-d'Arc, la cité Doré prenait le chemin des souvenirs. En attendant la fin, ses masures éventrées servaient de terrain de jeux aux gamins de la zone. Et de logis à quelques irréductibles. Caducée vivait là, personne n'avait jamais pigé pourquoi.

— Vaut mieux que je t'accompagne.

Corbeau était parfois de bon conseil. Escortés par des mômes couleur de terre, on a serpenté entre les chiffons et les matelas crevés en surveillant nos scalps. On a atteint la baraque de Caducée. Borgne, bancale, bossue, une baraque invalide. Rafistolée au parpaing, étayée à la poutrelle. Tout en récupéré, en bric et broc. Une affiche Ricard comme on en placardait dans les bistrots durant la drôle de guerre remplaçait un des carreaux cassés : « Méfiance, des oreilles ennemies vous écoutent. »

— Il a pas changé, hein ? s'est marré Corbeau en cognant à la porte.

Il a toqué plus fort. Un pas traînant s'est fait

entendre. Un pas à savates. Le genre qu'on lève plus pour marcher. Et Caducée nous a ouvert.

Si on retirait le gras qui lui donnait l'air d'un jambon à l'os, il était toujours le même. Le cheveu filasse, le pif plus cabossé qu'une taule chez le ferrailleur et ce regard candide avec, par-derrière, l'impression qu'il donnait de se foutre de vous.

Le maillot de corps tombant sur son caleçon douteux, Riton Caducée s'est étiré comme un qui se réveille sans son compte de repos.

— T'as vu l'heure ? il a bâillé. Repasse ce soir, j'ai du sommeil en retard. Merde, j'étais de garde toute la semaine.

Une plombe plus tard, on finissait un semblant de café. La mort de Griffart, la seringue assassine, Caducée n'en revenait pas. Il l'avait fait entendre à grands coups de « Merde ! » bien sentis.

— Estourbi, Griffart ! Ça m'en bouche un coin. Ah ! ben, merde ! Un cador pareil... Et pas le genre à mauvaises fréquentations. À part les dingues. Avec eux, on sait jamais, mais c'était sa partie, pas vrai ? Ah ! ben, merde ! Si y'a quelque chose à glaner à Clermont, Edmond nous le dira.

— Edmond ?

— Un collègue. Il est resté là-bas avec ceux qu'on pouvait pas évacuer.

Corbeau tirait la tronche sur son caoua :

— Drôle de truc.

Caducée a reniflé sa tasse :

— Ça devient coton d'en dégotter du vrai. Je l'allonge à la chicorée, j'en ai trop mis ?

— Je parlais d'Edmond. Rester avec les mabouls

quand les Allemands sont aux portes, c'est un drôle de truc.

— Je l'ai toujours connu à Clermont. Je sais même pas s'il a vécu ailleurs. Ses dingues, il les fréquente depuis si longtemps... Qu'est-ce qu'il irait se casser le tronc au milieu de ceux qui courent les routes ? Les siens, au moins, il les connaît.

Ça faisait plutôt mes affaires :

— Demande-lui ce que lui évoque un grand velu, aphasique et tatoué. Un tatouage espagnol.

— Espagnol ?

— Sur le bras gauche, la devise des républicains.

— *No pasarán !...*, a murmuré Corback.

On a laissé la cité à ses miasmes. Sur le boulevard, la brise trimbalait un parfum de houblon. Un camion des bières Lutèce brinquebalait vers Austerlitz. J'ai sorti ma bouffarde :

— On dirait que les brasseries ont repris le boulot.

Dans le quartier, la mousse donnait à plein. Rapport au sous-sol crayeux, frais, où coulait la Bièvre. De belles caves naturelles à bonne fermentation. Pilsen, brune, ambrée, les usines produisaient à grosses cuves. Des fûts livrés aux bistrots de la capitale, et de la banlieue aussi. Les grandes bouteilles familiales de l'Uniprix. Et la cannette spéciale chantier. Pour le casse-croûte. On l'ouvre en pressant le mécanisme en fer qui comprime le bouchon de céramique, et les bulles montent au goulot dans un gentil soupir. Alors, on l'embouche comme un clairon et on laisse la bière descendre dans le gosier. Après, il y aura le grand rot de satisfaction, avec son goût de frichti en revenez-y. On s'essuie la bouche de la main. On regarde le turbin qui attend. Et le contremaître pourrait gueuler plus fort que la sirène, c'est pas lui qui nous ferait bouger.

— C'est quoi cette histoire d'Espagnol tatoué ? a demandé Corbeau du coq à l'âne.

J'ai résumé le récit d'Yvette et le bombardement de La Charité :

— Le gars était méconnaissable. À cette heure, il bouffe les pissenlits par la racine dans la fosse commune.

Un side-car allemand filait, fanion au vent. Corbeau l'a suivi du regard :

— T'as gardé son papelard ?

— Je l'ai toujours sur moi. Yvette prétend que ça devient obsessionnel.

Je me suis fouillé. En vain.

— Je pige pas. Il était dans mon portefeuille.

J'ai refait le tour de mes poches :

— Merde ! Les faux flics !

Corbeau me reluquait comme s'il assistait à un mauvais spectacle. Tout bien pesé, je le trouvais pas meilleur. J'ai laissé Corback à sa roulotte et j'ai pris vers Saint-Marcel. Sur le mur décrépi d'un entrepôt, une affiche jaunie réclamait la paix immédiate : « 3 octobre 1939. Que les armées, laissant la parole à la raison, déposent les armes... » La raison, elle avait encaissé un coup de vieux définitif et l'appel dérisoire d'une poignée de pacifistes avait tourné en eau de boudin. Louis Lecoin,

Jean Giono, Henri Jeanson avaient connu la taule. Et sous la proclamation délavée, les noms des autres signataires s'effaçaient. Alain, Henry Poulaille, Marceau Pivert... Celui de Marcel Déat, l'ancien député socialiste converti au fascisme, faisait comme une tache.

XIV

« Griffart crevé, il y en a d'autres à effacer. »

— C'est arrivé ce matin.

J'ai examiné la lettre qu'Yvette me tendait.

— Toujours aussi anonyme.

— Mais toujours le même parfum.

— Vous êtes certaine ? Je ne sens rien.

— Votre saleté de pipe vous anesthésie l'odorat.

— Je crois plutôt que c'est le vôtre.

— Mon odorat se porte comme un charme, elle a fait en fronçant le nez au-dessus du cendrier.

— Je faisais référence à votre parfum.

— Mon parfum anesthésie l'odorat ? Merci ! Rassurez-vous, il laisse votre goujaterie intacte.

— Bon sang, vous êtes dans un jour pelote d'épingles. J'essayais d'être galant.

— M. Galanterie en personne.

— Je voulais simplement dire que votre parfum me trouble. Qu'il éclipse tous les autres... Enfin, vous voyez le topo.

Elle s'est cabrée, c'était plutôt chouette à regarder. Et plus encore à deviner ce qu'on ne voyait pas.

— Vous savez parler aux femmes, Nestor. Elles adorent s'entendre dire qu'elles s'aspergent d'un machin si lourd qu'il écrase tout dans son sillage.

— Mais vous êtes impossible !

— Werner ne semblait pas de cet avis.

— Werner ?

— Le soldat allemand qui m'a offert sa place dans le métro. Lui, il le trouvait très parisien, mon parfum.

— Allez-y ! Acceptez leur banquette, demain ils vous proposeront leurs genoux.

Elle a fait glisser ses lunettes sur le bout de son nez. Ses yeux ressemblaient à ces billes qui font rêver les cours d'école.

— Qui vous dit que je l'ai acceptée, sa place ?

Elle a lancé un papier plié sur le bureau et elle s'est levée :

— Sycomore.

— Quoi, sycomore ?

— C'est le parfum qui imprègne votre lettre anonyme. Il est de Mlle Chanel. Quand vous m'aurez augmentée, je pourrai peut-être m'en offrir puisque le mien n'est pas à votre goût.

Elle a claqué la porte et elle a fini de passer sa rogne sur sa machine. En soupirant, j'ai avancé la main vers mon râtelier à pipes. Près des bouffardes alignées, la bafouille me narguait. Sycomore... J'avais beau me la coller sous le pif, je ne sentais qu'une vague odeur de tabac froid. J'ai renoncé à mes chibouks pour me rabattre sur le téléphone. Quelques minutes plus tard, il me reliait à l'hôpital de Clermont.

— Le professeur Delettram est absent de l'établissement, laissez-moi vos coordonnées ainsi que l'objet de votre appel, je ne manquerai pas de lui en faire part à son retour.

À l'autre bout du fil, la secrétaire avait débité sa tirade sans respirer.

— Il s'agit d'un motif d'ordre privé. Je suis... enfin, j'étais... un ami du professeur Griffart...

Dans le récepteur, un soupir compatissant a signalé la fin de l'apnée :

— Quel drame épouvantable !

— Vous connaissiez le professeur ?

— Il travaillait aux mêmes recherches que le professeur Delettram. Quel drame...

— Abominable.

— Et quelle perte...

— Irremplaçable.

— Il n'y a pas d'autre mot...

— Savez-vous quand doit rentrer le professeur Delettram ?

— Oui, bien sûr... Il sera de retour après-demain.

— Ah ! C'est fâcheux. Je ne serai plus à Paris. La sœur du professeur m'avait chargé d'une mission... particulière.

— La sœur du professeur Delettram ?

— Du professeur Griffart !

— Oui... bien sûr...

— Il aurait été d'un grand secours.

— Quel malheur !

— Le terme est juste.

— Il laisse un vide immense.

— Il est parti pour si longtemps ?

— ...

— Allô ?

— Excusez-moi, je... j'ai cru que vous parliez du professeur Griffart.

— Vous êtes souffrante ?

— Je vous prie de me pardonner. Avec les événements... Puisque vous êtes envoyé par Mme Griffart, je pense que le professeur Delettram ne verra aucun inconvénient à ce que je vous communique son point de chute. Il est sur Paris, lui aussi, vous pourrez le rencontrer à son hôtel. Le Continent, rue du Mont-Thabor.

En raccrochant, je me demandais dans quel état se trouvait l'asile pour qu'on affecte des malades au standard. Je m'apprêtais à me lever quand le papier d'Yvette a attiré mon regard :

« Conseils à l'inconnu occupé... »

Imprimé en caractères serrés, il prodiguait une série de recommandations aux Parisiens confrontés à l'occupant :

« Ils sont vainqueurs. Sois correct avec eux mais ne va pas, pour te faire bien voir, au-devant de leurs désirs. Si l'un d'eux t'adresse la parole en allemand, fais un signe d'impuissance et poursuis ton chemin. S'il te demande une indication en français, ne te crois pas tenu de le mettre sur la voie en lui faisant un bout de conduite. Ce n'est pas un compagnon de route. S'ils offrent des concerts sur nos places publiques, reste chez toi ou va à la campagne écouter les oiseaux... »

J'ai ouvert la porte.

— Yvette ? Où avez-vous eu ça ?

Elle n'a pas levé le nez de son clavier :

— Par terre.

— Ne soutenez plus le colosse et vous le verrez tomber.

— Pardon ?

— La Boétie, le discours sur la servitude volontaire. Un petit précis de résistance passive avant l'heure.

Je me suis approché de la corbeille à papier. Elle a cessé de taper :

— Qu'est-ce que vous faites ? Vous n'allez pas le jeter ?

— Je croyais que vous détestiez voir traîner des papelards.

— Celui-là est fait pour ça. Rendez-le-moi.

J'ai obtempéré.

— Je le déposerai aux Buttes-Chaumont, elle a dit en l'enfournant dans son décolleté. Quelqu'un le trouvera et ainsi de suite. C'est comme une chaîne, vous comprenez ?

— Je peux le relire ? j'ai demandé en louchant sur sa poitrine.

— Bas les pattes ! C'est le conseil numéro 1.

— Dites, pour être occupé, je ne suis pas un inconnu.

— Occupé, vous ne le paraissez pas beaucoup.

— Ne vous fiez pas aux apparences. Tenez, j'ai retrouvé Maurice Grignand.

L'étonnement lui allait à ravir. J'ai failli le lui dire mais elle y aurait vu du mal.

— Il est à la Salpêtrière. Je vous laisse annoncer la bonne nouvelle à sa soprano d'épouse. J'ai rendez-vous avec un psychiatre.

— Pas trop tôt !

XV

L'hôtel du Continent avait mis ses pendules à l'heure allemande. Sitôt franchie la porte à tambour, on cherchait le calicot de bienvenue à l'armée triomphante. Un souci de discrétion avait dissuadé le gérant de l'accrocher. Pour le reste, les officiers à croix de fer qui devisaient dans le salon pouvaient se sentir chez eux. Des journaux à la carte des boissons, en passant par les plans de Paris offerts par la direction, la langue de Goethe était de rigueur. Tableau des clés, ascenseur, toilettes, elle s'affichait partout, en lettres gothiques flambant neuves.

— Monsieur désire ?

Derrière son comptoir, le réceptionniste tirait la tronche de l'ordonnance dans la salle du mess.

— Tiens, j'ai fait, vous parlez français ?

Il a haussé un sourcil broussailleux.

— Ainsi que l'anglais, l'italien et l'allemand, monsieur.

— Professionnel et prévoyant...

— Merci, monsieur.

Dans son gilet rayé, il était aussi expressif qu'un

zèbre empaillé. Son regard m'a traversé sans rencontrer de résistance et il s'est plongé dans son registre.

— Le professeur Delettram, j'ai demandé avec l'impression de m'adresser au roi de Prusse.

Il a pris le temps de tourner sa page avant de consulter les clés accrochées sous le numéro des chambres.

— Qui dois-je annoncer ?

— Un ami du professeur Griffart.

Il a toussoté.

— Puis-je demander à monsieur de répéter son nom ?

— Nestor, j'ai dit, de chez Bohman.

Il a décroché le téléphone de sa fourche dorée.

— Professeur ? Je vous prie de m'excuser, un ami du professeur Griffart est à la réception... M. de Chébohman...

Son mouvement de menton pouvait aussi bien me dire d'aller au bain que d'attendre au salon. J'ai choisi le salon. Je me suis installé dans un fauteuil au cuir vieilli comme un cognac et j'ai essayé d'estimer le prix d'un psy. Pour ses virées en ville, Delettram ne choisissait pas ce qu'on fait de plus moche. Le Continent avait le luxe feutré de ces établissements où les seuls détectives à pouvoir s'offrir un verre sont ceux de la sécurité. Les petits meubles acajou, les tapis, les reproductions au mur... du bon goût. Du Renoir avec canotiers et des petits rats Degas à l'Opéra. Dans leur cadre patiné, ils faisaient leur effet de calme et de certitudes. On était à Paris, France. C'était rassurant, et flatteur aussi pour celui qui reconnaissait. Ça disait bien haut que la soldatesque, ici, c'était pas le tout-venant, fête de la bière et grosses façons. On était entre gens du monde, politesse et ronds de jambe. De femmes, pas encore. L'heure était toujours au quant-à-soi. « Mais vous savez, ils sont tout à fait comme il faut. Polis, courtois même. » La grande trouille s'émoussait. La guerre était finie, fallait le reconnaître. C'était elle, la vraie responsable. Personne l'avait voulue, au fond. Et c'était pas l'Allemagne qui l'avait déclarée. Voilà où ça menait de refuser la main tendue. Les politiques étaient bien à blâmer. Toujours à la chicane. Ça nous servirait de leçon. « Les plus douloureuses sont parfois les plus profitables. »

— Monsieur de Chébohman ?

Dans le décor de l'hôtel, Delettram faisait incongru. Le veston gris, luisant aux manches, la chemise flagada et le petit gilet de laine bouloché. L'allure de celui qu'on a laissé entrer par erreur. Avec ça, la main molle comme si la coller dans celle d'un autre lui flanquait de l'aversion. Pas antipathique pour autant. Avec sa mèche qui se lâchait aux moments choisis. Le négligé qui se fout des convenances. Pas bourgeois, et peut-être il tenait à le faire savoir. À signifier qu'il était cerveau d'abord. Et par là-dessus, une distance de grand lunaire qu'il mettait entre lui et le monde. À la Le Vigan dans *Les disparus de Saint-Agil*.

Il n'avait pas beaucoup de temps. Mille choses sous son crâne. Autant à boucler dans la journée. Et Clermont, n'est-ce pas, qu'il devait retrouver.

J'ai remercié. Il a eu un petit geste de je vous en prie, c'est bien naturel :

— Vous étiez un ami de Griffart...

Il avait usé du patronyme, à la manière des toubibs entre eux. Le nom, rien d'autre. Direct, précis comme un bon diagnostic. À l'essentiel. La science, pas la littérature.

— Il n'avait pas que ça autour de lui, j'ai dit.

— Pas que quoi ? il a demandé pour être certain d'avoir compris.

— Des amis.

Il a joint les mains sous son menton, comme il devait le faire avec ses patients :

— Je vous écoute.

— Mlle Griffart a reçu ceci, j'ai menti en sortant la lettre anonyme.

Il a lu et sa mèche est descendue le long de son visage.

— C'est ce que je craignais, il a soupiré en la remontant.

— C'est-à-dire ?

— Le suicide de Griffart ne m'avait, hélas, pas surpris. (Il a baissé le ton.) Son patriotisme touchait au sacré. La dépression dans laquelle l'avait plongé la victoire inéluctable de l'Allemagne pouvait faire redouter le pire... Mais son assassinat... J'ai aussitôt pensé au geste d'un ancien patient.

— C'est fréquent ?

— Le désir de meurtre en reste généralement au fantasme. Le passage à l'acte demeure exceptionnel, mais le risque existe.

— Vous pensez que l'assassin aurait pu écrire cette lettre ?

— Qui d'autre ? Le cri libère et l'écriture, surtout celle-ci, est une forme de cri. Avoir commis l'irréparable peut causer, chez le sujet, un état de souffrance plus grand que celui qui a présidé à son crime. Il ne peut le surmonter qu'en expulsant la douleur causée par sa transgression. Un moraliste dirait en avouant sa faute, mais la morale n'a rien à voir là-dedans. La lettre anonyme est un moyen. Celle-ci est intéressante. L'inconscient cherche à minorer la portée du meurtre à travers un phénomène d'autojustification. Griffart était une « crevure », en toute logique il devait crever. Le malade n'aura été que l'outil du destin. À la façon d'une médication, ce genre d'envoi est appelé à se renouveler.

— La seconde lettre est arrivée hier.

Il a redressé sa mèche avant qu'elle ne retombe.

— Déjà...

— Vous semblez surpris.

— La proximité des courriers traduit des crises rapprochées. Puis-je ?

Je lui ai confié la bafouille. Son visage s'est assombri.

— L'évolution est inquiétante. Détruire le thérapeute n'ayant pas vaincu son mal, le sujet en élargit l'origine à tout un groupe.

— Les autres médecins qu'il aurait pu approcher ?

— Exactement.

— Avec un risque de récidive ?

— Il n'est pas exclu. Vous devriez porter cette lettre à la police.

— Je préférais d'abord vous consulter. Imaginez qu'elle n'émane pas d'un malade... Ni de l'assassin.

— Que voulez-vous dire ?

— Quelqu'un pouvait haïr le professeur pour d'autres motifs. Ces envois peuvent annoncer un chantage... À l'évidence, leur auteur ignore la disparition de Mlle Griffart.

— Un chantage ?

— Supposons qu'un élément de nature à compromettre le nom du professeur soit tombé entre les mains d'un aigrefin...

— Impensable, l'intégrité d'Antoine était totale. Vous êtes de ses amis, vous le savez aussi bien que moi.

Il avait lâché le prénom de son confrère comme une preuve de l'estime qu'il tenait à lui témoigner. Je l'ai rassuré :

— Je cherche à éviter toute action maladroite. Prévenue, la police fera inévitablement toutes les suppositions possibles. Lorsqu'elle se penche sur la vie d'un homme...

— Irréprochable.

— Même irréprochable...

— Je vois. Ne craignez rien à ce sujet, croyez-moi, cette lettre est l'œuvre d'un esprit perturbé. D'ailleurs, la seconde le confirme : « il y en a d'autres à effacer ».

— Vous avez raison. À partir de ces courriers, pourriez-vous cerner un profil comparable à celui de l'assassin ?

— À grands traits, oui. J'ai d'ailleurs assuré la police de ma collaboration, jusqu'aux limites du secret médical, cela s'entend. À cet égard, ces lettres sont d'un apport précieux. C'est pourquoi, je vous le répète, mieux vaut les remettre aux enquêteurs.

— Je suivrai votre avis...

On s'est regardés, comme deux types qu'en reviennent encore pas d'une telle histoire, et il a tripatouillé sa mèche.

— Professeur, j'ai demandé, parmi les malades évacués de Clermont, le signalement d'un homme à la carrure athlétique, barbu, peut-être espagnol et probablement aphasique vous évoque-t-il quelqu'un ?

— Clermont compte quatre mille malades. Pourquoi cette question ?

— Cet homme a tenté d'entrer en contact avec moi alors qu'il était dirigé sur La Charité.

— S'il y est hospitalisé, je puis me renseigner.

— Inutile, il est mort dans le bombardement de la ville.

— Cela a-t-il un rapport avec la disparition de Griffart ?

— Je l'ignore. Ah, un détail qui peut avoir son importance, l'homme portait un tatouage sur le bras gauche : « *No pasarán !* ».

— *No pasarán* ?

— La devise des républicains espagnols.

XVI

La pêche exige de la patience. Les lignes posées, restait à attendre. Les infos finiraient bien par suivre les Parisiens. Depuis quelques jours, ils rappliquaient. Bagnoles et charrettes, chevaux et vélos. Petits pas prudents, heureux du retour au bercail. Les volets s'ouvraient. On aérait les logis. Ça sentait le renfermé, mais c'était celui du chez-soi. Il y avait des hommes en bras de chemise, la grosse suée sous le poids des meubles à porter. Des femmes qui déballaient, des mômes comme aux sorties d'école, et les très vieux, assis sur leur chaise, dehors, à contempler le mouvement avec des hochements de tête et des « Quand même, on est encore là ». Le grand va-et-vient secouait les escaliers. Les montées, les descentes, les portes ouvertes. Le logement, on l'aurait cru plus grand à force de coucher dans la paille. L'absence avait réduit ses dimensions. À plus savoir comment l'agencer. Mais on était revenus, et entiers encore. C'était pas le lot de tout le monde. Alors, de quoi on se plaindrait ? Je vous le demande. Y'a déjà tellement de malheur.

Entre deux étages, on se racontait la Loire à Tours, le mitraillage à Maintenon. « Et, bon sang, tu vois pas que c'est lourd ? Aide-moi donc au lieu de bavasser. » À peine remis dans ses murs, on se refaisait les vies d'avant. Avec leurs coups de gueule et leurs airs entendus. « Allez-y, madame Goitreux, votre homme est chargé comme un baudet, je m'occupe du petit. » En bout de course, ce soir, on dormirait dans ses draps en retrouvant, juste où il faut, son creux dans le matelas.

Gopian aussi était revenu[1]. En arrivant, j'ai vu que ça. Le rideau de fer levé à son bistrot. L'exode, dans une autre vie, il avait déjà donné, Gopian. Les Turcs, l'Arménie en flammes et en massacres. Les postes-frontières, franchis de nuit, dans le froid des montagnes. Avec les gardes engourdis dans leur guitoune, mais encore capables de faire un carton. Et de vider un godet pour l'arroser. Les visas, les tampons, les papiers timbrés à payer cash. « Y'a peut-être un moyen de s'arranger, c'est votre sœur cadette ? » Puis le bateau, sa vieille coque plus rongée de rouille que le capitaine de petite vérole. Le pont humide, la couverture poisseuse d'eau de mer et, quand on l'attend plus, Marseille qui se découvre au soleil du matin. Avec, tout en haut, la bonne Dame de la Garde. Si brave à veiller sur la ville qu'on embrasserait le sol en descendant. Mais : « Allez, magnez ! La Canebière, ce sera un autre jour. » Le camion bâché attend, qui suit le fleuve en vous secouant les tripes sur sa suspension

1. Voir *Belleville-Barcelone*, *op. cit.*

déglinguée. Destination Valence ou Romans, les usines à chaussures. « Les Arméniens, on est réputés pour ça. De la belle ouvrage. » Escarpins, bottines, mocassins. Des articles élégants, et solides. Du tout cousu. Paris, enfin. Belleville. Le cuir, toujours. La machine à coudre sous la fenêtre, à piquer jusqu'au soir sans allumer, rapport aux économies. Une vie de petit Arménouche, la bosse roulée, jusqu'au bistrot acheté, avenue Bolivar, pour poser son sac. Et croire qu'on a gagné le droit d'être d'ici. Alors, quand on vous dit qu'il faut repartir... Gopian, lui, avait cru devenir fou. Contre les vieilles histoires de malédictions et de peuples errants, il avait tenu tant qu'il avait pu, dans son troquet. À cuisiner sa tambouille comme avant. Il avait vu les projecteurs s'éteindre dans les studios des Buttes-Chaumont. Les machinos larguer leurs câbles, les ateliers se vider. Une à une, les Singer s'étaient tues dans les piaules du travail à façon. Et rue Jouye-Rouve, les blanchisseuses avaient laissé le lavoir. Nous, on y venait encore, à son comptoir. Accrochés qu'on était au zinc comme à un radeau. Puis, un soir, Bohman avait fait ses adieux. Gopian avait pigé que c'était foutu. Le lendemain, il fermait boutique.

Cap sur Valence. Les quartiers aux parfums d'Arménie, la côte des tanneurs, celle des chapeliers. Les platanes sur les boulevards. L'ouzo et les cousins.

Jamais il n'avait dépassé Orléans. Trop de bordel, de malheur, trop de mort. Gopian était rentré. Avenue Simon-Bolivar, le rideau de fer levé, les trois tables sorties et lui qui les passait au jet, ça faisait un jour de fête. Un 1er Mai avec son muguet, les ampoules aux pieds d'avoir défilé et le gosier sec de trop de braillements.

J'ai grimpé les escaliers de l'agence plus vite que Bartali le tour Malet.

— Yvette ! Gopian est revenu !

Une cigarette au bec, elle passait ses ongles au rouge.

— M. détective est toujours au parfum...

— Vous m'en voulez encore ? j'ai demandé, crachant en vrac nicotine et poumons. Enterrez la hache de guerre, je vous invite à prendre un verre.

— Merci, je n'ai pas besoin de chevalier servant, je m'apprêtais à descendre.

— C'est pour ça, vos peintures ?

Les doigts écartés, elle a soufflé dessus pour faire sécher.

— Vous voudriez que j'accueille Gopian sans hisser les couleurs ?

Avec leur rouge aux ongles, ses mains jouaient les Pierrot gourmand. De voir ces jolies sucettes, je me suis senti des envies de sucré. Peut-être parce qu'elle était chouette, Yvette, et bien vivante après les sème-la-mort du Continent. Peut-être parce que le retour de Gopian annonçait autre chose que des ruines. Peut-être à cause de ses yeux qu'elle plissait sous la fumée ou de sa moue, la clope aux lèvres. Allez savoir pourquoi je lui ai dit :

— Et si on ne le prenait qu'après, ce verre ?

— Après quoi ? elle a demandé avec un regard à faire fondre un tank et tout ce qu'il y a dedans.

Gopian avait fini d'astiquer son bistrot depuis belle lurette quand on s'est extirpés du canapé.

— Vous ne m'avez pas encore parlé de votre psychiatre..., a fait Yvette en se recoiffant.

— Il ne m'a pas appris grand-chose.

— C'est que vous ne lui avez pas tout exposé.

— De quoi parlez-vous ?

— De vos tendances perverses. Je pourrais lui en raconter, moi...

— Fantasmes féminins. Je suis sûr qu'entendre les vôtres passionnerait Delettram.

— Pas vous ? elle a susurré. Vous êtes loin de les connaître tous.

— Un tas de psys adoreraient vous allonger sur leur divan.

— Ils sont certainement plus confortables que le canapé de l'agence. Parlez-moi un peu de ce professeur.

— Peu de chose à en dire... Il paraît prêt à collaborer.

— Avec qui ?

— Comment, avec qui ?

— Vous n'êtes pas au courant ? Pétain a annoncé une politique de collaboration avec l'occupant.

— Le gérant du Continent a dû entendre son appel. L'hôtel est farci d'officiers allemands. Delettram en est rafraîchissant. Nos bafouilles l'ont intéressé. D'après lui, elles confirment sa théorie. Griffart a été refroidi par un de ses dingues. Et l'assassin pourrait ne pas en rester là.

— Réjouissant. Et notre barbu ?

XVII

Le barbu, il nous est revenu le surlendemain. Du moins, son premier morceau. C'était un barbu-puzzle. Caducée nous en livrait une pièce.

— Edmond n'a pas chômé. Votre gars a été admis à Clermont le 6 janvier 40. Depuis plusieurs jours, il manifestait des signes de dérangement. D'un seul coup, il a déraillé dans les grandes largeurs. La paranoïa aiguë. Barricadé chez lui, à plus reconnaître personne, menaçant de se faire sauter avec la baraque. Quand il est arrivé, il était aussi remuant qu'un légume. Et pas plus causant. Il a jamais reparlé depuis. D'après sa fiche d'admission, il s'appelait Max Fehcker et logeait à l'hôtel Moderne, un meublé rue de la Glacière.

Glacière. La logeuse avait dû se gourer de quartier. La glace, elle en suçait pas souvent. Son truc, c'était plutôt le sirop de Bercy. Il lui avait mûri le pif et trempé le caractère. L'aborder à l'heure de la rincette, c'était aléatoire. Mais son planning affichait pas d'autre créneau. Le vin, elle le servait elle-même dans l'épicerie-buvette attenante à l'hôtel.

— Fehcker ? Encore ? Vous allez pas m'annoncer son retour des fois ? Parce que des comme lui, merci.

— Il vivait ici depuis longtemps ?

— Il est arrivé à Noël, ça s'oublie pas. Vous parlez d'un Jésus.

— Des histoires ?

— Pensez-vous, on pouvait se douter de rien. Un ours. Pas mal léché, notez. Mais pour ce qui est de se mêler aux pensionnaires, bonjour, bonsoir, point final. Remarquez, en deux semaines, il a pas eu le temps.

— Et avant ?

— Avant chez moi ?

— Oui.

— Alors là, mon bon monsieur, vous m'en demandez trop. J'ai déjà tout expliqué à vos collègues.

— Mes collègues ?

— Les deux inspecteurs qui sont venus hier.

— Des inspecteurs...

— C'est que j'ai l'œil, moi. Dès que vous avez franchi mon seuil, j'ai deviné que vous étiez de la grande maison.

— Perspicace...

— Oh, la, la !

— Et physionomiste, je suis sûr.

— Physiomis... vous pouvez le dire.

— Ça doit être difficile de vous coller, pas vrai ?

— Hé, hé...

— Si je vous demandais à quoi ressemblaient

mes collègues, vous me les décririez en deux coups de cuillère à pot.

— Deux coups. Pari tenu ?

— Tenu.

— Le grand, c'est facile, il avait un bec-de-lièvre. Il s'était bien laissé pousser la moustache mais ça se voyait comme le nez au milieu de la figure. C'est le cas de le dire. Surtout que le sien était aplati, forcément. Et puis le parler qui va avec. Une voix qu'on sait pas si elle sort de la gorge, du blair ou de l'entre-deux. L'autre, un peu moins grand, les cheveux frisés, des grosses lunettes teintées. Les yeux fragiles, sûrement. Bec-de-lièvre et lapin russe, je me suis dit, sauf votre respect...

J'ai émis un sifflement admiratif.

— Si on veut pas être photographié, faut pas croiser votre regard !

— C'est le métier. Trente ans de comptoir !

— Ça aide à y voir clair. Vous prenez quoi ?

— Une côte, jamais autre chose.

J'ai aligné un billet :

— Gardez la monnaie.

Elle a rempli deux verres ballons et elle a vidé le sien avant que j'aie pu lever le coude.

— Les côtes, monsieur l'inspecteur, c'est pas tout de les monter, faut savoir les descendre.

— Fehcker avait laissé quelque chose en partant ?

— Laissé quoi ? Il possédait que ses frusques et deux ou trois bouquins. Les bouquins, j'en ai retrouvé un cette semaine. Hier, avec vos collègues, ça m'était pas revenu. Faut dire qu'ils sont moins aimables que vous...

— Vous reprendrez bien une côte.

— C'est pas de refus, discuter, ça déshygratte. Je sais pas comment ils font à l'Assemblée, à palabrer toute la sainte journée.

— Ils ont une buvette, j'ai dit en clignant de l'œil.

— Ah ! Je comprends mieux.

— Et ce bouquin ?

— Ce qu'il en reste est dans les ouatères.

— Dans les...

— À la police, vous avez les moyens de l'acheter, le papier ? Ici, non. Son bouquin, il était même pas en français.

— Ils sont où, vos waters ?

— Dans la cour, monsieur l'inspecteur. Regardez pas au désordre, j'ai pas encore nettoyé aujourd'hui.

À condition de pas se répandre sur les pavés glissants, on risquait pas de les louper, ses ouatères. Même après le couvre-feu. L'odeur vous y menait à reculons. J'avais lu un truc, une fois, sur les tranchées de 14. Je m'en suis souvenu en ouvrant la porte en bois. Au-dessus du trou, le bouquin, déchiré, pendait à sa ficelle. Je l'ai arraché sans respirer et je suis sorti l'examiner à l'air libre.

Alexis Carrel : *Der Mensch, das unbekannte Wesen*[1].

On avait souligné des phrases. Comme le font les étudiants quand ils potassent. Des phrases

1. *L'homme, cet inconnu.*

importantes, sûrement, et bien senties. Celles dont on s'imprègne et qu'on cite en société. Des phrases qui claquent comme des drapeaux, et c'est bien là tout le problème.

— Fehcker n'a jamais reçu de visite ? j'ai demandé en revenant à l'épicerie.

— De la visite ? À part Fernand, personne.

— Fernand ?

— C'est même lui qui l'a accompagné dans l'ambulance, tenez ! Avec un jeunot que j'avais jamais vu. Une gueule de môme et des tifs gominés.

— Et c'est qui, ce Fernand ?

— Boisrond, il a logé chez moi ça fera bientôt deux ans. Il travaillait au bagne à l'époque.

— Au bagne ?

— La raffinerie Say, boulevard de la Gare.

Nager dans le sucre, ça en fait rêver. Pourtant, en arrivant chez Say, on pigeait que c'était pas du gâteau. Sous la poussière de ses cent ans, l'usine avait l'aspect accueillant d'une forteresse. À la pensée d'y pénétrer, on comprenait ce que c'est d'aller au chagrin. J'étais là, à reluquer les grilles avec une impression de déjà-vu, quand l'image m'est revenue. Sans prévenir. Projetée sur les murs comme sur un écran de ciné : « Ouvriers et ouvrières de la raffinerie Say, treizième jour de grève. » C'était en 36. Au stade Buffalo. Cinquante mille personnes. Et sur la scène le défilé des grévistes. Il en était venu de tout Paris. De la ceinture rouge, aussi. Ivry, Aubervilliers, Pantin, Nanterre, Courbevoie. Avec le nom des usines, comme des réclames qu'on applaudit au Tour de France. Panhard, Simca, Cadum, les Grands Moulins... Et la compagnie du gaz, et celle de l'air comprimé. Et toutes les autres, qu'on connaît pas, l'imprimerie Tartempion, les câbles Machin... « Raffinerie Say, treizième jour de grève. » Fallait le faire, pas vrai ? Les femmes en robe légère et bibi, le poing levé. « Ouvriers, ouvrières... » Les hommes, costard du dimanche, pas en reste de sourires farauds. Avec, malgré tout, du tremblement en dedans, de vivre un moment pareil. Et la banderole, si petite, comme pour pas déranger. « On aurait dû la faire plus grande. Non, non, y'a d'autres camarades en lutte. »

Et voilà, quatre ans plus tard, quand on demandait où travaille Fernand, une marchande de vin vous répondait : « Au bagne. »

— Je cherche Fernand Boisrond, il bosse ici.

Le planton a porté l'index à sa casquette réglementaire :

— Ils sont plus de deux mille dans son cas. Vous avez rien de plus précis ? Son atelier ? Son équipe ?

— Non.

— Remarquez, deux mille... c'était avant la guerre. Entre la mobilisation et l'exode, je serais incapable de dire combien il en reste. De toute façon, c'est encore trop. Le sucre, bientôt, faudra apprendre à s'en passer. Les betteraves, on est pas près de les revoir. Plus de semis et plus de paysans pour les arracher. Faire tourner la boîte, c'est devenu un vrai bordel. Pire qu'en 36.

— C'est dire.

— Oui, hein ?

Il a levé la barrière pour laisser sortir un bahut. J'ai attendu qu'il la rebaisse.

— Je fais comment pour Boisrond ? J'ai une mauvaise nouvelle à lui apprendre. Un de ses amis est mort. Bombardement.

— Sale coup. Et c'est pareil tous les jours. Hier, c'était une petite du raffinage. Son fiancé. Elle avait plus de nouvelles depuis juin. On vient seulement de retrouver le corps, près d'Amiens. Enfin, Pétain a mis fin à tout ça.

— C'est pas lui qui va prévenir Boisrond.

Il a sorti une boîte de tabac à priser, il s'en est collé une pincée dans les naseaux et il a inspiré à s'en faire péter les sinus.

— Sale coup, il a redit en se pinçant le pif. Passez toujours au bureau du personnel. À gauche après la cour, ils vous renseigneront.

Fernand Boisrond n'était pas près de reprendre son service. Encerclée dans le petit village de Craon-sur-la-Lys, coupée de sa compagnie depuis trois jours, sa section s'était rendue à l'ennemi après avoir tiré ses dernières cartouches au premier soleil de mai. Depuis, le première pompe Boisrond, rappelé en mars 40, comptait les jours dans le baraquement gris d'un stalag lointain.

— C'était un ami proche ?

Elle était désolée, la petite employée au gentil sourire. Plutôt que tripoter son pot à crayons, elle aurait bien fait quelque chose pour moi. Et pour Fernand, surtout. Un si gentil garçon, fallait que ça lui arrive en ce moment. Déjà, se retrouver prisonnier à un mois de ses noces... Pensez. Enfin, valait mieux ça qu'être porté disparu, n'est-ce pas ? Et puis c'était peut-être plus qu'une question de semaines, à présent. « L'armistice, c'est presque la paix. Alors, à quoi ça servirait de garder nos soldats ? » En attendant, Fernand, lui annoncer la mort d'un ami, ça n'allait pas lui remonter le moral. Si elle était à ma place, la petite employée, avec son gentil sourire, elle en aurait parlé à Suzanne. La fiancée de Fernand.

— Elle travaille chez Say, elle aussi. Enfileuse. Tenez, son équipe termine à deux heures, elle ne va pas tarder à sortir.

Elle a quitté son bureau pour me montrer l'atelier par la fenêtre. Elle était jolie. Elle avait mis une robe à fleurs. Un motif de saison, et gai avec ça. En se levant, elle a pris sa canne. Le mouvement a fait tourner sa robe. Et les fleurs ont dansé autour de la prothèse qui grimpait sur sa jambe comme un mauvais lierre.

— La voilà !

Un groupe de filles traversait la cour.

— Au milieu, qui discute avec la petite au foulard... C'est Suzanne... Oui, la jolie brune.

— Jolie, pour sûr, j'ai approuvé. Mais à côté de vous, elle peut toujours s'accrocher...

Le rose aux joues lui allait bien. Je crois le lui avoir dit en sortant. Peut-être ça faisait trop, mais, bon sang, le rose sur ses joues était vraiment chouette.

J'ai rattrapé Suzanne à la barrière. Ses copines

ont pris du champ pour l'attendre un peu plus loin. Quand j'ai eu expliqué mon affaire, elle leur a fait signe d'y aller.

— Pauvre garçon. Si vous voulez bien, je l'annoncerai moi-même à Fernand. C'est mieux. Déjà qu'il se ronge les sangs dans son stalag !

Fernand lui avait présenté Max un soir de janvier. Ils avaient rendez-vous au restaurant, le Tout-va-bien, ils s'y retrouvaient parfois, le samedi soir, en amoureux. Alors, voir arriver ce type...

— Je n'étais pas enchantée, ça non. Mais j'ai fait bonne figure. Pauvre Max, si je l'avais accueilli en lui faisant la tête, en plus...

— En plus de quoi ? j'ai demandé tandis qu'on remontait vers Italie.

— En plus de ce qu'il avait vécu.

— Ah ! L'Espagne...

— Et l'Allemagne, avant.

— L'Allemagne...

— Devoir quitter son pays, laisser les siens. Sa sœur, surtout, Max y était si attaché. Mais je ne vous apprends rien.

— Il l'adorait...

— Il avait toujours pensé la faire venir. Mais il avait déjà tant de mal à s'en sortir. Alors, avec une enfant handicapée... Tout de même, quel destin ! Fuir l'Allemagne pour se retrouver à Loriol...

— Loriol...

— Le camp d'internement. Vous savez bien...

— C'est là-bas que Fernand l'a connu ?

— Oui et non. C'était en septembre 39. Fernand était descendu chez son oncle, à Montélimar. Il tient un café. Max venait d'arriver au camp juste à côté.

— À Montélimar ?

— Oui, dans l'ancienne tannerie, vers Le Teil. On y avait mis des réfugiés. Ils pouvaient aller et venir. Pas comme dans les Pyrénées, avec les gardes mobiles et les barbelés. De temps en temps, Max donnait un coup de main au café. Après, il a été transféré à Loriol, ça devait être fin novembre. Un mois plus tard, Fernand le trouvait devant la porte.

— Vous savez ce qui a déclenché son coup de folie ?

— Non. Il était plutôt renfermé. Mais de là... Fernand est allé le voir plusieurs fois à Clermont. Et puis il a été rappelé. Voilà toute l'histoire.

On arrivait au métro. Le Kursaal, transformé en *Soldatenkino*, projetait un film allemand.

— Je préviendrai Fernand, elle a soupiré. Vaut mieux que ce soit moi.

J'ai serré sa main. Elle a grimacé.

— Désolé, j'ai fait en remarquant ses doigts écorchés.

— C'est le métier qui rentre.

— Le métier ?

— Le sucre, avant d'être cassé en carrés, il sort par plaques. Faut les attraper et les enfourner dans le séchoir. Vous pouvez pas savoir ce que c'est coupant, une plaque de sucre.

J'ai remis mon bada :

— Je crois que j'en grignoterai plus de la même façon.

— C'est gentil.

Sur un mur, une affiche avertissait les passants qu'il était interdit de circuler après vingt et une heures « sans permission spéciale de la *Kommandantur* ».

— Personne d'autre ne vous a contactée au sujet de Max ?

Suzanne a paru surprise.

— J'ignorais même qu'il avait des amis à Paris.

Soudain, elle a réalisé :

— Max n'avait jamais parlé de vous...

Elle a eu ce regard qu'on voit parfois aux bestioles prises au piège.

— Je suis du bon côté, j'ai souri en lui filant mon bristol. C'est pas le cas des deux types qui risquent de traîner dans le coin. L'un a un bec-de-lièvre, l'autre des lunettes fumées. Leur carte de flic est aussi faisandée qu'une info de Radio-Paris. Si vous les apercevez, méfiez-vous et appelez-moi.

L'affiche, sur le mur, ordonnait de « ne circuler que sur les trottoirs et de se tenir sur le côté droit, sens de la marche ». J'ai tourné les talons, les deux pieds dans le caniveau.

XVIII

Il suffit d'un rien pour prendre une longueur dans le nez. Un ballon de rouge, par exemple, qu'on n'a pas offert à une bistrotière au gosier en pente. Elle l'avait dit, pourtant, la logeuse de Fehcker : les côtes, faut savoir les descendre. Les faux flics avaient loupé le coche. Qu'ils n'aient pas pointé leur pif à la raffinerie témoignait d'une chose. Ils ignoraient l'existence de Fernand.

Je me sentais d'humeur à célébrer.

— C'est quoi, le plat du jour ?

Dans le restau, Gopian fourgonnait en cuisine :

— Omelette du chef.

— Il y met quoi, le chef ?

— Des œufs.

Yvette dépliait sa serviette. Elle m'a fait signe de pas insister.

— T'as pas vu la valse des prix ? a continué Gopian dans ses fourneaux. Le chef, ici, il est comme les clients, il suit plus. Maintenant, si ces messieurs-dames de l'agence Bohman ont décroché le gros lot, je peux garnir leur omelette avec des lardons et des petits légumes.

— Moi, je l'aime bien nature, a dit Yvette en roulant des yeux.

On a laissé Gopian à ses gamelles et on est revenus à nos moutons en se foutant des jours maigres.

— Ça avance, lentement, mais ça avance. On a le pedigree du barbu et le signalement des faux flics.

— C'est un début, a fait Yvette en tâtant le pain de la veille dans la corbeille. Mais pourquoi vous obstiner à mêler Fehcker à Griffart comme s'il s'agissait d'une même affaire ?

— Vous avez déjà pêché à la ligne ?

— Quel rapport ?

— Le fil dans l'eau, tendu juste ce qu'il faut pour épouser le courant, le bouchon qui flotte à la surface comme un canard minuscule, et vous qui attendez. On croirait que vous ne faites qu'attendre. Mais sous votre chapeau, les pensées s'agitent. Un charivari de cent mille choses, et autant d'idées qui vont et viennent. Pourtant, rien ne bouge, que le bouchon qui tangue gentiment. C'est lui qui donnera le signal, lui et la tension du fil. Alors, vous le regardez et, déjà, les pensées sont moins nombreuses. Et ça dure, et c'est le grand calme des pêcheurs. Le fil, le bouchon, et les pensées qui se confondent jusqu'à n'en faire plus qu'une. L'essentielle...

— Et c'est quoi ?

— Le bouchon.

Elle a pris l'air pâmé :

— C'est aussi beau que le nirvana raconté par Corbeau.

— Je n'ai jamais prétendu que Fehcker et Griffart étaient une même affaire. Mais quand un psychiatre est assassiné, que ses travaux mènent à Clermont, qu'un malade du cru se balade avec un message qui m'est destiné, je pose ma ligne et je l'observe. Et si ça se confond, qu'est-ce que j'y peux ?

La porte s'est ouverte sur deux types en salopette, les cheveux blanchis sous la gâpette.

— Holà, tavernier ! ils ont fait en se posant sur le zinc.

Gopian sortait de la cuisine, sa poêle en main :

— Chaud devant !

Son visage s'est éclairé :

— Les rois du projo sont de retour. Les studios redémarrent ?

Un des machinos admirait ses bacchantes dans la glace du comptoir :

— Ça devrait plus tarder.

— Le jour se lève ! a lancé le plus petit, une cigarette sur l'oreille. Les cinoches rouvrent. Va falloir les alimenter. Paraît que les films anglais vont être interdits.

— En attendant, a fait le moustachu, je sais pas qui va faire tourner la boutique. La moitié des gars manque à l'appel.

Gopian a aligné deux verres :

— Deux jaunes, tant qu'il y en a ?

— Au retour des prisonniers ! a claironné le petit.

— Et à la mémoire de ceux qui reviendront pas, a fait l'autre.

Ils ont pris la tronche qu'on tire aux minutes de silence et ils ont éclusé leur pastaga.

— À propos de mort, a dit Yvette en entamant son omelette, vous ne creusez pas beaucoup autour de Griffart.

— Je fais avec ce que j'ai. Delettram est formel, Griffart n'avait pas d'ennemis. À part peut-être chez ses malades si on en croit sa théorie. Elle tient debout.

— Et lui ?

— Une réputation en ciment armé. Dans sa partie, c'est une sommité. On publie ses recherches dans des bulletins, des revues spécialisées, des ouvrages scientifiques. Ses travaux ont été traduits en anglais, en allemand... Une tronche, reconnue et respectée.

J'ai sorti mon calepin :

— « La médecine de l'hérédité ».

— Qu'est-ce que c'est ?

— Le dernier papier publié par Delettram...

— Ça doit être chou.

— ... dans les *Cahiers d'études psychiatriques*.

— Rappelez-moi de prendre un abonnement.

— Un type qui écrit dans les *Cahiers d'études psychiatriques* est forcément au-dessus de tout soupçon.

— Forcément.

Elle a saucé son assiette et elle a porté le pain imbibé à sa bouche.

— C'est rudement bon quand elles sont baveuses, elle a soupiré, du jaune d'œuf au menton.

Les machinistes la reluquaient dans le miroir, les yeux plus allumés qu'une batterie de projecteurs.

— Yvette, vous allez foutre le feu aux studios avant leur réouverture.

Elle a mâchouillé son pain à l'œuf avec un petit bruit mouillé.

— Nes, je vous l'assure, vous devriez en parler à Delettram.

— Parler de quoi ?

— De vos obsessions. Jusqu'ici, vos idées n'étaient pas reluisantes, à présent elles deviennent fixes.

J'ai refermé mon calepin :

— Il y en a une qui me turlupine.

Elle a posé les coudes sur la table, le menton dans ses mains et une moue terrible sur ses lèvres. Dans le miroir, les deux types étaient plus rouges qu'un rideau de cinoche.

— Laquelle ? elle a chuchoté.

— Le dingue rancunier qui bute son toubib, ça se tient. La camisole, la douche glacée, quand on n'a pas d'humour, ça crée des malentendus. Qu'il se soit servi d'une seringue, pourquoi pas ? Avec ce qu'on leur injecte à longueur de temps, c'est jamais qu'un retour à l'envoyeur. Mais les faux flics, non. Même avec de la bonne volonté, ça ne colle plus.

Elle s'est essuyé le menton, sérieuse. Au comptoir, les deux gus ont eu l'air de mômes privés de dessert.

— Continuez, elle a dit tandis qu'une jolie ride creusait son front.

— Quand bien même notre dingue aurait des potes qui se prennent pour des flics, après tout, y'en a qui se prennent pour Louis XVI. Quand bien même...

— Oui, bon, quand bien même, elle a fait avec une pointe d'agacement.

— Pouvez-vous m'expliquer ce qu'ils seraient allés fabriquer chez Fehcker ?

En la voyant chausser ses lunettes, les machinos ont haussé les épaules.

— Vous êtes content ? Vous l'avez ménagé, votre effet. Le bouchon, les pensées qui ne font plus qu'une...

— Et alors, si le bouchon nous disait que Griffart et Fehcker sont une seule affaire, qu'est-ce que j'y pourrais ?

XIX

Les deux flics étaient faux, mais dans le genre maniaque, c'était des authentiques. Leur marotte de tout foutre en l'air sortait même de l'ordinaire. Elle aurait mérité des études, des exposés dans les *Cahiers d'études psychiatriques*. On avait déjà observé le cas chez les poulets, mais au test de la perquisition ceux-là étaient plus vrais que nature.

C'est Yvette qui a repéré la porte fracturée. On était arrivés à l'agence en flânant, dans l'odeur de gazon frais qui montait des Buttes. C'était un matin panne d'oreiller. La faute au changement d'heure probablement, les autorités avaient décrété qu'on adopterait celle de Berlin. C'était logique, au fond. Mais faut reconnaître, reculer sa tocante incite pas à aller de l'avant. Sur le traversin, on avait longtemps réfléchi à ça, Yvette et moi. J'y pensais encore en reluquant ses jambes dans l'escalier. Avec les bas bien tendus et la belle ligne droite de leur couture qui se perdait sous la jupe. Mes guibolles, à moi, je les sentais en coton. Engourdies d'un reste de nuit qui refusait de les quitter. Yvette m'avait distancé d'un bon palier quand elle s'est arrêtée.

— Nestor ! elle a chuchoté, vite !

Une main sur mon soufflant, je l'ai rejointe, essoufflé. Sur la porte entrouverte, la serrure pendouillait, navrée de s'être fait avoir.

En poussant la lourde, je savais ce qu'on trouverait à l'intérieur. Une colonne de blindés aurait fait moins de dégâts. Du regard, j'ai cherché ce qui restait debout, je n'ai pas trouvé grand-chose. Alors j'ai pensé à Bohman. À ce qu'il avait sué pour son agence. Aux nuits passées à guetter tous ces types qui sortiraient peut-être jamais de chez eux. Aux retours bredouilles dans l'aube humide. Aux troquets miteux où on poireaute pour l'éternité. Aux constats d'adultère, avec la femme au drap remonté sur le visage, et l'homme, ses plis sur le bide, qui n'a pas ôté ses chaussettes. Quand la honte vous saisit d'être là et d'avoir à faire ce sale truc. Aux ruelles poisseuses et à leurs becs de gaz plus pisseux que des tasses. Aux poubelles à triturer quand on y cherche une vieille lettre compromettante qui pourrit tout au fond, sous des tonnes d'ordures, entre du gras de barbaque et des cotons hygiéniques. Aux chambres minables. Aux filles d'abattage, saoules du soir au matin et qui feraient pendre un nouveau-né si elles pouvaient en tirer de quoi boire encore un coup. Aux gnons encaissés, aux trottoirs qu'on embrasse plus souvent qu'à son heure.

Tout ce que Bohman avait enduré avant de gagner le droit de devenir ce petit bonhomme bedonnant, respectable, responsable d'une maison sérieuse. Et de très grande discrétion, je vous la recommande. Un petit bonhomme portant monocle, tout à fait capable d'avoir la pratique d'un tas de Mme Griffart, avenue Foch, Paris VIIIe, et qui contemplait chaque matin la plaque à son nom, vissée sur sa porte : « Agence Bohman, enquêtes, recherches et surveillance ».

— Nestor ?

— Hein ?

— Vous m'avez flanqué la frousse, vous êtes livide.

— ...

— Ça va, Nes ?

— La dernière fois que je me suis senti aussi bien, j'avais dix ans. L'instituteur voulait me forcer à regarder gigoter le crapaud qu'il venait de couper en deux pour la leçon de sciences naturelles.

Yvette a ramassé la manivelle du phono qui traînait sous la fenêtre :

— Le patron y tenait comme à la prunelle de ses yeux, à son Pathé Marconi. Pourquoi ont-ils fait ça ?

— La voiture-balai, y'en a que ça rend mauvais.

À genoux, elle fourrageait derrière le burlingue renversé :

— Quel balai ?

— Ils ont pigé que j'avais pris de l'avance. Mais ils m'en comptent trop.

— Nes !

— Ils cherchaient un truc chez Griffart, ils l'ont

cherché chez Fehcker. Maintenant, ils le cherchent ici.

Elle s'est relevée, un cylindre de métal à la main.

— Nes !

On aurait dit une gamine qui s'est fait chouraver sa poupée par la grande de la classe :

— Mon Olympia. Y'a plus que le chariot d'intact.

On a passé la journée à déblayer les décombres. Quand on a eu terminé, l'agence ressemblait presque à quelque chose.

— C'est quand même pas pour piquer ma collection de pipes qu'ils ont tout saccagé.

Yvette essayait de stopper la maille filée d'un de ses bas avec son index mouillé de salive.

— Leur passage aura au moins servi à nous débarrasser de vos horreurs, elle a fait en se déhanchant pour constater l'étendue de l'estafilade.

— Qu'est-ce qui peut passer des mains d'un psy à celles d'un malade ?

— Ou l'inverse... Des Rosy tout neufs.

— Vous avez dit quoi ?

— Des Rosy tout neufs. Du 3, je précise au cas où vous m'en offririez une nouvelle paire.

— Mais oui.

— Vrai ! C'est gentil.

Elle a souri en rajustant sa jupe dont la remontée frisait l'indiscrétion.

— Vous avez raison, c'est l'inverse !

— De quoi parlez-vous ?

— J'ai croisé la route des faux flics chez Griffart d'abord, chez Fehcker ensuite. J'en ai déduit qu'ils cherchaient un truc que le second tenait du premier. C'était mettre la charrue avant les bœufs...

— Je sens venir votre numéro.

— J'ai cru que Griffart avait confié quelque chose à Fehcker. Vous l'avez vu, Fehcker. Pas le genre de gars à qui Griffart aurait confié quoi que ce soit, à part peut-être un de ses mégots. Maintenant, raisonnons dans l'autre sens. Celui de la relation malade/psychiatre.

— Je savais que j'y aurais droit. Vous êtes plus insupportable qu'un de ces vieux cabots de théâtre qui s'adressent au public avec des « Diable, diable, si je m'attendais » et des « Voyons voir »...

— Dans ce type de relation, j'ai continué, le malade cause et le toubib écoute. Le sens de l'échange va du premier au second. Vous y êtes ?

— Diable, diable.

— OK, supposons à présent que le truc tant convoité ne soit pas vraiment un objet...

— Voyons voir...

— ... mais une information...

— Si je m'attendais.

— ... que Fehcker aurait livrée à Griffart lors d'une séance de thérapie.

— Quelque chose qui se monnaie ? elle a demandé, soudain intéressée.

— Vous brûlez... Que fait un psy pendant que son patient lui parle ?

— Il prend des notes ?

— Gagné !

— Ce serait pour les retrouver qu'on aurait

assassiné Griffart, perquisitionné chez lui et mis l'agence à sac ?

— *L'aphasie segmentaire !*

— Pardon ?

Sous le regard inquiet d'Yvette, j'ai vidé mes tiroirs sur le bureau. Peine perdue, je savais déjà qu'elles s'étaient fait la malle...

— Les notes que j'avais trouvées chez Griffart... Voilà ce qu'ils ont fauché !

XX

« Maréchal, nous voilà devant toi, le sauveur de la France... »

André Dassary bramait dans la radio quand la troisième lettre est arrivée. Yvette l'a repérée à l'odeur.

— Mme Sycomore, elle a dit en jetant le courrier sur le bureau.

J'ai décacheté le pli en me demandant s'il était sain pour un privé d'avoir aussi peu de flair.

— Vous avez vu le cachet ? a questionné Yvette en s'asseyant sur un coin du burlingue. Rue Poliveau, à deux pas de la Salpêtrière. Toujours la même poste, à la même heure de levée.

Ses bas ont émis un crissement soyeux.

— « Les crevures devront rendre compte de leurs tortures », j'ai lu.

— Et la même littérature.

— Genre feuilleton. À chaque épisode, les choses se précisent.

— Vous trouvez ?

— D'abord notre correspondant s'en prend à

Griffart, puis aux psychiatres en général, maintenant il nous dit pourquoi.

— Son allusion à la torture ? Quelle torture ?

— Un jour où vous n'avez rien à faire, essayez l'électrochoc.

— J'ai déjà testé l'électrodétective. Votre bidule fait plus d'effet ?

— C'est un peu comme la chaise électrique. En moins radical. Le courant qu'on vous envoie est destiné à remettre vos idées en place.

— Ça marche ?

— Parfois, il vous reste des idées.

« La patrie renaîtra, Maréchal, Maréchal, nous voilà. » Dans la TSF, le ténor basque s'époumonait.

— Dites, a fait Yvette avec le sourire d'un joueur de dominos quand il vous colle un double six avant l'apéro, la lettre ne confirmerait pas la théorie de Delettram, des fois ? Vous savez, celle du fou vengeur dont je vous parlais hier encore.

Je me suis levé :

— Et le triomphe modeste, vous avez quelque chose à dire là-dessus ?

Elle a contemplé ses ongles comme si elle y voyait un tas de trucs intéressants :

— Vous allez où ?

— Poser une nouvelle ligne.

— Pour pêcher le fou vengeur ? elle a demandé d'un ton horripilant.

André Dassary bêlait toujours.

— Et baissez la radio, j'ai dit en sortant. Si on n'achève pas cette vieille chèvre, elle va ameuter le quartier.

Boulevard de l'Hôpital, Corbeau consultait. C'est du moins ce qu'indiquait le panneau accroché à sa roulotte. Discipliné, j'ai attendu mon tour au Réconfort, le bistrot annexe de la Salpêtrière, *apéritifs, liqueurs de marque et café avec petit verre.* Les familles des malades qui se requinquaient après les visites y côtoyaient la clientèle à mouchoirs des pompes funèbres. À leurs regards en dessous on repérait vite ceux qui passeraient des uns aux autres. Ils pouvaient pas s'empêcher de loucher sur les yeux rougis et les voilettes. Comme pour s'habituer à l'idée que ce serait bientôt à eux d'avoir une gueule d'enterrement. Les clients de Corbeau, on les retapissait aussi vite. Seuls, toujours. Assis sur une fesse. Le cul sur des braises à l'idée de frapper à la roulotte. Quand ils se décidaient, c'était des boulets de canon. Ils traversaient le café à fond de train comme si ça les rendait invisibles. Au bout du compte, on ne voyait qu'eux.

Au milieu, le patron se composait la gueule de l'emploi. Il en avait une pour tout un chacun. Tour à tour jovial, encourageant, réconfortant, compatissant. Il changeait de trombine au gré des tables avec la conscience professionnelle d'un caméléon sur un tartan écossais.

Il m'a abordé, embêté de ne pouvoir me situer.

— Et pour monsieur ? il a demandé en essayant tous les masques à la fois.

— Un petit verre, sans le café.

Il était pas certain d'avoir affaire à un marrant. Il a gardé son visage patchwork qui le faisait ressembler aux créatures assemblées avec des bouts de morts dans les films de Boris Karloff et il est reparti vers son comptoir.

Dans la rue, deux flics à képi sortaient de la roulotte. Le plus grand portait des sardines sur la manche. Il a refermé son cartable d'un geste martial et ils se sont éloignés au pas lent des gardiens de la paix.

— Gardiens de la paix...

Le mastroquet apportait ma commande, toujours pas fixé sur la tête à adopter :

— Pardon ?

J'ai montré les pandores sur le boulevard :

— On se demande quelle paix ils gardent.

Il a paru réfléchir. Et il a opté pour la gueule du bon citoyen qui vient de repérer un suspect.

— Ça fera trois francs cinquante.

— Ben dites donc, vous le fourguez à combien les jours sans ?

— C'est une maison honnête, ici, il a dit en raflant ma monnaie.

Son honnêteté, elle crevait les yeux. J'ai levé mon calva à sa santé. Le goût de la pomme s'est mélangé à la fumée du Caporal. Quelques instants plus tard, Corbeau m'avait rejoint.

— L'époque est à ce point vaseuse que les bourres veulent connaître l'avenir ? j'ai demandé tandis qu'il prenait place sur la moleskine.

— Leur avenir, je peux prédire qu'il changera pas du présent : faire chier le monde ! Paraît que ma roulotte dérange l'armée allemande.

— On aurait dû en planter sur la ligne Maginot.

Ça aurait peut-être mieux marché que les casemates.

— La circulation des nomades est interdite depuis le 6 avril, qu'ils m'ont dit. Quand la moitié de la France est sur les routes, y'a de quoi se la mordre ! Ma bicoque, elle a des roues, mais elle bouge pas, je leur ai répondu.

Il s'est tourné vers le zinc.

— Patron ! La même chose, en double.

J'ai laissé sa rogne redescendre et je l'ai affranchi. Au troisième calva, Corbeau semblait pensif :

— Tu dis que le tatoué s'appelait Fehcker ?

— Ça t'évoque quelqu'un ?

— Je vois pas.

— Tu parles d'un mage !

— Oh, hé ! Minute ! En Espagne, tu sais combien on était dans les colonnes ? Et encore, je te parle pas des Brigades... T'as essayé les amis de Durutti ?

— C'est quoi ?

— Des anciens de Catalogne. Ils se retrouvaient rue Duméril. Au 34. Ils ont dû mettre les voiles. Mais ça coûte rien d'essayer.

Je me suis levé :

— Merci du tuyau. Ah ! J'ai encore besoin de Caducée. Il est en service ?

La Salpê avait conservé de son passé d'hospice la couleur de ses murs et le grouillement des couloirs. Depuis près de trois siècles, la charpie avait remplacé le salpêtre qu'on y brassait pour en extraire la poudre à canon. Mais l'ancien arsenal royal abritait toujours la peine des hommes. On y avait successivement entassé les mendiants et les pauvres dont la vue gênait le soleil et son roi. Puis on y avait enfermé les folles, les criminelles. Et les prostituées en attente de déportation aux Amériques. Les vieux aussi, mouroir puant l'escarre, l'urine et les haillons. Cinq par lit, et du pain noir pour tous. Pourtant, dans cet asile à misère, les infirmières à voile blanc avaient remplacé la chiourme. Jusque dans le quartier des fous. La science en bannière, les bons docteurs à barbiche avaient emporté le morceau. Hygiène et vaccination, prophylaxie et médication. À peine si, au hasard d'un mur, perçaient encore les anneaux où l'on enchaînait les aliénées.

Caducée bossait en médecine. Quand je l'ai déniché, il poussait un chariot encombré de canules et de cotons sales. Ma présence ne l'a pas surpris. Après douze heures de rang, il avait franchi le cap.

J'en avais déjà vu, de ces types vidés de tout. Sucés du dedans par le boulot. Pareils à l'ordinaire, pourtant. Le geste habituel et la vanne à la bouche. Intacts en apparence, ils se fissuraient sans prévenir. La fatigue lâchait la bonde et plus rien pouvait les retenir. Ils tombaient dans le sommeil comme on tombe en poussière. Caducée en serait bientôt là. Pour l'heure, il marchait aux réflexes :

— Quel bon vent ? il a fait sans s'arrêter de pousser son bouzin.

Je lui ai emboîté le pas et on a déambulé dans

le couloir qui n'en finissait pas. Une roue du chariot couinait, couic-couic, à chacun de ses tours.

— Les lettres anonymes ont toutes été postées rue Poliveau. À chaque fois, un mardi. Vu l'heure des levées, leur auteur a toutes les chances d'être abonné aux visites...

Silencieux, Caducée opinait du bonnet.

— Tu pourrais me dégotter la liste des clampins venus voir un malade ces jours-là ? j'ai demandé.

Il continuait à hocher la tête au rythme de la roue. J'ai bloqué la carriole.

— Ça va, Riton ?

— Bien sûr, il a dit en cherchant ce qui l'empêchait d'avancer. Service psychiatrie, visites du mardi... Les dingues ont pas si souvent l'occasion de recevoir du monde. Les pèlerins aussi réguliers que le tien, on finit par les connaître. T'auras ça d'ici un jour ou deux.

Il a imprimé une poussée au chariot.

— S'cuse-moi, le 12 m'attend.

— Le 12...

— Phtisie galopante. Elle galopera plus longtemps. Tout ce qu'on peut faire pour lui, c'est l'aider à respirer. Vingt piges et plus assez de poumons pour souffler ses bougies. Saleté !

Je l'ai regardé s'éloigner. On aurait collé une blouse à Charlot, ça aurait sûrement donné ça. La graisse en moins. Une, deux, une, deux, les pieds à dix heures dix. La tête au rythme de la roue. Couic-couic. Sans se retourner, Riton m'a fait au revoir de la main. Et j'ai pigé pourquoi il avait jamais décroché de la cité Doré.

XXI

Yvette avait du nez. Le graphomane anonyme était du genre féminin. Autant que peut l'être une pétoire, une arquebuse ou une arme de poing. Il était aussi le troisième sur la liste de Caducée. Un passage chez ceux qui le précédaient avait suffi à les éliminer. Marceau Lefébure n'écrivait plus grand-chose depuis trente piges. Mobilisé en 17, il avait pris Douaumont et un éclat de shrapnel en pleine face. Devant sa gueule cassée et ses lunettes d'aveugle, sa jolie fiancée avait viré au sur. Elle alternait les internements au gré des saisons. Marceau n'avait jamais raté une visite. Il trimbalait son visage rafistolé et sa canne blanche avec la patience de ceux qui n'attendent plus rien.

Deuxième de la liste, Augustine Trocard ne pouvait davantage faire figure de suspect. Bignole de son état, l'odeur de rhum qui l'imbibait aurait rendu un baba jaloux. Loin du Sycomore qui parfumait les lettres, elle rejoindrait bientôt son époux chasseur d'éléphants roses au quartier des agités.

Restait Claude Colbert. Trente-cinq ans, artiste peintre, épaules de catcheuse, costard de jazzman et coiffure garçonne. Elle habitait un atelier de la cité fleurie. Un bric-à-brac soigneusement désordonné qu'elle partageait avec ses chats angoras.

— C'est pour quoi ? elle a rugi en ouvrant la porte.

Sur le même ton, elle aurait aussi bien demandé « Avec qui voulez-vous lutter ? » à la parade foraine.

— Lucie Coste, j'ai lâché tandis qu'un matou se coulait entre mes jambes.

Sans ciller, elle s'est effacée. Elle a débarrassé un fauteuil des feuilles à dessin qui l'encombraient et d'un mouvement de menton elle m'a fait savoir que c'était ma place. Après quoi, elle a allumé un cigarillo et elle s'est assise à son tour.

— Je vous écoute, elle a dit alors qu'un des greffiers lui sautait sur les genoux.

— Lucie Coste, vingt-deux ans, fille d'Aurélie Liotard — des champagnes du même nom — et de Louis Coste, bâtonnier au barreau. Anorexique, dépressive à tendances suicidaires. Quatre tentatives. Suivie par le professeur Griffart. Récemment internée à la Salpêtrière. Reçoit votre visite chaque mardi... Vos tentatives de visite, plus exactement.

— La famille m'a interdit sa chambre.

— La famille et les médecins.

— Tant qu'à faire.

— Ces crevures de médecins.

Elle m'a jeté un regard de défi.

— Pourquoi m'avoir envoyé ces lettres, madame Colbert ?

— Quelles lettres ?

— Pourquoi pas à la police ?

— Les flics ne valent pas mieux que Griffart. Des crevures.

— Le monde en est rempli, on dirait.

— Qu'insinuez-vous ?

— Que trop de crevures tuent la crevure. En voir partout ne prouve pas qu'elles existent. C'est même parfois le contraire.

Claude Colbert a balayé l'air d'un revers de main, renversant le chat qui somnolait sur ses genoux. Elle s'est dressée, plus écumante que son greffier :

— Alors, vous aussi !

Je n'aimais pas ses bafouilles, je n'aimais pas ses manières et j'aimais encore moins son cigarillo pointé sur mon visage.

— Je vais vous dire pourquoi je vous ai écrit. Je vous croyais différent. Un ami d'André Breton ne devait pas être comme les autres[1]. Mais je me suis trompée ! Vous êtes comme les autres.

— Hé là, j'ai fait, en évitant son cigare de justesse, que vient faire Breton...

J'ai pas eu le temps de savoir. Son havane m'arrivait sur la rétine à la vitesse d'une loco surchauffée. J'ai dévié sa trajectoire. Colbert a poussé un rugissement. Son poing a heurté ma tempe avec la force d'un sabot de cheval. J'ai valdingué sur le plancher et le cheval m'est tombé dessus, les quatre fers en l'air. Une paluche d'acier m'a empoigné les

1. Voir *Les brouillards de la Butte* et *Belleville-Barcelone*, *op. cit.*

tifs. Ma tête a décollé du sol pour y retourner dare-dare. J'ai cru qu'elle éclatait. Une fois, deux fois, à la troisième je me suis senti partir. Devant mes yeux, des papillons noirs dansaient la java. Quand ils sont devenus trop nombreux, j'ai mordu ce qui passait. Un hurlement m'a percé les tympans. Les mains sur sa poitrine entamée, la Colbert s'est redressée. Juste ce qu'il fallait. Les doigts en V, j'ai crocheté ses yeux. Elle a basculé sur le côté avec un cri de rage. À glacer le sang, de toute l'hystérie qu'il libérait. J'ai chopé un pied de lampe tombé dans la bagarre. Une sylphide d'albâtre au front songeur. Je l'ai envoyée rencontrer une tronche de peintre amatrice d'art brut.

— Pfou ! elle a fait, genre baudruche qui se dégonfle.

Puis elle s'est affaissée. Flasque. Un tas de mou chez le tripier. Sous le fauteuil, le chat se pourléchait.

Je me suis relevé, en quête d'un remontant. Un reste de fine vieillissait dans un buffet modern style. J'ai porté un toast au mélange des genres. Après quoi, j'ai fait le tour du propriétaire.

Claude Colbert avait du goût. Et pas seulement pour les jeunes filles. Les œuvres rassemblées dans son atelier en témoignaient. Rangée le long du mur, sa production était à l'avenant. Avec une prédilection pour la transposition obsessionnelle. Une silhouette féminine apparaissait sur chacune de ses toiles, comme le Loplop de Max Ernst.

Sa bibliothèque était du même calibre. J'ai repéré Artaud, Freud et Breton.

« Un ami d'André Breton ne devait pas être comme les autres. » Le temps avait passé et je n'en étais plus si sûr. Démobilisé, Breton végétait à Marseille. Il y avait retrouvé Benjamin Péret, tout frais sorti de prison, Ernst, évadé du camp des Milles, Victor Serge, l'éternel proscrit. Et toute une colonie en attente d'embarquement. Le monde brûlait, ils ne le changeraient pas. Pour l'oublier, ils regardaient le soleil se noyer dans les calanques et inventaient des tarots où passait l'ombre de Pancho Villa.

Pourquoi ai-je feuilleté *L'amour fou* ? Mystère, boules de gomme et hasard objectif. Une coupure de journal était glissée entre les pages. Plus jaunie qu'une fleur séchée, elle me ramenait quinze piges en arrière. « La crédulité des peuples civilisés, des savants, des gouvernants, pare la psychiatrie d'on ne sait quelle lumière surnaturelle. Le procès de votre profession est jugé d'avance. Nous nous élevons contre le droit attribué à des hommes, bornés ou non, de sanctionner par l'incarcération perpétuelle leurs investigations dans le domaine de l'esprit. Les asiles sont d'effroyables geôles... »

— Lettre aux médecins-chefs des asiles de fous.

Derrière moi, la voix avait un écho d'outre-tombe. Je me suis retourné, croyant voir un fantôme. Mais c'était juste un flic. En chair et en os, Bailly n'avait pas fait plus de bruit qu'un serpent.

— *La révolution surréaliste*, 1925, il a sifflé avec son sourire qui n'en était pas un. Vos amis n'y allaient pas avec le dos de la cuillère.

J'ai refermé le bouquin :

— Qu'est-ce que vous foutez là ?

Il a sorti l'étui où il rangeait ses clopes quand il lui prenait de les rouler d'avance :

— Vous ne pensez pas que c'était à moi de vous demander ça ?

— Vous le voyez, je cherche un livre. Les bons deviennent introuvables.

— Moi, je lis pas. C'est un homme que je cherche.

— Alors, vous faites fausse route, inspecteur. Des hommes, ici, il n'y a que vous et moi.

Il a désigné Colbert, toujours inanimée.

— C'est quoi, la grosse carpette, là ? Une peau d'ours ?

— Une dame. Elle a eu un coup de fatigue.

— Une dame, peut-être. Mais c'est un cas. Et un beau.

Deux képis se découpaient sur la verrière. Bailly leur a fait signe. Les képis et ce qui va en dessous sont entrés. Ils faisaient comme deux erreurs dans le décor.

— C'est de l'art, j'ai dit en les voyant reluquer autour d'eux, ça vous mordra pas.

— Emballez-moi ça, a ordonné Bailly.

Ils m'ont sauté sur le poil, bracelets ouverts.

— Pas lui, a soupiré l'inspecteur, l'autre.

— La femme ? a demandé le premier en dégrafant sa pèlerine.

— Non ! s'est emporté Bailly, le Führer, il est planqué dans l'armoire.

Les pandores ont hésité sur la marche à suivre. Au final ils ont allongé Claude Colbert sur une civière et ils l'ont embarquée. En sortant, ils n'ont pas pu s'empêcher de bigler l'armoire d'un œil soupçonneux.

— Vous parliez de cas ? j'ai demandé tandis que Bailly les regardait partir.

Il a jeté son mégot dans un pot où barbotait un pinceau :

— N'aggravez pas le vôtre. Claude Colbert, paranoïa, graphomanie, et probablement homicide. Les seringues n'ont pas de secret pour elle, elle est morphinomane. Rencontre une demoiselle Lucie Coste dans la salle d'attente du professeur Griffart. Coup de foudre authentique, mais pas au goût de la famille. Chez les Coste, on est resté vieille France. Sans doute trop pour Lucie. Deux fugues pour rejoindre l'élue de son cœur. À la troisième, on la cloître chez une vieille tante, à Marly. Barbituriques. Retour en catastrophe. Griffart est appelé à l'aide. Ses soins sont aussi efficaces qu'un cautère sur une jambe de bois. Lucie ne s'alimente plus. Elle est hospitalisée à la Salpêtrière. Sa santé ne s'améliore pas, l'internement se prolonge. Aux dernières nouvelles, la môme aurait basculé. Sans grand espoir de retour. Pour Colbert, ni une, ni deux. Griffart et les psychiatres sont responsables. Au dire des Coste, elle aurait menacé le professeur la semaine précédant votre arrivée. Delettram confirme. Claude Colbert figurait sur la liste des malades à risques que nous lui avions demandé d'établir... Et vous, comment êtes-vous remonté jusqu'à Colbert ?

— Corbeau l'a vue dans sa boule de cristal.

Il s'est étiré, comme après une bonne journée de labeur :

— C'est si déplaisant d'arriver aux mêmes conclusions que la police ?

— Laissez-moi me faire à l'idée.

On a quitté l'atelier. Sous le chèvrefeuille, un sénateur romain verdissait. J'ai tapoté ma pipe sur son buste auguste.

— Tiberius Gracchus... Un ancêtre du socialisme. 130 avant Jésus-Christ.

— J'ai pas reçu d'ordre à son sujet, a dit Bailly.

Son étui à cibiches était vide. Je lui ai lancé mon tabac :

— Pour un peu, je m'imaginerais que vous êtes un drôle de flic.

— Vous avez toujours eu trop d'imagination...

Il s'est baissé pour caresser le matou qui se frottait à ses jambes.

— Adoptez-le, j'ai dit, c'est celui de Colbert, l'autre ne doit pas être loin.

— Le problème avec les chats, c'est qu'il n'en existe pas de policiers.

L'allée serpentait entre les baraques d'artistes. On l'a suivie jusqu'à la grille, escortés par le greffier qui ronronnait comme un soufflet de forge. Soudain, il a bondi sur une herbe folle. Deux bonds de traviole et il a filé sous le feuillage.

Devant la cité, une traction attendait. Bailly s'y est engouffré et la bagnole a disparu sur le boulevard.

Bouffarde aux dents, j'ai pris vers la Santé. Écrasée sous son ombre, la rue était déserte. La taule, elle, était pleine. Aux droit commun, on avait ajouté les politiques. Des pacifistes qui avaient crié : « À bas la guerre ! » Des communistes qui avaient repris le refrain quand Moscou avait donné le *la*. L'armistice était venu. La soupe claire et le pain noir devaient pas leur paraître meilleurs. J'ai pensé à la lettre ouverte trouvée chez Colbert : « Sous le couvert de la science, l'asile d'aliénés est comparable au bagne. » En haut des murs, les barbelés griffaient le ciel.

XXII

— Nestor, je gèle.

— Ramassez, ramassez, ça réchauffe.

— Je ne sens plus mes doigts. Même avec les gants.

Au bord du lac, Yvette battait la semelle. Sous la clarté lunaire, les couches de fringues qu'elle avait endossées lui donnaient l'allure chic d'un sac à charbon.

— Faites pas tant de raffut, on doit vous entendre jusqu'à la *Kommandantur*.

— M'en fous, elle a grogné. Doit y faire bon. Et puis, ce qu'on fait là est stupide.

J'ai posé mon fagot :

— Allons, reprenez-vous. Pensez à la flambée qu'on va se faire sous l'édredon.

— Sûr, Arthur. Elle durera pas plus d'un quart d'heure.

Je l'ai frictionnée à travers ses frusques :

— Soyez pas désobligeante.

Elle a haussé les épaules et on a repris notre turbin nocturne. À glaner le bois mort sous le moindre fourré, on dérangeait parfois un canard qui cancanait en se dandinant.

— Vous croyez que ça meurt de froid, un canard ? a reniflé Yvette. Y'en a moins qu'avant.

— Ça meurt surtout aux navets.

— Vous voulez dire quoi ?

— Nous, on chasse le combustible, d'autres c'est le palmipède.

Elle s'est redressée, la goutte au nez :

— Non ! Ils les bouffent ?

— Pas vous ?

— Bien sûr que non... Enfin, si, mais pas ceux-là.

— Des Buttes-Chaumont ou de Barbarie, c'est kif-kif.

D'un revers de manche, elle s'est essuyé le pif :

— Peut-être, mais ceux de Barbarie, je les connais pas.

Allée de la Cascade, un colvert pionçait la tête sous l'aile. Yvette paraissait songeuse :

— Vous pensez que Gopian...

La lune ne luisait pas plus qu'une luciole en grève. Ça m'a suffi pour voir la gourmandise sur son visage.

Un nuage s'accrochait au rocher des Suicidés. On a repris le chemin, nos fagots sous le bras. À hauteur de l'avenue, j'ai sorti mon cure-pipe. La serrure de la grille n'a opposé aucune résistance. Elle avait pris le pli.

Rue Fessart, le nuage a masqué la lune. On a continué à tâtons. L'obscurité était si épaisse qu'elle nous pesait sur le râble. C'était du noir bien lourd. Collant, aussi. Comme un goudron. Mais impalpable, pour autant. On avançait à travers avec l'étrange impression de nager dans le rien.

— Nes, attendez-moi.

— Je crois que vous êtes devant.

Le silence amplifiait nos chuchotements. Ils en devenaient solennels comme des répliques de théâtre. Avec un écho mat qui faussait le sens des mots.

Pour ne pas s'égarer, on se tenait aux murs. Un décrochement, un carrefour et on était paumés. Deux aveugles en équilibre dans le vide.

Depuis le couvre-feu, c'était chaque soir la même chienlit. Becs de gaz éteints, rideaux tirés, dès vingt-deux heures plus une loupiote ne perçait l'obscurité. À vous dégoûter des nuits sans lune. C'étaient pourtant les meilleures pour un tas de combines.

On abordait l'allée des Solitaires quand une lanterne a troué la nuit. À peine on s'était jetés dans le chemin qu'un flic à vélo cahotait sur les pavés.

— Nestor, je gèle.

L'aube jetait sa lumière sale sur Paris. La neige arrivait. Une heure plus tôt, j'étais sorti du lit avec l'impression de plonger dans un torrent glacé. En frissonnant, je m'étais vêtu à la hâte. Ça n'y changeait rien. Le poêle était plus froid qu'un mort de la veille. Le bois des Buttes avait fait long feu. J'avais tenté de me réchauffer au fourneau de ma bouffarde mais le tabac manquait. Les tickets aussi. Ma carte de ravitaillement n'avait plus de souches. Je me souvenais vaguement les avoir fumées. En désespoir de cause, je m'étais recouché tout habillé et je m'étais occupé à contempler le plafond.

L'hiver avait tout engourdi. On se caillait de Passy à Jaurès. Derrière les façades en meulière comme dans les garnis, c'était le même frigo. La grande égalité sous les glaces. Le charbon à l'occupant, les engelures aux vaincus. Subir, c'était dans la logique. La chute du thermomètre le rappelait comme un signe du ciel. La défaite, on l'avait méritée. On l'avait pas assez payée. Alors, ça y allait crescendo. Emmitouflés, calfeutrés, on jouait le concerto des dents qui claquent. La danse devant le buffet. Marché noir et système D. Le rôti de rutabagas et la soupe à la grimace. La queue aux boutiques et l'étal vide à l'arrivée. La grande cure d'ascèse allait guérir nos relâchements passés. Endurcir nos volontés ramollies. *Mens sana in corpore sano.* Se purifier le corps et l'esprit. Le Maréchal nous y encourageait. Il veillait sur nous. Bon papa souffreteux de nos misères.

Depuis deux mois, Colbert avait pris pension chez les chnoques. À croire que ceux dont je croisais la route s'y filaient rencard. Dans sa camisole, elle pourrait toujours agonir les toubibs. Elle risquait plus de leur faire grand mal. Mais l'avait-elle jamais fait ? Je songeais à tout ça en regardant le plafond. Et j'y voyais apparaître de drôles d'ombres chinoises. Deux faux flics à tronche de lapin, un anarchiste allemand plus mort que mort et des aliénés. Beaucoup trop d'aliénés. Le monde est étrange quand on le projette sur les plafonds.

« Va voir les amis de Durutti », m'avait conseillé Corback. J'y étais allé. Rue Duméril, la porte était close et les fenêtres murées. Les rares voisins se souvenaient de silhouettes entrevues. « La plupart ne parlaient pas français. Ou si mal que ça valait guère mieux. » Alors, se rappeler d'un grand barbu... « C'est pas ce qui manquait. Allemand, vous dites ? » Et on me lançait un regard soupçonneux.

Je rebroussais chemin quand j'avais croisé Pierrot. Quinze ans, des poses pour s'en donner trois de plus et une bouille à pas lui en conter. Du plus loin qu'il m'avait aperçu, ses regards en loucedé l'auraient désigné au premier flic venu. Le mal qu'il se donnait pour paraître affranchi faisait plaisir à voir. « Une gueule de môme et des tifs gominés », avait dit la logeuse de Fehcker. J'ai attendu qu'il soit à ma hauteur pour l'accoster :

— Salut, camarade.

Il s'est retourné comme s'il cherchait quelqu'un derrière lui.

— C'est à moi que vous causez, m'sieur ?

— Je vois pas d'autre camarade dans la rue.

— De quoi vous parlez ?

— D'un gars qui devrait planquer son drapeau.

Aussi sec, il a gaffé sa musette. Je me suis marré.

— Mauvaise pioche. Si j'étais de la maison poulaga, t'étais bon pour la fouille.

Son air à douter de rien m'a rappelé un autre môme. Un petit malin, lui aussi. Comme on l'est à quinze piges. Capable de traverser en dehors des clous sous le pif d'un sergent de ville. Un môme d'un autre temps, lavallière et pipe en bouche.

— J'ai tellement l'air d'un perdreau ? j'ai demandé, navré. Il arrive qu'on me le dise, mais là tu me fais offense. Allez, salut, camarade quand même.

Cent mètres plus loin, il m'avait rattrapé :

— Tout le monde peut se tromper. Vous veniez au local ? Il est fermé depuis un bail.

— Ça, je m'en doutais un peu. J'arrive de zone libre. Je suis passé ici à tout hasard. Un pote m'avait filé l'adresse à son retour d'Espagne. Je devais le retrouver chez lui, mais ça s'est pas fait comme prévu.

— Il en a défilé pas mal ici.

— Lui, il devait être un des derniers. Avant de monter à Paris, il logeait aux frais de la République.

Jouer au dessalé, on refuse rarement. Le môme a pas raté l'occasion :

— Prison, hein ?

— Non, un quatre-étoiles à Loriol.

— Ah !

On a fait quelques pas en silence. Sous sa brillantine, il cogitait sec. Enfin, il s'est décidé :

— Votre copain, il s'appelait pas Max, des fois ?

Max n'avait pas fréquenté longtemps le local. « Un gars pas bavard. » Ceux qui font rêver les gamins de quinze berges. Les causeurs, il en avait tant entendu, Pierrot, qu'un taiseux, ça le sortait du ronron. La guerre déclarée, les anciens d'Espagne ne s'étaient pas incrustés rue Duméril. L'air était devenu malsain pour les étrangers.

Ceux qui avaient continué à hanter les lieux avaient surtout vu Barcelone du haut de leurs bouquins. Calés dans leur pageot. Les pieds sous l'édredon et la tête dans les toiles. Ils étaient pas si rares, les compagnons tartarins. Le baratin, quand on y met le doigt, il vous emporte vite. Certains s'étaient tant pris au jeu qu'ils avaient fini par y croire. Le cigare sur le billot, ils auraient encore juré qu'ils avaient fait la Catalogne, l'Èbre et Guadalajara. Et c'était pas toujours pour la gloriole qu'ils se saoulaient de mots. Comme tout le monde, ils avaient besoin de toucher les nuages.

Les nuages, Pierrot les avait approchés dans les silences de Max. Ses absences aussi, quand il n'y était plus pour personne. Les yeux lointains et l'esprit à la godille.

— Ça lui arrivait souvent ?

— À la fin, oui. Mais je sais où il allait dans sa tête.

— En Espagne ?

— Là et chez lui, aussi. En Allemagne. Il avait pas besoin de le dire, je l'entendais.

— Comme une partition qu'on déchiffrerait sans connaître la musique...

— Vous savez ça ?

— J'ai eu un ami comme Max. Il m'en a dit, des trucs, sans prononcer un mot.

— Je crois que les bombes lui ont fait perdre les

pédales. Il en avait trop entendu. Alors, quand elles sont tombées ici...

— C'est moche.

— Après, il s'est mis à délirer. Il parlait à sa frangine. Des machins en allemand. Avec de temps en temps des bouts de français. Dans ces moments-là, il causait comme on fait avec les petits enfants. Ça faisait mal au cœur, je vous jure. Et puis il a plus rien dit du tout. Avec Fernand, on a pigé que ça n'allait plus.

— Fernand Boisrond ?

— Vous le connaissez aussi ? Max, on a essayé de le secouer, mais il avait même plus l'air de nous remettre. Alors on l'a emmené à l'hosto. Après, Fernand a été rappelé. Moi, j'ai continué à aller voir Max, mais il avait vraiment déraillé.

— C'est-à-dire ?

— Il parlait plus. Sauf un jour où il est sorti de sa torpeur. Il me chope le bras à m'en faire mal. « Tigartentras », il me lâche tout à trac. Moi, forcément, ça m'a séché. Je comprenais que pouic. Je lui demande ce qu'il veut dire. Lui, il avait plus l'air de causer le français. Il me colle un doigt sur la bouche, genre « chut », vous voyez. Et rebelote : « Tigartentras. »

— Tigartentras ?

— Comme un truc espagnol qui serait remonté à la surface. J'ai jamais pu en tirer autre chose.

— Et ensuite ?

— Plus rien. Il a été transféré quand les Allemands sont entrés dans Clermont. Après, je sais pas.

— Probable qu'il a fini par se débiner.
— Vous croyez ?
— Pardi, c'était un malin, Max. Si tu veux mon avis, ils sont pas près de lui refoutre la camisole...
Pierrot avait le sourire d'un gosse à Noël quand il a dit :
— Je le savais bien.

Je revoyais tout ça en contemplant mon plafond. Dans la chambre glacée d'Yvette qui grelottait sous les couvrantes. Allée des Solitaires. Un gentil coin qui avait pas mérité la guerre.

XXIII

— « Mlle Colonne, pianiste, fait savoir qu'elle n'a aucun lien de parenté avec le Juif Colonne, fondateur des concerts qui portaient son nom... » Vous avez lu ça, Nes ?

— J'ai pas le temps de lire les journaux. Surtout ceux-là.

— Trouvez-m'en d'autres.

— Vous n'avez rien de mieux à faire ? Je ne sais pas, moi, quelque chose à taper ?

— Monsieur le détective, vous n'imaginez sans doute pas une seconde les femmes ailleurs qu'à une place subalterne. Même là, sachez que j'ai des droits. Celui d'observer une pause, par exemple. Vous voulez voir mon contrat de travail ou vous préférez que je fasse appel à mon syndicat ?

— Vichy les a dissous.

— Si vous faisiez vous-même votre courrier, vous sauriez...

— Je saurais quoi ?

— Qu'il est impossible de taper à la machine avec des moufles.

— Des moufles ?

— J'ai quoi sur mes mains ? Des gants Hermès ? Il gèle à pierre fendre dans ce bureau.

— OK, je double votre pause.

Je me suis baissé pour laisser passer le Code pénal au-dessus de ma tête.

— En plus, vous vous croyez le patron ? elle a sifflé, les quinquets mauvais derrière ses lunettes.

— Pouce. Je vous proposais simplement un café chez Gopian.

Elle s'est radoucie illico.

— Un café ? Il en a ?

— Hé !

Je lui ai pas passé son manteau. Elle ne l'ôtait plus pour travailler.

— C'est sa fille, j'ai dit en sortant.

— Qui ?

— La demoiselle Colonne du journal. Elle n'est pas juive et elle veut que ça se sache, pourtant c'est sa fille. Édouard Colonne l'a adoptée, il l'a élevée. Il lui a même appris le piano.

Yvette s'était changée en statue de sel. Je lui ai pris le bras :

— Ça ne fait que commencer.

Chez Gopian, le menu du jour s'étalait au blanc d'Espagne sur la glace du comptoir. Yvette a ajusté ses carreaux :

— Tripes, topinambours, compote... C'est de la compote de quoi ? elle s'est enquise en s'installant sur la banquette.

Gopian tisonnait son poêle. Une poussière de cendres a voltigé dans la pièce.

— Mélangée, c'est de la compote mélangée.

Les braises rougissaient timidement. J'ai approché les mains :

— Tu as reçu du caoua ?

Il aurait planqué un para anglais, c'était du pareil au même :

— Tais-toi, malheureux, il a fait en zieutant autour de lui.

— Y'a personne.

— Du vrai moka, il a chuchoté, un sac. J'ai aussi reçu ce que tu attendais. Va t'asseoir.

J'ai rejoint Yvette.

— Vous m'en direz des nouvelles ! il a crié si fort que j'ai sursauté.

On s'est regardés, Yvette et moi.

— C'est un petit cru qui vient tout droit de la Drôme. Profitez-en, c'est jour avec !

— Gopian, y'a que nous, j'ai dit.

Il a baissé d'un ton.

— On sait jamais, on sait jamais... Mes infos aussi arrivent de la Drôme.

Il est parti fourrager derrière son comptoir.

— Goûtez-moi ça ! il a claironné, une boutanche en pogne. C'est du soleil dans le gosier.

Torchon sur l'épaule, il a versé le vin dans nos verres.

— C'était coton, mais tout est là, il a murmuré en posant un menu sur la table. Tu l'ouvriras tout à l'heure. Mon cousin de Valence a fait du bon boulot. Du temps où il bossait à la réglisserie, il était pote avec un type dont le frère est bottier à

Romans. Figure-toi que sa sœur et son mari sont installés à Montélimar. Coiffeurs. Tu me suis ?

— Parfaitement.

— Joseph a la clientèle du camp.

— Joseph ?

— Le coiffeur, a dit Yvette.

Gopian nous a remis un godet.

— Kenayan. Joseph Kenayan. Il coiffait les gardiens, il coupait les cheveux des internés. Coup de bol, dans le lot y'en avait un.

— Un quoi ?

Yvette a vidé son verre :

— Un Arménien, elle a soupiré en le reposant.

— Vous devriez demander une promotion, a suggéré Gopian en la resservant. Y'a pas besoin de vous mettre les points sur les « i » à vous.

Yvette a levé son gorgeon :

— Monsieur préfère les femmes avec des « i » pas finis.

— Ça va, j'ai fait. Alors, Kemalian ?

— Kenayan, a corrigé Yvette. Joseph Kenayan.

Gopian lui a envoyé un sourire entendu et je me suis senti aussi intéressant que la salière.

— Grâce à Abramarian, il a su tout ce qu'il pouvait savoir.

— Abramarian, c'est celui du camp, a précisé Yvette à mon intention.

La cloche de la porte grelottait. Gopian a glissé le menu sous ma serviette et il a filé accueillir les clients.

Yvette contemplait son verre vide.

— Il est bien, hein, son soleil du gosier.

J'ai éloigné la bouteille et j'ai ouvert le menu. Le cousin Gopian n'avait pas chômé. Son enveloppe renfermait la vie d'un homme. Né le 6 juillet 1901 à Dresde, d'un père ingénieur et d'une mère professeur de français, Max Fehcker avait fui l'Allemagne après l'arrivée d'Hitler au pouvoir. Réfugié en France, il avait vécu à Toulouse où il avait fréquenté les milieux libertaires avant de rejoindre l'Espagne, en 1936. Après la guerre et la victoire de Franco, il avait suivi les milliers de réfugiés qui franchissaient les Pyrénées. Les lois de l'hospitalité avaient changé. Il avait connu l'internement au camp d'Argelès. Puis à Chambaran, dans l'Isère, où étaient regroupés les ressortissants allemands ramassés sur le sol français. Transféré à Montélimar, en septembre 39, et enfin à Loriol, il s'en était évadé peu de temps après. Trois semaines plus tôt, il avait appris la mort de sa sœur, une jeune handicapée mentale. C'est à partir de là qu'il avait commencé à divaguer. Durant son séjour à Loriol, il avait fait l'objet d'une observation au service psychiatrique de Crest.

Méticuleux, le cousin Gopian avait joint une photo à son envoi. On y voyait des hommes au travail. Une équipe de forestiers à la pause. Assis sur des rondins, la cognée aux pieds, ils souriaient à l'objectif. De ce sourire vide qui accueille le petit oiseau quand il sort. Béret sur le crâne et sueur au maillot, ils voulaient dire qu'ils allaient bien. Il ne fallait pas s'en faire. La santé était bonne et l'air vivifiant. Dans les musettes, le pain était doré et le vin fortifiant. De leur exil, la femme et les enfants verraient tout ça en recevant la photo. Ils diraient « C'est papa » ou « Il a bonne mine ». Et ils essaieraient vraiment d'y croire.

Une croix au crayon rouge surmontait un des hommes. Max Fehcker avait un visage. Mais ce visage ne me disait rien.

Yvette lorgnait par-dessus mon épaule.

— Sa tête vous revient ? elle a demandé, comme je lui passais la photo.

— Je n'ai jamais vu ce type avant.

— Comment expliquez-vous qu'il vous destinait un message ?

— Je m'explique pas. Ou alors...

Le restau s'était rempli. Ça faisait de la vie ordinaire, toute bourdonnante de conversations, du cliquetis des couverts et du bruit des mandibules. Avec de la chaleur qui montait des plats et des corps emmitouflés. Au fil du repas, on avait dénoué les écharpes de laine et tombé les manteaux. Pour oublier son assiette morose, on se racontait les bœufs gros sel et les civets d'avant. Des boustifailles à desserrer sa ceinture. C'était du gigot qui fondait sous la langue, de l'entrecôte marchand de vin. Des sauces et des petits oignons. On se calait l'estomac aux souvenirs. Et on se passait l'eau avec l'air de pas remarquer les places vides. Celles des habitués qu'étaient pas revenus d'exode. Le petit Raymond, surnommé « Gueule d'amour » parce qu'il avait vu dix fois le film. Tombé près de Charleville. Son pote Piquart, bruiteur aux studios. Un rigolo qui faisait si bien le train qu'on le voyait en fermant les yeux. Et près des casiers à serviettes, la banquette à Mélie. La teinturière de la rue Rébeval qui amenait ses fers pour attendrir la bavette du jeudi.

— Ou alors ? a répété Yvette d'une drôle de voix devant la chaise de Bohman.

— Max Fehcker n'était pas l'auteur de la bafouille.

— Qui l'aurait écrite ?

— Un autre pauvre gars qui aurait croisé son chemin. Un type jetant son message au vent avec l'espoir qu'il me l'amène.

— Aucune chance de le retrouver, alors...

— Polop ! Le fil conducteur s'appelle Max. Il faut continuer à le suivre là où il est passé. Finissez vos topinambours, et en piste !

Gopian apportait le dessert. Je me suis levé.

— Ça fait plaisir ! il a râlé tandis que je m'éclipsais vers la cabine téléphonique.

Sous le bigophone fixé au mur, un bottin gondolait. J'y ai cherché le numéro de la Salpêtrière. Quelques secondes plus tard, une standardiste à voix de rogomme établissait la liaison. Un autre standard, des « À qui désirez-vous parler ? », le temps de reluquer le graffiti obscène sur les carreaux de faïence, et Caducée était au bout du fil.

— Riton, j'ai encore besoin de tes services.

— On devrait t'hospitaliser, tu m'aurais sous la main.

— Ton réseau, il passe par Crest ?

— Crest ?

— Dans la Drôme.

— La zone nono, c'est plus délicat.

— Tu veux dire plus cher...

Il a soupiré.

— Je t'ai déjà arnaqué ?

— Excuse-moi. Je sais plus ce que je dis, ça doit être les topinambours.

— Tu veux que je te passe la stomato ?

— Concentre-toi sur l'hôpital de Crest. Max Fehcker y a consulté, fin 39.

— Ah oui ? il a fait comme si ça l'intéressait vraiment.

— J'aimerais en savoir davantage.

Dans l'écouteur, Caducée respirait fort. J'ai cru qu'il pionçait.

— Riton ? Tu m'as entendu ?

— Pour sûr, il a fait, je m'en occupe.

XXIV

Avenue Simon-Bolivar, des camions allemands faisaient le plein à la station-service réquisitionnée. Sous l'œil morne d'un soldat qui battait la semelle, j'ai hélé un vélo-taxi en maraude.

— Taxi le Sioux ? j'ai fait en remarquant la réclame peinte sur la remorque.

— Passe-partout ! a répondu le chauffeur, un dégourdi aux jarrets musclés sous ses knickers.

J'ai grimpé dans l'habitacle :

— La Salpêtrière me suffira.

Il a démarré d'un coup de pédale nerveux :

— Boulevard des Branques ? C'est comme si vous y étiez.

Il a enquillé la rue de l'Atlas en profitant de la descente. À Belleville, on a stoppé pour laisser passer un bahut de déménagement qui remontait vers la Villette. Sur le kiosque à journaux, *L'Œuvre* titrait sur le retour des cendres de l'Aiglon aux Invalides. En tirant sur son guidon, le Sioux s'est marré :

— Des cendres... Quand on se gèle le cul... On aimerait mieux du charbon !

Il s'est accroché à un camion de livraison et on s'est fait remorquer jusqu'à Châtelet. Sur la place, des ouvriers débaptisaient le théâtre Sarah-Bernhardt. Le nom d'une tragédienne juive n'ornerait plus le fronton d'un haut lieu parisien. Aryanisé, le théâtre, désormais « de la Cité », changeait aussi de directeur. À Charles Dullin l'honneur d'y servir l'art et ses maîtres. Il pourrait, ainsi que l'avait écrit son journal, combattre la « mainmise de la conception juive et étrangère » sur les planches.

On est arrivés boulevard de l'Hôpital avec les premiers flocons. Suant et soufflant, le Sioux a encaissé le prix de la course. Quand je suis entré à la Salpêtrière, il dissuadait un gros type de grimper dans sa remorque.

J'ai traversé la cour pavée pour rejoindre l'amphi où se pressaient en vrac des blouses blanches, des étudiants à binocles et des uniformes vert-de-gris.

Je me suis assis près d'un type qui devait présider le club des premiers de la classe, et j'ai attendu que ça démarre. Autour, ça papotait sérieux. Des avis autorisés, des commentaires avisés, avec leur ronron qui montait, bienséant. C'était du solide, et du sérieux. Ça se sentait. Jusque dans les relents de phénol et l'odeur des barbouzes. Au milieu de tout ce savoir, les militaires se tenaient comme il faut. Martiaux et respectueux. Les voir là, après tout, c'était une reconnaissance. Si on se rendait à l'évidence, en pur esprit scientifique, qu'ils soient sur les gradins, c'était un tribut à l'égalité. Eux et nous, vainqueurs et vaincus, sur les mêmes bancs, ça relevait du symbole. Au-delà des guerres, deux grands peuples pouvaient se retrouver et avancer. Ensemble.

Delettram est entré par une porte latérale. Quelques applaudissements de bon ton et il s'est installé au pupitre. Il a tripoté ses feuilles, classé ses notes, et il s'est éclairci la voix. J'ai retrouvé sa mèche baladeuse et sa façon de s'en servir pour avoir une contenance. Il l'a triturée, histoire de se mettre dans le bain, et il a commencé. C'était costaud. Hommage à Charcot, le pionnier de la Salpê. Le grand ancien au chevet de l'hystérie. Cette hystérie qu'on pouvait soulager, la noble bâtisse en témoignait. Mais pour l'éradiquer, macache. Il fallait une direction nouvelle à la recherche. Oh ! pas celle qu'avaient préconisée Freud et ses disciples mondains. Impasse, celle-là. Le décloisonnement des bonnes vieilles disciplines, là résidait la solution. La mise en synergie. Psychiatrie, anthropologie, génétique. Les trois Grâces penchées sur le progrès à naître. En Allemagne, Rüdin avait tracé la piste.

Près de moi, le premier de la classe opinait.

— Comment ça s'écrit ? j'ai demandé.

Il m'a regardé comme on fait avec l'idiot du village quand il pète à table.

— Vingt ans déjà, continuait Delettram. En France, Alexis Carrel, Antoine Griffart...

Silence et respect dans l'assemblée. La référence sonnait comme un hommage. Au scientifique, au patriote. L'homme d'esprit défiant les traîne-rapières. C'était courageux. Posé aussi. Et convenu, somme toute. La guerre perdue, la page se tournait. Le souvenir aux monuments et l'avenir aux vivants. Le futur à construire dans la paix des braves. Que la science les unisse, c'était la revanche sur l'erreur, l'effacement des offenses. Le nouveau départ.

— Pour quelles raisons un peuple jadis réputé intelligent a-t-il décliné ? a demandé Delettram tout à trac. Par quels moyens pouvons-nous récupérer ses qualités ancestrales ?

La question méritait réflexion. Ça, on voyait bien. On sentait que l'orateur avait son idée sur la réponse. Mais plutôt que la livrer, il a appelé à la constitution d'une fondation ad hoc. Un truc balaise, libéré des œillères de l'humanitarisme pour mieux soulager l'humanité. C'était fort. Sa mèche retombait. Il avait terminé. Il s'est envoyé le verre d'eau posé sur son pupitre. Et il a rangé ses papiers sous les applaudissements. C'est à peine si on avait vu sortir deux toubibs. J'en ai rattrapé un dans le couloir :

— Docteur !

Il s'est retourné, le front soucieux, les mains dans les poches et des poches sous les yeux. Il ressemblait à un de ces bassets artésiens fatigués du monde et des humains.

— Docteur, excusez-moi, je vous ai vu quitter la séance avant la fin.

— J'en ai déjà trop entendu.

— Je ne suis pas certain d'avoir tout saisi...

— Non ? il a fait avec un sourire désabusé. Delettram est pourtant de plus en plus clair.

— C'est que je ne suis pas de la partie. Pourriez-vous éclairer ma lanterne ?

Il a paru surpris.

— Voilà qui est plaisant. Pourquoi moi ?

— J'aime bien l'esprit de contradiction.

Il a regardé sa montre :

— Je peux vous accorder un quart d'heure.

La salle de repos sentait la fatigue. Jusque dans le jus de chique réchauffé qui n'essayait même plus de ressembler à du café.

— Docteur Ferdière, a dit le toubib en me passant une tasse de lavasse.

Je me suis jeté à l'eau :

— Docteur, je pourrais vous raconter que je suis journaliste, une relation d'untel ou quelque chose d'approchant. Je ne suis rien de tout ça. Juste un enquêteur privé qui nage en plein brouillard.

— Privé, vous voulez dire... détective ?

J'ai sorti une carte :

— Agence Bohman. J'étais chargé de la protection d'Antoine Griffart. Plus exactement, je devais le protéger contre lui-même. On avait omis de m'avertir qu'il n'était pas le seul à envisager sa mort prochaine.

— Quelle affaire... Griffart était un esprit brillant. Au-delà des divergences, ce drame nous a tous éprouvés.

— Divergences ?

— Quoique beaucoup plus nuancé, Griffart avait partagé certaines des conceptions qu'a exposées Delettram.

— Vous disiez qu'il l'avait fait clairement, je vous avoue que malgré ça...

Il a souri.

— Voyons, par où commencer ?

— Sa mise en synergie des disciplines ressemble à du bon sens.

— Le problème, justement, vient d'idées dont la présentation s'entoure d'éléments ressemblant au bon sens. Avez-vous entendu parler de l'hygiène raciale ?

— Pour ne rien vous cacher...

— L'idée ne date pas d'hier. Elle a été développée en Allemagne au début du siècle par des scientifiques comme Haeckel ou Ernst Rüdin. Elle prône l'eugénisme, la régénération de la race à travers l'application de mesures biologiques. La stérilisation et l'internement systématiques des malades mentaux et des alcooliques. Elle préconise l'euthanasie en cas de maladie incurable, d'aliénation, voire sa généralisation à ceux dont la vie est jugée sans valeur... Ces théories ont essaimé en Europe, et même aux États-Unis. On ne compte plus les membres de la communauté scientifique qu'elles ont séduits. Mais c'est en Allemagne qu'elles ont culminé, avec l'arrivée d'Hitler au pouvoir. La Société d'hygiène raciale de Rüdin et Haeckel compte près de cinq mille médecins. En France, le livre d'Alexis Carrel connaît un succès qui ne se dément pas.

J'ai pensé au bouquin trouvé chez Fehcker :

— Le toubib que citait Delettram ?

— Son ouvrage, *L'homme, cet inconnu*, reprend l'essentiel des théories eugénistes. Et ce qui est affligeant, c'est que Carrel, comme ses pairs, est tout sauf un charlatan. On lui doit des travaux essentiels sur une technique nouvelle : la culture in vitro de tissus. Cela ne l'empêche pas de préconiser le gazage de certains groupes humains.

— Griffart adhérait à ces conceptions ?

— Certains partisans d'un eugénisme « doux » sont persuadés d'œuvrer au bien de l'espèce humaine. Dites-leur qu'ils font le lit du nazisme et ils en seront sincèrement scandalisés. Griffart était de ceux-là. Il avait été terriblement choqué par les informations qui avaient filtré sur l'élimination de malades en Allemagne. Il avait l'intention de publier une communication condamnant l'hygiène raciale et ses partisans.

— Qu'entendez-vous par élimination de malades ?

— En Allemagne, depuis un an, un décret autorise l'euthanasie des personnes déclarées incurables. Ne vous méprenez pas, il ne s'agit pas d'accéder à la demande d'un malade d'abréger des souffrances devenues inutiles. Mais d'une euthanasie massive décidée et planifiée par le corps médical et les autorités. Les premières liquidations auraient déjà eu lieu. Des enfants handicapés mentaux. Nous recevons également des nouvelles extrêmement alarmantes concernant le sort réservé aux malades en Pologne occupée.

— Qu'en dit Delettram ?

— Vous ne l'entendrez jamais approuver ouvertement l'application pratique des théories qu'il prône. Il biaise en permanence. Il appartient à ces scientifiques qui savent parfaitement où ils mettent les pieds. Leur idée de la société est socialement celle de la ruche. Ajoutez-y tous les discours scientifiques sur l'inégalité des races entendus depuis Darwin et vous obtiendrez la copie de ce qui sévit de l'autre côté du Rhin. Autant dire ici, désormais. Je suppose que vous avez noté la présence d'officiers allemands dans nos murs. La Salpêtrière vient de passer sous leur autorité. Delettram est promu à un bel avenir. Le docteur Knapp s'est déplacé en personne pour assister à sa conférence.

— Knapp ?

— Il est chargé des relations avec le corps médical français. Sa première visite a été pour Alexis Carrel, Delettram a eu droit à la suivante. Sa fondation est en bonne voie.

Il a regardé la pendule.

— Une dernière chose, docteur. Comment expliquez-vous que le professeur Griffart n'ait pas rompu tout lien avec Delettram ?

— Leurs rapports avaient fini par se limiter à Clermont.

— Griffart n'y était pas affecté...

— Non, mais ses recherches sur l'aphasie l'y conduisaient. Dans les derniers temps, il y travaillait sur une forme très particulière de mutité.

— L'aphasie segmentaire ?

— Il vous en avait parlé ?

— Non, j'ai retrouvé des notes après sa mort.

— Il avait baptisé cela le syndrome de Fehcker.

XXV

Quand je suis sorti, la neige recouvrait la rue. Sous le ciel pâle, les flocons tombaient en rangs serrés. Des grosses giboulées qui faisaient comme un silence de plumes. Feutré, blanc, bien épais. Avec de la froidure à vous jeter dans le premier rade venu.

Eux, ils en sortaient quand je les ai aperçus. Les lunettes noires tranchaient sur toute cette blancheur. Le type, derrière, aurait pu être un aveugle allant aux consultations. Un vampire même, sensibles au jour comme ils sont. Mais j'ai su tout de suite que c'était lui. Le lapin russe du duo. Il a remonté le col de son pardingue en matant le ciel qui se vidait à n'en plus finir et l'autre l'a rejoint, bec-de-lièvre en avant. En se tenant aux murs, ils se sont risqués sur le trottoir d'un pas de skieurs maladroits. Dans la vitrine des pompes funèbres, les couronnes mortuaires ressemblaient aux décorations de Noël. Ça faisait comme une petite Autriche dans la rue. J'ai pensé aux cendres de l'Aiglon, c'était pas le moment mais ça m'est venu. En face, bec-de-lièvre s'est marré. Peut-être il avait eu la même idée, lui aussi. Derrière le rideau de flocons, on aurait dit un acteur du Grand-Guignol avant l'entrée en scène. Je me suis enfoncé sous le porche de l'hôpital. Pas assez vite pour empêcher Corbeau de foutre son grain de sel.

— Nes ! il a crié en ouvrant sa fenêtre.

Bec-de-lièvre s'est retourné. Il a levé le nez pour voir Corback agiter ses bras comme les ailes d'un moulin dans la tempête.

— Nes !

L'autre a poussé son pote du coude, montrant ma direction. À l'instinct, j'ai foncé. J'avais compté sans le verglas. Sous la neige, il faisait patinoire. C'était traître. Avec leurs caoutchoucs aux pieds, les deux faux flics avaient l'avantage. Tandis que je dérapais, ils mettaient les bouts. Floc-floc, ils piétinaient l'un derrière l'autre. Les bras écartés qui faisaient balancier, ils ont tourné le coin de la rue. Le dernier truc que j'ai vu, c'était Corbeau à sa fenêtre.

— Nes ! il a répété, comme un automate obstiné.

Et je me suis étalé de tout mon long. Mon crâne a heurté la bordure du trottoir. J'ai entendu la bagnole arriver. Les cris des passants, les freins, les pneus dans la neige molle. Et puis plus rien. Le silence du noir. Après tout ce blanc, c'était reposant.

— *Er wacht auf !* Il se réveille !

Dans son uniforme d'ordonnance, le soldat se dandinait d'un pied sur l'autre. À sa façon de triturer son calot entre ses grosses pattes, on voyait bien qu'il était emmerdé. Avec la population occupée, on lui avait dit d'être nickel. Ordre, distinction, séduction. Le fantassin allemand est de race supérieure. Il devait le montrer. Ajouter la grandeur au triomphe. On avait conquis la France, restait à conquérir Paris. « Après vous, madame. Du chocolat pour le petit garçon ? » Parade dans les rues et musique dans les parcs. Après la victoire, c'était s'installer qu'il fallait. Pour ça, renverser un civil avec la bagnole du capitaine figurait pas au manuel.

— Il se réveille, il a redit pour se rassurer.

Dans leurs lits, les voisins n'en perdaient pas une miette. J'étais la distraction du jour. Le nouveau de la classe. Et puis, ce troufion, ça faisait de l'imprévu. Ils en oubliaient le thermomètre, le crachoir et la poire à lavements. Des tronches à pansement me reluquaient. Des visages hâves et des yeux fiévreux. Ça les requinquait, une arrivée. Pas tant mon cas sans gravité, il les aurait plutôt dépités, que la présence de l'Allemand. Pour la mériter, fallait que je sois un drôle de loustic.

Caducée s'est penché à mon chevet :

— T'en seras quitte pour des contusions. N'empêche, c'était à deux doigts. Coup de pot qu'il ait eu le réflexe. S'il avait pas braqué au bon moment, il te passait dessus.

— Tu veux que je le remercie ?

— Ça... sera... rien ? a fait l'autre qui reprenait espoir.

Riton m'a regardé le blanc des yeux.

— Tut tut, pas si vite, faut voir à voir.

— Voiravoir ?

Le gars a pris la couleur de son uniforme. C'était un émotif. Un brave type, si ça se trouve, qui demandait qu'à rester dans sa forêt noire. Mais voilà, il était à Paris et sa permission allait lui passer sous le nez. Recta. Une cloche qui se jette sous vos roues, la bagnole cabossée, c'est des emmerdements. De la paperasse, des rapports, et le lampiste qui plonge au bout du compte. Le retour du guerrier, il en avait rêvé pourtant. Des nuits durant. Le quai de gare, avec les fleurs et les yeux humides à vous attendre. Tout ce qu'il aurait à raconter à table, tandis que passent les patates, le chou et la cochonnaille. « Mon Dieu, comme tu as maigri ! On ne vous nourrit donc pas là-bas ? » Ce qu'il aurait à taire aussi, pas fier de l'avoir fait. Et le soir venu, la douceur de sa chérie. Le parfum de sa peau, pour se laver des odeurs d'escouade et de mort. Râpé. À la guerre comme à la guerre, tu peux occire ce que tu veux, mais rouler sur un pékin l'armistice signé... c'est tout juste si tu auras pas saboté la Collaboration naissante.

À le voir verdir, j'ai été tenté de lui céder ma place dans le plumard. Mais je me suis dit qu'une nuit à l'hosto pouvait pas me faire de mal. Je finissais par y avoir des connaissances. Riton, Colbert et Delettram, maintenant. Tout ça méritait réflexion.

Un interne est entré. Sous l'œil inquiet du bidasse, il a examiné mes cervicales. L'état de mon crâne et tout le toutim.

— Fixez mon doigt, suivez-le du regard, vous ne voyez pas double ?

Le soldat s'efforçait d'entraver.

— Tout cela ne paraît pas trop méchant, a conclu le toubib. Nous allons vous garder en observation jusqu'à demain et vous pourrez rentrer chez vous.

L'Allemand se raccrochait à ce qu'il pouvait :

— Rentrer ?

Il était pas sûr d'avoir pigé. Il voulait confirmation et on le laissait sur le gril. Son calot en devenait informe d'être malaxé.

— Ne restez pas planté là, a ordonné le toubib. Vous voyez bien que vous gênez. Ouste ! Tout le monde dehors, le blessé a besoin de repos.

Poussé vers la sortie, le gars s'est retourné.

— Bonne santé, monsieur, il a bredouillé.

Dans les pageots voisins, la curiosité diminuait. Médicalement parlant, j'étais pas une affaire. Des plus intéressants que moi demandaient qu'à y venir, à la Salpê. Dans un sens, je volais leur place. C'était entendu. J'étais combine et passe-droit. Eux, jamais un boche leur aurait donné du « bonne santé ». Et du « monsieur », encore moins. Pas de ça, Lisette. Fraterniser quand nos gars étaient aux stalags, c'était faire honte à la France. Et au Maréchal qui s'échinait à les rapatrier. Tout ça, ils me l'envoyaient à grand renfort de quintes et de crachats.

J'ai fait signe à Riton. Il a déplié un paravent et on a causé à l'abri des regards.

— Les deux types, ils étaient à l'hosto, je l'ai rencardé à voix basse.

— Qu'est-ce que tu racontes ?

— Ils sortaient du Réconfort. Je leur cavalais au derche quand je me suis ramassé.

— Le Réconfort, c'est pas l'hosto.

— On n'y vient pas par hasard. Tu les avais jamais vus, ici ?

— Pas que je me souvienne, mais l'hôpital est grand. Tu cherches quoi ?

— Ce qui a pu les conduire à la Salpêtrière.

— Comprends pas.

— Qu'est-ce qui est survenu, ici, qui a un rapport avec l'affaire ?

— Rien, strictement rien.

— L'internement de Colbert et l'affectation de Delettram.

— Tu veux dire...

— Que mes deux zigues sont après l'une ou après l'autre.

J'étais plutôt content, l'accident n'avait pas diminué mes facultés. Riton aussi paraissait jouasse. C'est bath, les copains.

— J'ai les infos que tu m'as demandées, il a dit. Mais je sais pas si ça t'apportera grand-chose. Quand on a hospitalisé Fehcker à Crest, il était en pleine crise paranoïaque. Il prétendait que les nazis avaient tué sa sœur en Allemagne...

J'ai pensé au bouquin de Carrel, retrouvé chez Fehcker, à Rüdin et son hygiène raciale. Et aux paroles de Ferdière : « Une euthanasie massive planifiée par les autorités... Des enfants handicapés mentaux... »

— Avant que j'oublie, a fait Caducée en sortant. Corbeau venait de partir quand tu as émergé. Il va repasser.

Les copains, c'est vraiment bath.

XXVI

J'y pensais encore en me réveillant. La nuit était tombée. Entre les rideaux tirés, un rayon de lune effleurait le lit. Là où, dans mon sommeil, Corback avait déposé une carte postale. Une de celles qu'on achète pour trois sous chez le marchand de journaux. Avec le bouquet de fleurs au recto, détouré doré. Ou le dessin rigolo du type alité, poche à glace sur le citron, l'œil plongé dans le décolleté de l'infirmière. Au-dessus, le fabricant a imprimé : « Je te souhaite un prompt rétablissement », ou : « Profites-en, veinard, le boulot, c'est pour bientôt. » La carte à Corback, c'était surtout en dedans qu'elle valait dix. Une fois ouverte, on y trouvait une photo surprise. Près d'une camionnette, genre Juva 4 espagnole, deux types se serraient la louche. Leur poignée de main évoquait les diplomates quand ils se congratulent pour la postérité. Pour le reste, c'était plutôt à des pistoleros qu'on songeait en les regardant. Je n'avais jamais vu le visage du premier. Le second m'était devenu familier. Un revolver à la hanche, Fehcker avait plus fière allure que dans son camp de bûcherons. L'endroit évoquait la cour d'un édifice officiel. Corbeau avait entouré l'inscription gravée au fronton du bâtiment : *Banca centrale de Cataluña.*

Ma montre marquait une heure. Derrière le paravent, le concert des ronfleurs battait son plein. Agrémenté de toux, parfois. De plaintes aussi, quand la douleur mordait le sommeil. J'ai planqué le cliché sous mes frusques et j'ai laissé la piaule aux dormeurs.

Dans la chambrée, le froid se faisait presque oublier. La porte franchie, il vous tombait sur la couenne comme un linge glacé. J'ai suivi le couloir jusqu'au pavillon des aliénés. Sa silhouette sombre se découpait sous les étoiles. Noir sur noir. Pas une loupiote pour percer l'obscurité. Par une nuit pareille, les vieilles histoires radinaient toutes seules. La folie, en nocturne, elle fout vite les foies. À se demander si on n'en trimbale pas des morceaux en soi qui chercheraient qu'à sortir.

J'ai traversé la cour pavée et j'ai rejoint le bâtiment. Quand j'y suis entré, j'ai pigé que la souffrance faisait pas relâche. Sans les bruits du jour pour la couvrir, on entendait qu'elle. Bien hargneuse avec le silence qu'elle déchirait tant qu'elle pouvait. C'était des cris, des appels sans réponse, des glapissements et des plaintes à vous retourner les boyaux. Les pilules à sommeil n'empêchaient rien. Les faiblards étaient tombés comme des masses, de la bouillie plein le chou, mais les costauds résistaient. Leur mal tellement habitué à ce qu'on lui cogne dessus qu'il s'en foutait. Les calmants à endormir des rhinocéros dans les zoos, ça les faisait tenir tranquilles une couple d'heures. Après quoi, ça les reprenait. Lestés de cachets, les doux délirants qui causent aux planètes s'envoleraient plus de sitôt. Les autres, je me disais qu'il valait mieux rien savoir.

Pour pénétrer chez les remuants, c'était coton. Enfermés qu'ils étaient, à double tour. Leurs portes faisaient un alignement de cellules dans le corridor, avec l'œilleton pour guetter au trou. Les plus raides avaient leur piaule à eux. Avec la camisole pour les vrais mauvais. Les imprévisibles, prompts à se farcir l'infirmier malgré qu'il soit taillé comme un menhir. Ou à se foutre en l'air à tout bout de champ. Sur une lourde, j'ai repéré le nom de Colbert. Sans la clé, j'étais pas plus avancé. J'allais devoir l'emprunter au surveillant qui ronflait dans sa carrée. J'avais déjà un pied dans sa cambuse quand le hurlement a retenti. Il a commencé bas, genre sirène qu'on lance, pour monter dans les aigus. Je me suis figé, le poil dressé. Et la lumière m'a ébloui. Une main sur l'interrupteur, l'infirmier me regardait sans y croire, les yeux encore gonflés de sommeil :

— Qu'est-ce que tu fous là ?

Dans mon pyjama, y'avait nature à maldonne. C'était pas la peine que je me décarcasse pour lui bonnir un truc marrant. Il avait déjà saisi la trique posée contre son chevet :

— On va retourner se coucher, gentiment.

— Pilules ? j'ai fait en bavant un peu.

Il était de plus en plus ahuri :

— Oui, oui, pilules. Bouge pas, mon gars.

Il s'est avancé, aussi doucement qu'il pouvait. Avec son caleçon qui bouffait sur ses cuisses, on aurait dit un gorille en tutu. Son regard m'a quitté un quart de seconde. Le temps d'apercevoir la sonnette qu'il lorgnait, je lui ai foncé dans le bide. J'ai eu l'impression de me jeter sur une porte blindée. Un choc dur, sans rien pour rebondir. À m'en ébranler l'intérieur. Quand il m'a ceinturé, j'ai cru que mes côtes craquaient. Dans l'étau de ses gros bras qui me pliaient en deux, l'air ne passait plus. Il m'a soulevé du sol comme il l'aurait fait avec un ballot de linge. Il a serré davantage. Ça tournait vilain. Ma main était juste à hauteur, je l'ai refermée sur le tutu du gorille et ce qu'il y avait dedans. J'ai tordu sans faire le détail. Il a essayé de résister à la douleur mais il présumait. Son étreinte s'est relâchée. J'ai mis le paquet. Ça m'en faisait mal rien que d'y penser. Le type est devenu blanc. Il a eu un haut-le-cœur. Et il a tout lâché. Ses tripes et moi avec. Pendant qu'il se vidait, j'ai chopé la matraque sur le sol. J'ai eu besoin de m'y reprendre à deux fois avant d'en venir à bout.

Les jambes en flanelle et l'oreille aux aguets, je me suis assis sur le lit. Dans l'hosto rien ne bougeait, à part le dingue hurleur qui recommençait sa sirène.

La clé des cellules pendait à son clou. J'ai ligoté l'infirmier avec ses draps et je me suis invité chez Claude Colbert. Je l'avais imaginé capitonné, son petit intérieur particulier. Pas douillet quand même, on sait à quoi s'en tenir. Mais débarquer dans un mitard, je m'y attendais pas. Glacial, crapoteux, avec un fumet de tinettes qui emboucanait jusqu'au malaise. Et sur les murs, des traces qu'il fallait pas identifier. Elle était loin, la cité fleurie. Claude Colbert en avait perdu sa rogne et ses kilos en trop. Elle contemplait le vide avec un sourire en coin. Se débarrasser de ses liens, c'était un bon tour qu'elle leur avait joué, aux toubibs. Elle en rigolait encore, découvrant ses gencives et sa langue, indécente. Noire, aussi. Sur son traversin que perçait la paille, la salive avait coulé en filet jaune bile. Avec le blanc de ses yeux, ça faisait un drôle de chromo. Des tons nature morte. C'était approprié. Sur son cou, une marque violacée finissait le tableau. Comme une signature. La toile aurait pu s'appeler *Fille de l'air.* Pendue au montant de son lit, celle qui n'aimait pas les psychiatres avait définitivement mis les bouts.

J'ai rebroussé chemin. Le froid semblait plus vif. Longtemps après m'être recouché, il me transperçait encore. J'ai renoncé à empêcher mes dents de claquer. Et les tremblements de me secouer en grosses vagues grelotteuses. Claude Colbert avait clos sa propre instruction. J'ai pensé à ses chats de l'atelier, à Lucie Coste aussi. Et je me suis dit qu'on pouvait mourir d'amour. « Nous réclamons qu'on libère ces forçats de la sensibilité. » Elle était bien grandiloquente, la lettre aux médecins-chefs des asiles de fous. Radicale, tant qu'à faire. Et après ?

XXVII

— Nestor, pour une fois qu'on sort...

Yvette se pomponnait devant le miroir. Depuis le matin, elle frétillait à la perspective d'une soirée en ville.

— Franchement, Nes, vous n'avez pas l'air de vous rendre compte. Une invitation chez Lucienne Grignand...

Déniché dans ceux de Bohman, le disque de la Grignand tournait sur le phono comme si la diva de Puteaux avait percé le secret du mouvement perpétuel. Entre deux tours, on croyait à la trêve, au silence revenu. C'était du précaire. Yvette bondissait sur la manivelle. Et le gramophone remonté comme un chrono redémarrait de plus belle.

« Quand le vent soufflera sur la verte bruyère, et que le rossignol viendra chanter encore... »

À la douzième audition, elle trouvait le truc encore plus beau. Autre chose qu'Yvonne Printemps. Celle-là, elle pouvait s'aligner avec ses airs sucrés. Le contre-ut, c'était plus balaise à choper que la queue du Mickey sur les chevaux de bois. Yvette, elle se remontait mieux que le Pathé Marconi. Et toute seule. Avec des envies de chanter qui la prenaient quand on s'y attendait le moins.

« ... Nous irons écouter la chanson des blés d'or... »

Lui demander de la fermer, c'était délicat.

— Tout de même, elle se pâmait. La grande musique, c'est quelque chose.

J'avais tenté la diversion. Quitte à pas pouvoir me concentrer, j'avais suggéré des trucs plus entraînants. Dans ce qu'on avait sauvé de la discothèque au patron, j'avais repéré un musette. Gus Viseur et son accordéon swing. Avec Joseph Reinhardt, un frangin à Django. *Fausse monnaie*, ça s'appelait. Yvette avait rien voulu savoir. Le branle-poumons faucherait pas ses blés d'or. Je connais pourtant rien de mieux qu'un joli pas de valse bien chaloupé sur un parquet de bal. À tout prendre, celui de l'agence était ciré autant qu'un autre.

Midi approchait quand Corback a frappé.

— C'est chez vous, ce tintouin ? il s'est étonné en entrant.

Yvette n'a pas relevé mais sa mine pincée trahissait la vexation.

— Ça doit être le froid, a insisté Corbeau en inspectant le gramophone. Ces engins, un rien les dérègle.

Après ça, la température pouvait guère se réchauffer.

— Pourquoi pensez-vous que notre phono est déréglé ? a sifflé Yvette, les yeux rétrécis derrière ses hublots.

— Vous l'entendez pas ? C'est pas normal, cette voix...

Elle a stoppé le disque :

— Et la confiture aux cochons, c'est normal ?

J'ai fait signe à Corback mais Yvette était lancée :

— Plutôt que vos gros sabots, vous feriez mieux d'apporter du charbon.

— Quels sabots ? a questionné Corbeau.

Elle a ouvert la porte.

— Je vous laisse entre hommes de goût, elle a lancé avant de la claquer.

Ses semelles de bois ont tambouriné dans l'escalier. Et le silence est revenu.

— Vous vous êtes engueulés ? s'est inquiété Corbeau en s'asseyant.

— Tout va bien.

— Ah, bon. Et toi, pas de dégâts ? Foncer tête baissée sur une auto militaire, même en Espagne, je l'avais pas vu.

J'ai sorti la photo laissée par Corback sur mon lit d'hôpital.

— Où as-tu dégotté ça ?

— Tu t'y attendais pas, avoue. Voilà deux mois, quand tu m'as parlé de Fehcker, j'ai relancé des copains, à tout hasard. Ça a demandé du temps. Quel merdier !

— Quoi ?

— Tout. L'exode, la guerre... Enfin, quand le courrier a repris avec la zone sud, j'ai reçu des nouvelles. La lettre a mis plus d'un mois pour arriver de Marseille.

— Marseille ?

— Tu te souviens de Cription...

Avec ce qu'il me devait, j'étais pas près de l'oublier. La dernière fois que je l'avais croisé, c'était en 37. Il collectait des fonds à tout va. La pratique était dans ses manières. Aussi réglée que du papier à musique. Souscription, c'était son refrain. Son surnom aussi, à force de nous taper pour toutes les causes qu'il avait à la bonne. De fil en aiguille, il était devenu Cription. Le prononcer à la française évoquait un philosophe romain. À l'espagnole, un héros des Ramblas. Rien qui laisse entrevoir le vendeur de vent. Il en aurait pourtant fourgué à un moulin. Jamais avec un mauvais esprit. Les eaux de boudin où finissaient ses entreprises, il était juste infoutu de les prévoir. Cette année-là, c'était une coopérative qu'il fondait. Olive, huile et lavande. Pas de patron, pas de profit, le grand partage du labeur et de ses fruits. Ça sentait le phalanstère au pays des cigales. J'avais mis la main au pot. Souscripteur, j'étais devenu. Le papier l'attestait. Un papelard grand comme le journal du soir. Avec de chouettes gravures, un pressoir, des rameaux d'olivier, la tronche à Proudhon en filigrane. Et mon nom, en majuscules. Ça en jetait. C'était bien tout ce que ça faisait. Les olives, j'en avais jamais vu la queue d'une. Même changée en huile. Les retours sur investissement, c'était injurier la cause que les aborder. L'aventure qui allait miner le vieux monde, je m'en serais voulu de la contrarier. Mes préoccupations terre à terre, je les mettais dans ma poche avec mon mouchoir par-dessus. Ça la gonflait au moins de quelque chose. Pour le reste, l'olive libertaire avait tout pompé.

— Cription...

— Depuis mai, il en a vu passer du monde dans sa coop.

— Elle existe toujours ?

— T'as l'air surpris...

— C'est rien, continue.

— Tu le connais, Cription. Toujours prêt.

— Le tout, c'est de savoir à quoi...

— J'y viens. Parmi ceux dont le pedigree n'est pas dans l'air du temps, beaucoup ont échoué à Marseille. Le Vieux Port n'aura jamais assez de rafiots pour les embarquer. Cription prête la main. Sa coopé, elle a fini par ressembler à un bureau d'accueil. Dans le lot, il a connu un journaliste. Un type qui s'est baladé en Espagne avec Capa. Wilhelm Scup. C'est lui qui a pris la photo. Il en a des rouleaux entiers. Il préparait un bouquin avec Hemingway. Je ne sais pas si le livre paraîtra, mais cette image-là, elle vaut de l'or.

— Cription te l'a vendue ?

Il a eu un geste agacé. Cription ne vendait rien. La truanderie n'était pas son genre. Le pire est que c'était vrai. Avec ses histoires à la noix, il récoltait surtout les emmerdements. Il en avait tracé, des plans foireux sur la comète. À chaque fois, il était sincère. Quand il pigeait que la cause avait du plomb dans l'aile, il faisait peine à voir. Le moral tombé dans les chaussettes avec les illusions, ça le tirait plus bas que terre. Dans ces cas-là, personne aurait eu le cœur à lui demander des comptes. Pour un peu, on l'aurait aiguillé vers de nouvelles causes. Des rutilantes, qu'il aurait pas soupçonnées. Mais avant qu'il nous repasse à la casserole, on attendait de se remplumer.

— Ce qui vaut de l'or, a repris Corbeau, c'est ça...

J'ai regardé sur la photo, où il pointait l'index.

— Banque centrale de Catalogne.

Corback avait la trombine qu'il se composait sur scène lors de ses grands numéros. Quand il estomaquait le public avec la femme coupée en deux ou la malle des Indes. Le truc, tout le monde savait qu'il était quelque part. Mais ce qui était fortiche, c'est que nul ne pouvait dire où. À force de supputer, d'entrevoir des solutions impossibles, la poudre aux yeux paraissait encore plus balaise. On se prenait à penser qu'il n'y en avait pas. Dans ces moments-là, on croisait les doigts pour que personne vous entende gamberger.

— La photo a été prise en 1937. L'année où le gouvernement espagnol a décidé d'envoyer une partie de ses réserves d'or à Moscou.

— Quelle idée...

— L'avance franquiste faiblissait pas. L'Espagne avait besoin d'armes. L'URSS en vendait. Dans les coffres soviétiques, l'or de la République devait être en sécurité. Cinq cents tonnes. C'est pas rien.

— Cinq cents tonnes ?

— C'est ce qui a été convenu avec Moscou. Les premiers chargements sont partis de Carthagène fin octobre 37. Mille cinq cent quatre-vingt-six millions de pesetas-or. Cinq cent dix-huit millions de dollars. Les cocos étaient pas les derniers partisans du transfert. Chez les anars, certains voyaient ça autrement. Mais quoi, c'était compliqué, tout ça. Bref, entre ceux qui craignaient que Staline étouffe les lingots et ceux qui auraient bien prélevé leur écot... ça faisait du monde. La rumeur veut qu'une partie du chargement ne soit jamais arrivée à Odessa. Trois cents millions de pesetas.

— Fauchées ?

— Fauchées, détournées vers la Catalogne, il existe plusieurs versions. Mais ce qui est sûr, c'est que le type à qui Fehcker serre la pogne sur la photo, c'est Marius Jacob.

— Marius Jacob ? *Le* Jacob ?

— J'en connais pas d'autre.

Marius Jacob. Trompe-la-mort. Un des derniers bandits à idées. Le roi des coups fumants et des casses flamboyants. Celui qui avait inspiré Arsène Lupin à Maurice Leblanc. Vingt ans de bagne à l'île du Diable, dix-neuf tentatives d'évasion et la quille, enfin.

— Marius Jacob, en Espagne ?

— Ça te la coupe, hein ? Elle en a vu défiler du monde, l'Espagne. Jacob, il pouvait pas rater ça. Le drapeau noir sur tous les mâts, son rêve ! Il les avait pas tirées pour rien, ses vingt piges.

— Depuis des années, il était rangé de la cambriole. Il aurait repris du service ?

— Va savoir...

Ça tenait pas debout. J'ignore pourquoi je lui ai demandé :

— Tigartentras, ça te dit quelque chose ? D'après le môme qui l'a conduit à Clermont, Fehcker aurait répété ce nom-là plusieurs fois.
— On dirait de l'espagnol. C'est quoi, un bled ?
— Un bled... Pourquoi pas ?

XXVIII

L'or espagnol, depuis que Corbeau l'avait fait miroiter, me tournait dans le cigare. On avait vu des types devenir dingos pour moins que ça. La fièvre du jonc, une rumeur suffit à la déclencher. Un caillou dans le ruisseau, pour peu qu'il soit doré, c'est la ruée à la pépite. Le Far West en était coutumier de ces bouffées délirantes qui mettaient le pauvre monde en branle. À pied, à mule et à chariot bâché, les distances avalées avec la poussière et les déserts. Pour trouver quoi ? Du vent, de la pyrite. L'or des fous. À la seule idée qu'il était vrai, plus d'un avait zigouillé père et mère. En lingots, c'était le même cinéma. De vieux truands plus vaccinés que des rats de laboratoire oubliaient tout pour repiquer au truc. Il était peut-être capable de tournebouler un psychiatre, l'or des fous... Je me le demandais en sonnant chez Lucienne Grignand, Yvette à mon bras.

Perché boulevard de Port-Royal, l'intérieur de la soprano ressemblait à une grosse bonbonnière. Avec du rose sur les murs, des bibelots dans des niches et de la verroterie qui tombait des lustres.

C'était chargé, lourd comme une digestion difficile après trop de sucré.

La Grignand nous a reçus en minaudant :

— Les sauveurs de mon cher Maurice !

Une soubrette nous a débarrassés de nos manteaux tandis qu'on découvrait l'appartement en enfilade. Avec la salle à manger, table dressée. Et le salon, bruissant de conversations.

— Maurice, mon chéri, tes sauveurs.

Elle y tenait. Quand elle nous a introduits, elle l'a répété encore un coup. En observant son Maurice, je me suis dit que c'était pour lui. Assis dans un fauteuil quand les autres se tenaient debout, il semblait absent. Entre ses doigts, une cigarette se consumait. La cendre, à son extrémité, témoignait qu'il ne la portait pas souvent à sa bouche. Sa main était froide et sans vie. J'ai tenté de l'imaginer sur un clavier. Celui du piano qui trônait près de la fenêtre était fermé.

— Maurice brûlait de vous connaître, a lancé la maîtresse de maison comme elle aurait dit que le soir tombait ou que l'air était frais.

Après quoi, elle a fait les présentations. On a échangé des saluts. C'était du beau monde, avec du linge propre et des joues roses. Des tickets d'alimentation dans les portefeuilles, sûrement. Et peut-être du charbon dans les chaudières. Ici, le myrrhus ne ronflait pas fort. Mais à côté de notre Sibérie, on en serait venu à croire qu'il pétait le feu.

— Détective privé ! Comme c'est palpitant...

La glace à peine rompue, j'étais devenu l'attraction du jour. Lucienne Grignand devait en produire une nouvelle à chaque soirée. Yvette a pigé le coup. Tous les deux, on était là pour faire la distraction. Ça l'a dessillée. On l'aurait crue tombée des étoiles.

— Faites pas cette tête, j'ai murmuré, on a le couvert, c'est déjà ça.

Adossé à une commode Louis XV, un petit homme à pince-nez me reluquait. Il portait beau. D'un autre âge. Avec un je-ne-sais-quoi qui sentait la naphtaline et le désargenté. L'écharpe au cou et les mitaines aux mains. Comme ces vieillards toujours transis.

— Lucien Pemjean, il s'est présenté. Nous nous croisions aux Buttes-Chaumont, avant la guerre.

J'ai reconnu le petit vieux des Buttes. Celui qui attendait les Allemands sur son banc. Depuis leur arrivée, il s'était remplumé.

Il m'a offert une coupe. Il fallait ça pour faire passer les petits fours au goût d'inconnu.

— Surprenant, a résumé un sculpteur à la gloire flétrie tandis que son épouse découvrait des dents de bourrin. Vous êtes une magicienne.

Lucienne Grignand chichitait. Elle a coulé un regard faux derche à la bonniche qui passait le plateau.

— Félicitez Amélie, c'est elle la magicienne. Mais l'enchanteur, le vrai, ne saurait tarder.

Le petit vieux à lorgnons s'est approché de moi :

— Lucienne a l'art de réussir ses soirées, n'est-ce pas ? La roue tourne.

— Que voulez-vous dire ?

Il a enfourné un amuse-gueule au navet :

— Vous ne savez pas ? Sa carrière, jeune homme, elle était au creux de la vague. Les mauvaises langues prétendent que si elle remonte, les Allemands n'y seront pas étrangers.

— Les mauvaises langues ?

— Que ne diraient-elles pas ? Jusqu'à murmurer que l'absence de ce pauvre Maurice fut pain bénit pour son épouse.

— En quoi ?

— Nous vivons une tempête. Et les tempêtes sont propices aux légendes. Vrai faux, faux vrai s'y mêlent cul par-dessus tête. Il n'y a guère que Dieu pour reconnaître les siens. Et Dieu, aujourd'hui...

— De quelle légende parlez-vous ?

— La chanteuse héroïque. Difficile d'ignorer que Lucienne a payé de sa personne. Durant la drôle de guerre, on l'a vue partout. Pas une garnison où elle n'a débarqué, la poitrine gonflée d'airs patriotiques. Le moral des troupes se remonte comme un jouet. Entre nous, le militaire est moins difficile que le civil. La ration de guerre, c'est son lot. Il n'a pas le choix. Lucienne s'est montrée admirable jusque dans l'offensive allemande. Son mari, son accompagnateur, au front ! Femme de soldat pareille à la plus humble. Quand d'autres couraient les ministères, elle a choisi le silence, le renoncement. Eh bien, savez-vous ce qu'on a chuchoté ?

— J'entends bas...

— La fermeture des théâtres fait oublier qu'on

ne vous y engageait plus. Quelle mesquinerie, n'est-ce pas ?

— N'est-ce pas.

— Dans l'épreuve et la débâcle, Lucienne a su rester au-dessus du lot.

— Surnager.

— Je vous demande pardon ?

— Les mauvaises langues...

— Hi, hi, il a fait en se frottant le museau à la façon d'un mulot. Les Allemands à Paris, Lucienne a laissé la fuite à celles dont les jambes valaient, somme toute, la voix. La capitale sans théâtres était doublement vaincue. Lever le rideau, c'était relever la tête. Même là, on ne l'a pas épargnée. Ce milieu est impitoyable. Il vous broie, jeune homme, il vous broie. À nouveau, les jaloux ont donné de la langue. Savez-vous sur quelle partition, cette fois ?

— S'accrocher aux places vides est le meilleur moyen d'en prendre une.

— Quelle bassesse, n'est-ce pas ?

Il a refait son hi, hi de mulot et il s'est envoyé une coupe, le gosier sec.

Près du piano, un grand type à l'embonpoint naissant avait entrepris Yvette. Un gars spirituel, on le voyait, et satisfait de l'être. Il riait en parlant. Ses bons mots étaient excellents. Sa situation tout comme. Il n'avait jamais ménagé ses efforts pour y arriver. Il n'avait aucune raison de s'arrêter en chemin. Les jours difficiles, à bien y regarder, étaient exaltants. Reconstruire, redresser, creuser de nouvelles fondations. Au bout du compte, on en sortirait fortifié. La bouche du gars remuait un peu de travers. Il avait une petite moustache au-dessus. Un trait. Tiré à la Errol Flynn. Il devait passer du temps à le dessiner devant la glace. Il avait posé sa main sur l'avant-bras d'Yvette. Une main à grosse chevalière, avec des initiales. Yvette cherchait l'échappatoire quand Corbeau est entré.

Dans son costard de croque-mort, il s'est encadré dans la porte. On aurait cru un tableau vivant. Une croûte orientaliste comme on en voit dans les musées et les images du chocolat. Le visage teint au brou de noix, la barbe d'encre et le turban de cérémonie, il a promené un regard noir sur l'assemblée. Quand il a eu bien pesé son effet, il a laissé tomber un « Bonsoir ! » à faire frissonner une goule dans son caveau. La femme du sculpteur a poussé un petit cri.

— Sri Aurobindo Bakor, Grand Swami de Bombay, a annoncé Lucienne Grignand.

Elle avait joué Lakmé, ça s'entendait. L'Inde mystérieuse avait pas de secret pour elle. L'air des clochettes non plus. Elle en a agité une, histoire de nous faire passer à table. Personne a moufté. Le coup du Swami, c'était de l'inédit. La soprano savourait son triomphe. La reconquête avait sonné.

Pour mieux le montrer, Lucienne avait mis les petits plats dans les grands. Sur la table, ça faisait comme une exposition de porcelaine, avec les couverts en argent, les verres à pied et nos noms sur des bristols. Je me suis retrouvé coincé entre la femme du sculpteur et un décolleté pigeonnant. Cécile de Roynard n'avait pas froid aux yeux. Chaque semaine, son tempérament fougueux et sa chronique de la femme française enchantaient les lectrices de *L'Illustration*. Elle connaissait tout, et tout le monde. Elle citait à tour de bras. Les grands auteurs. Ceux à la pensée féconde. Alphonse de Châteaubriant, Drieu La Rochelle, Brasillach, même. C'était un dîner raffiné, entre gens de goût, pétillants d'esprit. Avec des petites joutes oratoires sur les questions essentielles, des avis pertinents sur la France et son gouvernement. Sur sa chaise à coussin, Maurice n'en pipait pas une. Un pâle sourire aux lèvres, comme la pancarte ne pas déranger qu'on accroche à sa porte quand on veut la paix. Ses voisins de table avaient pas tiré le bon numéro. C'était le cadet de ses soucis. On avait versé un doigt de vin dans son eau, il regardait le verre avec l'air d'y voir la mer du Nord et le sang des copains qui l'avait rougie.

Corback trônait à la droite de Lucienne. De temps à autre il laissait tomber une sentence bien obscure. Autour, les visages reflétaient la gravité. La pensée du Swami ramenait aux vérités essentielles. Pour l'aider à en sortir comme ça, des vertes et des pas mûres, le côte-de-nuits descendait plus dru que la mousson. Le Gange et la Saône. On y voyait un symbole. Par-delà les siècles, les peuples aryens se retrouvaient.

Le petit vieux des Buttes avait tombé l'écharpe. Penché vers sa voisine, il lâchait ses hi, hi comme les bulles de savon que soufflent les mômes.

— Gare au venin, a murmuré Cécile de Roynard par-dessus son décolleté.

— Il paraît en avoir des réserves.

— Édenté, le serpent crache. Le phénomène est fascinant. Vous ne lisez pas ses billets dans *Le Réveil du peuple* ?

— J'ignorais qu'il écrivait.

Elle s'est tamponné les lèvres d'un coin de serviette.

— Il est persuadé que tout le monde le lit. Dites-lui la vérité, il en fera une jaunisse. Pauvre Pemjean. Il s'est mis en tête de lancer une revue. Il a sollicité Rebatet. Savez-vous ce que l'autre lui a répondu ? « Une revue de détails, j'espère, à votre âge on n'est jamais trop prudent. »

Les bons mots m'emmerdaient. Cécile de Roynard a paru déçue.

— Notre pays a besoin de sang neuf, pas de naphtaline, elle a précisé.

Pemjean. Son nom me trottait dans la tête comme un cheval de retour. Lucienne Grignand l'a chassé d'un geste. Ding, ding. Du couteau, elle tapotait son verre de cristal. Ding, ding.

— Mes amis... Mes amis, Sa Sainteté nous accorde la faveur d'une consultation. Dirigeons-nous vers le salon.

Yvette avait l'œil torve. Sans ses lunettes, le côte-de-nuits n'arrangeait rien. Elle me cherchait du regard. Dans le brouillard, c'était difficile. Le bellâtre a tiré sa chaise et elle s'est levée en titubant.

— Oups ! elle a hoqueté, la main devant sa bouche.

Dans son dos, le type dévorait déjà sa chute de reins. J'essayais de les rejoindre quand Pemjean m'a accosté :

— Instructif, n'est-ce pas ?

— Pardon ?

— Le dîner. Instructif.

— Je cherchais le mot.

— Hi, hi. Parions que la Renard vous a parlé de moi...

— Renard ?

— Comment ? Vous ignoriez ? Son nom, sa particule. De l'épate pour la galerie. Grattez, vous trouverez Charlotte Renard. Liriez-vous la chronique de Charlotte Renard ? Non, bien sûr. Quoique, dans les pages cuisine... Hi, hi, la cuisine, elle en sort. Sa mère servait dans un bouillon. Chez Chartier.

Il m'avait harponné le bras, Pemjean. Je retrouvais le petit pas qu'il avait pour flâner aux Buttes, avant-guerre, et chauffer ses os au soleil :

— La France des boutiquiers a encore de beaux jours. Et ce ne sont pas les grenouillages des courtisans qui aideront Pétain à y voir clair.

Sa main s'agrippait. Il me tirait en arrière, Pemjean.

— Lucien Pemjean ! je me suis exclamé. Vous êtes...

Son œil pétillait. À l'époque héroïque du drapeau noir, il avait eu son heure de gloire. La dynamite pour faire sauter le vieux monde, il l'aurait allumée rien qu'en soufflant dessus. Ses brûlots lui avaient valu la taule. Les plus anciens se rappelaient son évasion de Clairvaux. Et sa fuite à Londres où Zévaco l'avait embauché dans son équipe à feuilletons. Les « Pardaillan » de ma jeunesse lui devaient peut-être quelques belles pages. Quelle misère !

— Hi, hi...

Après, ça s'était gâté. À être contre tout, toujours, il avait franchi la ligne. Le tous pourris et le grand délire. À la Seine les politiciens, à la mer les financiers, exploiteurs apatrides, tondeurs du peuple. Copains, coquins. Les coudes tenus dans le secret des loges et des synagogues. Ouste ! Du vent ! Les murs en étaient couverts, de ces affiches qui appelaient au coup de balai. Le pied de l'ouvrier au cul du profiteur, juif pour sûr, comme deux et deux font quatre. Chez Pemjean c'était devenu une idée fixe. Il en avait fait un journal, avant-guerre, *Le Grand Occident*. C'était pas le seul sur le créneau. Elles avaient poussé comme du chiendent, les cliques et les ligues qui voulaient en découdre, bouffer tout cru la République. Elles avaient applaudi Mussolini et Franco. La défaite avait bien chatouillé leur fibre patriotique, mais quoi, elle était inévitable. Quitte à miser, Hitler n'était pas un mauvais numéro. La révolution, elle était devenue nationale, voilà tout.

Je le bottais, Pemjean. Que je l'aie reconnu, il en devenait fringant.

— Je songe à relancer ma revue, il m'a confié en veine de confidences. J'ignore si l'occupant me le permettra. Je pense soumettre bientôt le premier numéro. Bardèche m'a promis une contribution. Ainsi que le professeur Delettram.

— Delettram ?

— Cela vous étonne ? Ses travaux sont essentiels. Dans la lignée de Carrel. La prophylaxie sociale, nettoyer notre pays de ses tares grâce à la science. La science, elle est incontestable, n'est-ce pas ?

On arrivait au salon. Pemjean me martelait le bras. C'était rythmé, comme du morse. Un truc du genre nous en reparlerons. Je n'y tenais pas.

Corback trônait à un guéridon. Son regard fixe ne le devait pas qu'à la concentration yogique. Le mage avait forcé sur le pinard.

— Mes amis, a claironné la Grignand, Sri Aurobindo Bakor est prêt à répondre à vos questions. Toutes vos questions.

Il y a eu un flottement. On regardait qui allait se jeter à la baille en premier. C'est le sculpteur qui a plongé :

— Pouvez-vous nous dire, votre...

— Sainteté, a articulé Corback.

— Votre Sainteté, pouvez-vous nous dire si nous devons espérer un retour au classicisme des formes ?

— Un arbre mort fait comprendre la vanité des feuilles.

Entre le bourgogne et le pousse-café, la révélation pénétrait l'assistance. C'était du profond. Un échalas à lunettes d'écaille s'est levé. L'air inspiré.

— Sa Sainteté, l'aryanisation des esprits permettra-t-elle de revenir aux sources de la pensée indo-européenne ?

Les sourcils charbonneux, Corback a dodeliné du turban :

— À plat non fendu, riz non refroidi.

Le type a paru désarçonné. Il a digéré la sentence, puis il a remis ça :

— Aryaniser les esprits ne suffira donc pas ?

Corback a fermé les yeux. Il a paru chercher très loin au fond de lui et il n'a plus bougé. Les convives attendaient. J'ai touché du bois pour qu'il ne soit pas barré dans un coma éthylique. Mais la soubrette l'a réveillé en apportant son plateau.

— J'ai pensé qu'un peu de thé..., a chuchoté Lucienne Grignand, inquiète.

Corback a ouvert un œil aviné.

— Le sourd n'entend que sa voix, il a dit au pif.

Pensif, le gars que l'aryanisation démangeait s'est rassis. C'est là que j'ai repéré le samovar. Depuis que je l'avais vu chez dame Tartine, je l'aurais reconnu les yeux bandés. Avec son inscription en cyrillique, des comme lui couraient pas les salons.

— Votre thé, Sa Sainteté, a fait Lucienne Grignand pour gagner du temps.

Elle avait beau ramer, on sentait venir le naufrage. C'est Yvette qui a donné le coup de grâce.

— Sa Sainteté peut me dire si le gros cochon qui me tripote en a encore pour longtemps ? elle a beuglé d'une voix mêlé-cass.

Les têtes se sont tournées. Errol Flynn est devenu plus rouge qu'une carte du Parti. La Grignand, elle, avait blanchi.

— Hi, hi, a fait Pemjean.

J'ai profité de la stupeur pour filer près de Lucienne :

— D'où vient ce samovar ?

Les narines pincées, elle m'a jeté un œil hagard.

— Mon Dieu, elle a balbutié, je crois que je vais m'évanouir.

— Gardez ça pour le théâtre. Le samovar, il vient d'où ?

— Lâchez mon bras, vous me faites mal.

Ça tournait au chaos. Des types, debout, qui se tordaient le cou pour mieux voir. Des femmes offusquées qui se seraient crevé un œil plutôt que d'en perdre une miette. Un grand final d'opéra. Partons, partons, et personne pour mettre les bouts. Une pièce pareille, on n'en donnait pas tous les jours. Lucienne Grignand avait voulu du divertissement. Elle était servie. Moi devant, Corback en proie à ses visions et, au fond, Yvette qui braillait :

— Grand dégoûtant !

Plus personne savait où donner des yeux. Ceux de Lucienne se sont révulsés. Je la sentais mollir. La soubrette est venue à la rescousse :

— Le samovar, c'est M. Loiseau, elle a murmuré.

— M. Loiseau ?

— Vous le trouverez rue Buot. Au 3. Lui dites pas que c'est moi...

Je lui ai refilé sa patronne dans les vapes. La joie qu'elle a eue à lui coller des baffes faisait plaisir à voir.

— Madame, madame, elle disait à chaque beigne.

J'ai rejoint Yvette au moment où le moustachu lui retournait la gifle qu'il venait d'encaisser.

— Traînée, il a sifflé sous son filet de bacchante.

J'ai stoppé sa main. La mienne lui est arrivée sur le pif sans préavis. Il a rebondi sur le piano et il s'est écroulé en emportant la partition.

— Les châtaignes, elles sont pas rationnées, a lancé Yvette en lui collant un coup de pompe.

Sa semelle de bois a fait vibrer le Gaveau. Derrière, c'était la bousculade, les exclamations de fin du monde et les retenez-moi. Le type à l'aryanisation a tenté la bravade.

— Ce sont des escrocs ! il a crié en désignant Corbeau dont le fond de teint déteignait. Des escrocs !

La rumeur a enflé. Avec des mots qui surnageaient. Des histoires de scandale et de honte comme on n'en avait jamais vu à ce qu'il paraît.

— Faussaire ! a encore crié le type en harponnant Corbeau. Youpin !

Le bruit de la boutanche sur son crâne a dominé le ramdam. Il a glissé sur le parquet, des éclats de verre dans la tête comme des paillettes sur le sang.

— Aryen de mes deux ! a grogné Corback en enjambant le corps.

Le silence est tombé d'un bloc. Les types gaffaient le tesson de boutanche dans la pogne de Corbeau. Le cinéma qu'ils se faisaient, il était pas terrible à deviner. Les coupe-jarrets, la bande à Fantômas, le chourineur et ses affreux. Leur feuilleton allait s'étoffer. Demain, ils auraient résisté à une attaque en règle. Défendu la vertu de leur femme et protégé leur honneur.

On s'est tirés. La dernière chose qu'on a entendue, dans l'escalier, c'était un rire. Joyeux comme un lâcher de ballons. Loin de Dunkerque, des cadavres et des vivants qui valaient pas mieux, Maurice Grignand rigolait.

XXIX

À l'angle de la rue Martin-Bernard, la rue Buot grimpait doucement vers la Butte-aux-Cailles. C'était un coin tranquille, abrité des artères et des usines. Avec, çà et là, un petit atelier où résonnaient des coups de marteau ou le grincement d'une scie. Au 3 créchait un garde-meuble. Dans la cour pavée, deux gus en salopette soulageaient un bahut cabossé d'un lot de mobilier.

— Ça se donne à garder ? j'ai demandé devant une armoire déglinguée.

— On garde, on rachète, on récupère, on vend aussi. Vous êtes intéressé ?

— Ce qui m'intéresse surtout, c'est de voir M. Loiseau. J'ai des bibelots pour lui.

— Gy ! a fait le plus jeune en resserrant ses poignets de force. Vous le trouverez à l'intérieur.

— Au lieu de causer, aide-moi à descendre la commode, a râlé l'ancien, une ceinture de flanelle sur son bleu de travail.

À l'odeur, le bâtiment avait dû abriter un tanneur, jadis. La corporation perchait plutôt vers Croulebarbe, souvenir du temps où la Bièvre coulait à l'air libre. Mais l'ancien occupant de la rue Buot aimait sans doute faire bande à part. Des relents de peau séchée imprégnaient encore les murs, mêlés à la poussière des meubles entassés. L'ensemble tenait de la pyramide et du labyrinthe, avec des galeries creusées dans l'amoncellement des plumards, des chaises et des buffets. C'était du troisième choix, du ravaudé. Des traces de vies fatiguées, et de l'intimité, aussi. Un bidet, une table de toilette avec son marbre fêlé. Mais rien qui rappelait le samovar. Au détour d'une allée, une rangée d'armoires à glace a réfléchi mon image à l'infini. Des Nestor partout, comme si Corbeau les avait multipliés à coups d'abracadabra. Je leur ai fait un salut de la main. Les Nestor me l'ont rendu. C'étaient des Nestor affables, on le voyait tout de suite. J'ai recommencé. Eux aussi. On allait devenir copains quand j'en ai repéré un qui tirait la gueule. Une drôle de gueule pour un Nestor. Avec un bec-de-lièvre. J'ai sorti mon feu. Les Nestor m'ont imité. Flingue en pogne, on était nombreux. On a tous essayé de localiser l'intrus. Dans le jeu de miroirs, c'était coton. J'ai changé d'angle. Le gus s'est démultiplié à son tour. Si on défouraillait, ça allait faire du vilain. Mais l'armée des becs-de-lièvre ne semblait pas nous avoir remarqués. Occupée qu'elle était à s'entretenir avec un interlocuteur invisible. J'ai entrouvert l'armoire pour choper son image. Elle avait rien d'une image sainte, pourtant elle me ramenait à Chartres. Un drôle de pèlerinage, avec un drôle de paroissien.

— Mimile !

Bec-de-lièvre parti, il refermait la porte. Il s'est retourné. Le temps de me remettre, il était plus blanc qu'un cierge.

— Loiseau ? j'ai fait, interloqué.

D'instinct, il avait mis les mains en l'air.

— Et après ? il a demandé, hargneux.

— Tu as largué les églises ?

— La guerre est finie.

— Garde-meuble... Ceux que j'ai vus sont pas reluisants.

— M'en parlez pas. C'est à vous dégoûter d'être honnête.

— Justement.

— Justement quoi ?

— Dégoûté, je crois que tu l'es de naissance.

— C'est pour me dire ça que vous êtes venu ? Vous voulez quoi, au juste ?

— Des trucs plus chics que tes pouilleries. On m'a dit que j'en trouverais chez toi.

— Ah, oui ? Et c'est qui, on ?

— Lucienne Grignand.

— Connais pas.

J'ai rangé mon pétard.

— J'en ai pas après toi. Je m'attendais vraiment pas à te voir ici. Je suis méfiant, voilà tout, ta caverne me disait rien de bon. Mais si tu donnes vraiment dans les puces, Lucienne se sera trompée.

Il a baissé les bras, dubitatif :

— Probable.

— Pour tout te dire, c'est pas acheter que je voulais.

— Non ?

— C'est vendre, plutôt.

Son sourire en coin lui donnait l'air d'une tirelire de traviole :

— Vous êtes plus à la brigade des cultes ?

— J'ai peur d'avoir perdu la foi.

— Et vous vouliez vendre quoi ? il a demandé en sortant un paquet de Gauloises de son veston.

— Des trucs russes. Icônes, miniatures, samovars...

Il m'a lancé les cigarettes.

— Un héritage ?

— Plusieurs.

Il m'a gaffé, les yeux plissés par la fumée.

— Tu portes la poisse.

— Pas à tout le monde.

De la tête, il m'a montré une porte vitrée. Les lettres de guingois sur le verre dépoli indiquaient la Réception.

— Si ça te dépanne, ton héritage, je peux le faire expertiser.

Le bureau sentait la fumée. Près d'une armoire métallique, un poêle à charbon ronflait.

— Voilà longtemps que j'en avais pas vu fonctionner.

Mimile m'a invité à m'asseoir :

— Alors, on peut le voir où, cet héritage ?

— À Neuilly, à Passy...

Il a froncé les sourcils :

— Comprends pas.

— Je l'ai pas encore touché. Les paperasses, les notaires, c'est la plaie. Pour l'expertise, on en a pas besoin. Les adresses suffisent.

— Écris-les, là-dessus, il a fait en fouillant dans son tiroir.

Je tendais la main vers le crayon quand il a sorti la sienne. Avec ce qu'elle tenait, j'aurais pas pu écrire grand-chose. À part mon testament.

— Je ne sais pas ce que tu cherches, il a grogné, mais les emmerdements, tu les as trouvés.

C'était mon tour de lever les bras. On faisait comme un petit ballet, tous les deux.

— On frise l'erreur... Si tu me laisses t'expliquer...

— Depuis une plombe, tu tournes autour du pot.

Sous le bureau, son pied cherchait la sonnette. Dans un instant, les costauds de la cour allaient débouler.

— OK. Lucienne Grignand possède un samovar pareil à celui que j'ai repéré chez une rombière. Pièce unique, elle me dit, objet de famille, grande valeur. Elle finit par me donner une adresse, confidentielle, qu'on se repasse entre gens avisés. L'objet de famille, j'ai pigé son circuit. Alors je suis venu proposer mes services. Des familles à objets, je peux t'en indiquer des bottins.

Les costauds ne rappliquaient pas.

— Tu la connais comment, Lucienne Grignand ? il a demandé.

— Par Maurice, son mari. On est de la même classe.

— T'as pas été rappelé ?

— Souffle au cœur.

— Tire-au-cul, oui.

Je me suis marré :

— Et toi ?

Il avait baissé son rigolo.

— Tassement de vertèbres.

On avait nos petits bobos. Maquillés comme les brèmes, ils rapprochaient. Mimile a sorti une boutanche et deux verres à moutarde.

— Dubo, Dubon, Dubonnet, il a récité en servant la tournée.

Lucienne, c'est Marcelle qui lui avait présentée.

— Tu te souviens de Marcelle ?

— Notre virée à La Charité, je suis pas près de l'oublier.

— Et moi donc, il a fait, en versant une resucée.

Rentrés à Paris, il avait remis Marcelle à son commerce. Un carré de trottoir qu'elle arpentait Butte-aux-Cailles. Elle rechignait pas au turf, la grande. Et elle avait la main. Un vaguemestre allemand en était tombé dingue.

— Paris, petite mademoiselle, grosse cochonne, rigolait Émile en prenant l'accent germanique.

Pour lui témoigner sa gratitude, le troufion s'était mis à lui offrir de la barbaque. Des rôtis, d'abord, ficelés comme des bouquets. Avec la passion, c'était des cuissots qu'il ramenait des halles. Puis des moitiés de cochon et des quartiers de veau. Entre deux passes, Marcelle les débitait sur son lavabo. On venait s'approvisionner chez elle. « Un beau morceau, madame Marcelle, ce soir on a du monde. » Tac, un coup de tranchet, l'affaire était faite. Son petit négoce était devenu polyvalent. Elle venait d'expédier un caporal d'infanterie quand elle avait rencontré Lucienne. Ça lui avait fait un choc. Débiter sa bidoche pour une vedette. Artiste lyrique, qui plus est. Avec ça qu'elle raffolait de l'opérette, Marcelle. « Chine, chine, chine, j'revois leur bobine, je revois leurs yeux effarés. Le porto, le porto, ça n'a pas porté, et les p'tits gâteaux, c'est ça qu'a tout gâté... » Avant la guerre *Le bonheur, mesdames !*, elle l'avait vu trois fois. Avec Arletty dans la Baya. Lucienne, ça l'avait amusée. C'était d'un pittoresque. Avec quelque chose qui lui causait du trouble. La chambre de passe au lit défait et la chair sanguinolente, offerte. Enfin, offerte, c'était pas le mot. Sur les prix, Marcelle s'en laissait pas compter. Mais un refrain gazouillé avec la Grignand valait bien un rabais. Elle se rattrapait sur les autres. Les clients qui poireautaient sur le palier, mélangés ménagères et michetons. Ceux-là avaient droit au concert et au tarif ad hoc. « Chine, chine, chine, moi je m'imagine... » Ça lui attirait du monde. Des spéciaux, surtout, que le parfum de la chanteuse dans la piaule faisait décoller plus vite que Lindbergh.

À papoter en découpant son contre-filet, Marcelle avait aiguillé la soprano sur Mimile : « Vous qui aimez les belles choses, j'en parlerai à mon ami. Il peut vous avoir des bibelots, des meubles. Pas de la copie, du style, il est un peu antiquaire. Et pensez donc s'il vous fera un prix. »

— Depuis Chartres, tu t'es drôlement démerdé, j'ai fait, admiratif.

Émile s'est rengorgé, façon paon. Il lui manquait que les plumes. Le reste y était, même les couleurs qu'il étalait de sa cravate à ses pompes.

— Mon pote, la guerre, elle est perdue. On y changera rien. C'est pas la peine de pleurer sur notre sort pendant dix ans. Faut savoir tirer un trait. L'occupe, je l'ai pas demandée, elle est là, je fais avec. Elle a pas que des mauvais côtés. Les boches, suffit de s'en dépatouiller...

J'ai admiré plus fort. Je m'en faisais petit. Vassal, un genou à terre. Mimile, du coup, l'épisode de la cathédrale, il le voyait différemment. Comme un bon tour qu'il m'avait joué sur la distance. Un genre *Roman de Renart*. Le goupil qui fait le niais pour bouffer les anguilles du loup. Un verre en appelant un autre, il a pas résisté au plaisir de m'en mettre plein la vue :

— Ça te dirait de visiter la cave aux merveilles ?

— Tu penses !

Elle valait le détour, à peine planquée derrière le hangar à pouilleries. Le peu de soin mis à la dissimuler dénotait le relâchement policier.

— Une paix royale ! En ce moment, les lardus, ils ont d'autres chats à fouetter.

Le palais des *Mille et une nuits*, je l'imaginais moins chargé que son bordel.

— Ben, mon vieux, je me suis ébahi comme un môme au rayon des jouets, tu dois avoir une sacrée équipe.

— Hé, hé, il a rigolé, avec l'air j'en dis pas plus, tu m'as compris.

J'ai pas relancé. Il a tenu deux bonnes minutes avant de refaire le paon :

— On a un pied dans la maison.

— Quelle maison ?

— La grande.

Là, il me sciait.

— Les flics ?

— Tu serais venu un peu plus tôt, tu tombais dessus. Mon vieux, il a souri en me prenant le bras, depuis que les Allemands sont là, tout a changé.

XXX

— Libéré ? Mais sur ordre de qui, nom de Dieu ?

J'avais déjà vu Bailly en rogne, mais d'habitude c'était de la colère froide. À en geler un pingouin. Cette fois, il bouillonnait comme un volcan qui se réveille. Son téléphone en fondait.

— Hein ? il a braillé dans l'appareil. Qu'est-ce que c'est que cette salade ?

Son correspondant nasillait. Bailly ne disait plus rien, ou parfois des oui, oui, agacés. Secs comme des coups de trique.

— Je veux ça par écrit, il a fini par articuler d'une voix blanche.

Le type, au bout du fil, devait être dur de la feuille.

— Un rapport, bordel ! Vous savez encore ce que c'est ? a hurlé Bailly.

Il aurait voulu incruster le bigo dans le burlingue qu'il aurait pas raccroché plus fort.

Ses yeux sont devenus minuscules. Un cobra sur le point de lâcher son venin.

— Qu'est-ce que c'est que cette salade ? il a redit pour lui-même.

J'ai attendu que l'orage s'éloigne. Il m'a semblé y mettre un temps fou.

— Qui a été libéré ? je me suis enquis comme j'aurais demandé ce qu'il y avait à la cantine.

— Charles Maillebeau. Votre gus au bec-de-lièvre. Un ancien flic. Plus véreux qu'un trognon de pomme. Révoqué en 37, membre du RNP de Déat[1] et condamné pour extorsion de fonds. Mimile ne vous a pas menti. Des truands ont été libérés sur intervention spéciale.

— De qui ?

— C'est le plus beau. Le 7 juillet, un type s'est pointé à Fresnes escorté de deux sous-offs de l'*Abwehr*. Il s'est présenté comme un agent de la police allemande. Il venait prendre livraison de cinq détenus. Il a remis ça le lendemain, cette fois il en a fait sortir vingt. Et quatre de mieux, le jour suivant. Rien que des pointures. Depuis, on a enregistré une flambée de plaintes. Racket, perquisitions bidon... Toujours le même scénario. Deux gus, avec une carte de la préfecture. Celui à lunettes noires est probablement Jean Bastien. Il devrait vous plaire.

— À cause ?

— Il a grenouillé chez les anars, avant de virer truand. Gros gibier et mauvais cheval. Attaques à main armée, proxénétisme... Un sanguinaire. On l'a surnommé « Jeannot le Dingue ».

1. Rassemblement National Populaire, mouvement d'inspiration fasciste.

— Ça va bien avec le décor.

— Vous croyez pas si bien dire. Il a fait plusieurs séjours en hôpital psychiatrique. Monsieur préfère ça à la taule.

— Pourquoi les Allemands auraient-ils aidé à la constitution d'une bande de malfrats ?

— Ça... En tout cas, les fauves sont lâchés. À côté, votre Émile a plutôt l'allure d'une cinquième roue de carrosse. S'ils apprennent qu'il n'a pas tenu sa langue, j'en donne pas cher. Vous comptez faire quoi ?

— Je saurai ça dans deux jours.

Deux jours, avait dit Mimile. Deux jours à poireauter avant de rejoindre la bande. Maintenant, il le tenait pour sûr, j'allais être intégré, adopté. Une aubaine pour moi, et une bénédiction pour lui. Entre les grossiums qui la jouaient bégueule et les hommes de main aperçus dans la cour, il se sentait seul. Contremaître coincé entre le marteau et l'enclume. Avec moi, ça allait changer, on ferait bloc. Deux doigts de la main. Il m'avait à la bonne. Pour bien me le prouver, il m'avait rejoué le bombardement de La Charité.

— Celui-là, mon vieux, tu t'y attendais pas, il se marrait.

Pour un peu, c'était lui qui avait convoqué les stukas. Il les mimait, bras écartés, avec des vrôôô-vrôôô et le boucan de leur descente en piqué. Comment il les avait repérés du plus loin qu'ils déboulaient. Et la bombe, au quart de poil !

— Ah, j'ai vu le monde s'écrouler comme je te

vois. Ta brigade des cultes, je me gourais que c'était du chiqué, j'allais pas te sortir des gravats pour vérifier.

— Sûr.

J'étais admiratif. De plus en plus vassal. Je faisais allégeance. Si je le ramenais au samovar, c'était pure échappatoire. Il le comprenait bien. Bon prince, il s'est allongé. Le samovar, il provenait d'une virée chez une vieille toquée. Elle venait d'être internée. Une circonstance commode et pas tombée du ciel.

— Non ?

Fallait que je réalise, il disait en claquant des doigts. Ils étaient organisés. Un pied chez les frisés, le deuxième dans la flicaille, un autre chez les toubibs...

— Ça fait beaucoup, j'ai dit.

Il a compté mentalement.

— C'est un mille-pattes, votre réseau, je l'ai aidé.

— Voilà ! Un mille-pattes. Et il a pas fini de les fourrer partout.

Tous ces pieds me turlupinaient. Le troisième, surtout.

— C'est quoi, ces toubibs ?

On lui faisait pas, il a tenu à me le faire savoir :

— Parole, t'as vraiment été roussin. Avec moi, tu perds ton temps. Les questions vicelardes, je les renifle à cent mètres. Un conseil, en pose pas trop, on pourrait avoir de mauvaises pensées.

J'ai fait marche arrière. Qu'il m'excuse. Les grandes compagnies, j'avais pas l'habitude. Jusqu'ici j'avais été qu'un artisan. L'idée de m'élever, fallait comprendre qu'elle me donne des impatiences. C'était l'envie de bien faire, aussi. Il avait pas à se biler. Je savais me tenir. Je serais un bon lieutenant. La pensée d'en avoir un l'a remis d'équerre. Il est reparti dans les rodomontades et les airs entendus. Avec lui devant, notre tandem, il le sentait soudé. L'épingle qu'on allait tirer du jeu, il la voyait dorée. Piquée, emperlousée, au revers de nos vestons. Je serais une jambe de plus au mille-pattes, mais il n'y aurait que nous à le savoir. Tout ce qu'il voulait, j'en redemandais. On en trinquait à l'avenir. Aux jours radieux. À l'occupe.

Au fil de la boutanche, je l'ai ramené dans le chemin des toubibs. Je lui demandais rien, surtout, qu'il aille pas se méprendre. Mais ses médecins, moi, je les voyais bien à la Salpê. Il a pas répondu, sauf un clin d'œil qu'en a appelé un autre. Vrai, il avait dégotté un lieutenant à sa hauteur. Il en piaffait, à présent. Mais, quoi, c'était un mec sérieux, Mimile. Il brûlait ni les étapes ni les cartouches. Pour que tout se mette en branle, il lui fallait deux jours. Le temps de convaincre les autres.

Deux jours.

Le temps de me rencarder sur quelques bricoles.

— Yvette, quand vous aurez fini de jouer avec votre machine, essayez de vous tuyauter sur le phénobarbital.

— Vous êtes en manque de Cinzano ?

— Griffart l'a dégusté en injection. Ça ne lui a pas réussi. Mais si je me souviens de ce qu'en a dit le légiste, c'est un truc qu'on emploie pour calmer les agités. Ça les rend doux comme des agneaux. Je songe à vous en offrir.

— Si je trouve aussi ce qui vous rendrait spirituel, j'en ramène ?

— Profitez-en plutôt pour chercher s'il existe un bled appelé Tigartentras. En Espagne.

Deux jours.

Le temps d'assembler les pièces d'un sacré puzzle.

Le temps d'un tour à Clermont.

Je continuais à phosphorer tandis que le paysage défilait par la fenêtre du train. Des maisons de banlieue sous le gris de l'hiver. Les passages à niveau avec la bicoque du garde-barrière. Des champs, la terre gelée. Et les corbeaux aux branches des arbres défeuillés.

Les tortillards, ça incite à la réflexion. Les trépidations sans doute, avec leur rythme de pendule. Entre les gares et les remblais, ça finissait par prendre tournure. Pauvre Griffart, il n'avait pas eu de pot. Étudier l'aphasie, et tomber sur Fehcker. Un muet dont un tas de gens guettait les révélations. Sans le savoir, il les avait peut-être couchées dans son carnet, Griffart. Des histoires dévidées sur son divan et sur lesquelles il plaquait des sens et des symboles. Incapable d'imaginer une seconde qu'elles étaient des morceaux de vérité. Il avait dû en bâtir, des théories sur la signification du trésor dans le subconscient de son aphasique segmentaire. Son syndrome Fehcker, il valait bonbon. De quoi aiguiser les appétits. Ceux de Maillebeau,

Bastien et consorts. Celui du distingué professeur Delettram, aussi. Griffart était déjà dans son collimateur. Alors, en plus de sa fondation, un tas de lingots pouvait bien valoir la vie d'un confrère.

Dans le compartiment, je cogitais en bombardant, la pipe pleine du tabac de Mimile. « Mon vieux, à partir de maintenant tu dis adieu aux restrictions. » Sur mes genoux, le bouquin tressautait au rythme des rails. Tac-tacan. Tac-tacan. Un beau bouquin, plein d'idées, couvert de lauriers. Gros tirage, aussi, et une somme avec ça. Une référence dans son domaine. Un livre de chevet pour des tas de tronches. À commencer par Delettram.

— *L'homme, cet inconnu*. Captivant, n'est-ce pas ?

Assis sur la banquette en face, le type souriait. Il voulait être aimable, à coup sûr. Engager la conversation lui aurait pas déplu. Il avait des avis à donner. Depuis Paris, il en avait étalé sur des copies qu'il corrigeait. Dans les marges. En rouge baveux. Des grosses sentences sur des devoirs laborieux. Et des traits de plume mauvais. Des phrases qu'il biffait en traçant des cicatrices sur le papier. Tout à l'heure, dans la salle de classe d'un lycée sans chauffage, il lâcherait tout son paquet sur le bureau. « Comme à l'accoutumée, ce n'est guère brillant. Enfin, pour ceux que ça intéresse, j'ai tenté de corriger ce qui pourtant s'y prête peu, tant le niveau est bas. » Il en avait comme ça des toutes prêtes, depuis quarante ans qu'il déblatérait pour de pauvres mômes qu'avaient rien demandé. Moi et mon bouquin, on le changerait un peu.

Il a ôté son chapeau. Sous ses cheveux gris, la peau du crâne se devinait, rose jambon.

— Alexis Carrel dissèque la nature humaine comme il a soulagé les corps. C'est un de nos plus fins cerveaux.

— C'est surtout un sale con.

Il était pas sûr d'avoir bien entendu :

— Pardon ?

J'ai élevé la voix :

— Un sale con !

Son visage s'est empourpré. D'un seul coup. Sa moustache en brosse hérissée de toute la suffocation qui lui était montée.

— Monsieur, un prix Nobel de médecine... La suture des vaisseaux, la transplantation d'organes, la culture in vitro... Une gloire nationale, un monument...

— Un monument de connerie !

J'avais pas d'éducation. Et pas plus de vocabulaire. Il a encore regardé le bouquin. Il s'était gouré, je pouvais pas lire du monument, moi.

J'ai soufflé ma fumée. Des nuages qui flottaient bas. Il les a chassés de la main et il s'est levé, sa serviette à copies sous le bras.

— Je ne vous salue pas, monsieur ! il a lancé comme si ça devait m'intéresser.

Je suis resté seul. Par la fenêtre embuée, le paysage n'était plus qu'un défilé de bois tristes. Des arbres morts, des taillis déplumés, des poteaux ferroviaires. Tac-tacan... Tac-tacan... Sur la vitre, la vapeur du train a dessiné l'image d'un samovar. Tac-tacan... Dame Tartine l'a rejoint, ses cheveux blancs au vent. « Une vieille toquée internée... Un pied chez les toubibs... » Tacan-tacan... Un mille-pattes escaladait le carreau. En passant, il a levé son chapeau, j'ai reconnu Delettram. « Alexis Carrel ? il a demandé d'une voix de mille-pattes. *L'homme, cet inconnu* : un monument. Pas une rature à sa copie... » Tacan-tacantacan... « Le faible d'esprit et l'homme de génie ne doivent pas être égaux devant la loi. L'être stupide, inintelligent, incapable d'attention, dispersé, n'a pas droit à une éducation supérieure. Il est absurde de lui donner le même pouvoir électoral qu'à l'individu complètement développé. Il est très dangereux de méconnaître toutes ces inégalités. Le principe démocratique a contribué à l'affaiblissement de la civilisation en empêchant le développement de l'élite... » Carrel. Une gloire nationale. Tacan-tacan... Le mille-pattes a remis son chapeau. Sur la vitre, dame Tartine, Fehcker et Claude Colbert dansaient la ronde. Delettram et toutes ses pattes m'ont pris à témoin : « L'eugénisme peut exercer une grande influence sur la destinée des races civilisées. On ne réglera jamais la reproduction des humains comme celle des animaux. Cependant, il deviendra possible d'empêcher la propagation des fous et des faibles d'esprit. » Son Carrel, c'était de la soupe. De la philo à deux ronds. Je lui ai dit. Il a trituré sa mèche : « Tut-tut ! Mon cher, un Nobel n'a pas de prix. Carrel parle d'or. » Tacan... « L'or des fous, a chanté Fehcker dans la ronde. De l'or et des ticsons. Du pognon, des biftons. De l'osier, des billets... » Tac-tacan, tac-tacan...

— Billet !

Le contrôleur m'a sorti du sommeil.

— Clermont ? il a dit en poinçonnant mon ticket. Nous arrivons.

XXXI

L'hôpital découpait sa carcasse sur un ciel sale. Plus cafardeux qu'une prison, derrière ses murs d'enceinte. Angoissant de toutes les histoires racontées sur la folie. Depuis des siècles qu'elle vous foutait la trouille avec sa gueule hurlante et son monde à frémir. Ses mots, aussi, qui collaient froid dans le dos. Aliénés, internement, fou à lier. Tout de suite les images. Et le son, dans la foulée. Le bruit des chaînes, scellées au mur, les cris sans fin, les savates qu'on use à tourner en rond. Elle était moche, la frousse. À vous seriner sa complainte aux oreilles, elle en couvrait la souffrance. La douleur des branques, on finissait par s'en foutre. Est-ce qu'ils en éprouvaient seulement ? Ne pas y être, nous de l'autre côté, c'était ça le primordial.

— Je vais m'en retourner, maintenant...

Sur la banquette en bois, le cocher avait l'air de s'excuser. C'était un vieux, la canadienne râpée et le béret crapoteux. Avec du givre aux moustaches et le regard triste.

— L’hôpital ? Mon pauvre monsieur, c’est pas la porte à côté.

Le champ était gelé, il avait plus à s’occuper des bêtes depuis la réquisition. Il m’avait véhiculé dans sa charrette.

— Ils m’ont laissé Honorine, elle était trop vieille pour tirer leurs canons. Ça l’a aussi sauvée de la boucherie. Hein, ma fille ?

Honorine secouait sa crinière. Je lui avais caressé le front, entre les œillères qui l’empêchaient de voir le monde. Ça lui avait fait plaisir, au vieux. Des égards pour sa jument, c’était de l’attention qu’on lui prêtait, à lui aussi. On était arrivés à l’hosto au pas lent d’Honorine qui traînait sa misère.

— Voilà, je m’en retourne.

J’ai remercié. Quand j’ai glissé un billet dans sa main, l’ancien a tiqué pour la forme. Et il a tourné bride. Je l’ai regardé s’éloigner, les sabots d’Honorine martelant le silence. Lorsqu’ils n’ont plus été que deux silhouettes sur la route, j’ai tiré la sonnette.

Le portier m’a reluqué comme s’il lui fallait du temps pour comprendre les trucs simples.

— J’ai rendez-vous avec le docteur Delettram.

Son œil gauche était rouge vinasse. L’autre ne s’ouvrait plus depuis l’invention des paupières.

— Le docteur Delettram, j’ai répété. Il m’attend avant le dégel.

Dans la cour, un camion allemand stationnait, moteur tournant. Deux soldats, les joues bleuies de froid, chargeaient des malles. Le bruit de la ridelle, quand ils l'ont refermée, a réveillé le cerbère.

— Bâtiment B, premier étage, il a grogné en ouvrant.

Dans mon dos, il a refermé aussi sec. Le couloir du bâtiment était long et sombre. Humide, avec une froidure à vous glacer les os. C'était comme un tunnel qui mènerait nulle part. Des murs à salpêtre, des lumignons pendouillant du plafond et des fantômes. Hagards, efflanqués. Le pas fatigué de trop d'allers et retours. Les gestes déréglés, et des yeux qui vous regardaient sans qu'on sache pour de bon s'ils vous voyaient. Ça sentait la fin de tout. Les corps en ruine, le drap pourri. Et les relents de pain moisi qui achevaient de vous soulever le cœur. À cause de mon regard baissé, j'ai pas remarqué tout de suite leur maigreur. Les visages creusés, les orbites noires et les mâchoires saillantes. On aurait dit ces malades vidés par les fièvres qu'on chope aux colonies. La folie rongeait pas seulement les cerveaux. Les automates épuisés qui rasaient les murs étaient bouffés de l'intérieur.

Au premier, j'ai dégotté Delettram. Son bureau était loin des salons de l'hôtel Continent. On n'aurait pas su dire s'il s'en apercevait. Son visage était barré par sa mèche folle, comme il se doit.

— Monsieur de Chébohman, il a souri en me tendant la main.

La sienne était toujours aussi molle. Une bestiole qui joue la morte pour tromper l'ennemi l'aurait pas été davantage.

— Vous déménagez ? j'ai demandé devant les cantines posées sur le sol.

Il a remonté ses tifs.

— De nouvelles fonctions m'appellent à la Salpêtrière.

Son regard est allé des malles aux bouquins empilés sur le burlingue.

— Mon Dieu, où vais-je mettre tout ça ?

J'ai chopé un livre au hasard :

— Je peux vous délester des vôtres.

— Je vous demande pardon ?

— On me les a chaudement recommandés. Une relation commune.

— Oui ?

— Lucien Pemjean.

Il s'apprêtait à empaqueter des dossiers.

— Vous connaissez Pemjean ?

— Il m'a entretenu de vos travaux qu'il compte publier dans sa revue. C'est passionnant.

— Vraiment, cela vous intéresse ?

— Au plus haut point. Vous vous situez dans la lignée de Carrel...

— Son apport est considérable, je ne suis qu'un humble chercheur.

— Vous prolongez l'œuvre de Rüdin...

Il a marqué la surprise :

— Vous suivez le travail de Rüdin ? Nos concitoyens sont peu nombreux à le connaître.

Je lui ai passé un carton vide :

— Le temps viendra. L'Allemagne lui a rendu justice...

Il avait son air de grand lunaire. Avec dans la tête,

les Walkyries qui chevauchaient. Et lui, au milieu, l'élu, l'extase des dieux. L'entrée au Walhalla.

— ... Comme la France nouvelle saura vous reconnaître, j'ai poursuivi en haussant la voix pour couvrir les fanfares sous son crâne.

Il est redescendu sur terre, décoiffé par les nues.

— Il ne s'agit pas de moi, il a protesté, modeste.

— Vos travaux, professeur, vos travaux...

— Oui ?

— Ils vont enfin bénéficier de la reconnaissance des autorités dont ils ont été trop longtemps privés. Je parle ici des hautes autorités du pays. Les scientifiques, elles, savent ce qu'elles vous doivent.

Il a poussé un soupir de génie incompris.

— Pas toutes, hélas, pas toutes. Là encore, croyez-le bien, je n'ai cure de ma situation personnelle. Mais à travers les faibles moyens qui m'étaient accordés jusqu'ici, c'est tout un courant nouveau de la pensée qu'on entravait.

— Il en est ainsi des visionnaires. Condamnés à laisser la masse loin derrière. Y compris parfois les esprits les plus féconds.

— Hélas...

— Même notre regretté Griffart a pu douter.

Sa mèche se faisait la valise. Il l'a remise en place :

— Griffart était un chercheur remarquable, il a dit comme s'il se méfiait de l'endroit où il mettait les pieds.

— L'hommage que vous lui avez rendu à la Salpêtrière était suffisamment courageux pour que nul ne se méprenne sur l'estime en laquelle vous le teniez.

— Vous étiez à la conférence ?

— Quel panache ! Saluer la mémoire de Griffart après son geste patriotique... Dans un amphithéâtre que l'occupant marquait de sa présence...

— Cela était bien peu, il a dit, avec une modestie faux cul. Quel que soit l'uniforme, c'est la noblesse des hommes d'épée que de reconnaître le courage d'un adversaire. Griffart en a montré. Les Allemands ont le plus grand respect pour ses travaux.

— Certes, mais votre geste était d'autant plus chevaleresque que Griffart ne cachait pas ses réserves sur certains engagements. L'adhésion de Rüdin au Parti national-socialiste...

— Tant qu'elle ne s'en voit pas altérée, la science n'exclut nullement l'engagement. Nous avons d'autant moins à juger celui-ci qu'il existe une intense communion du peuple allemand autour du Reich. Et que ce dernier a toujours offert aux scientifiques comme Ernst Rüdin la liberté de mener leurs recherches.

— Antoine Griffart n'était pas vraiment sur cette longueur d'onde.

— Divergences de forme, plus que de fond.

— Il comptait néanmoins publier ses réflexions.

— D'où tenez-vous ?...

Delettram a esquissé un geste vers sa mèche, mais elle avait tenu le choc. Il en était décontenancé.

— Il avait rédigé une communication là-dessus, j'ai poursuivi.

— Il ne s'en était jamais ouvert...

La surprise lui allait aussi bien que le short tyrolien à Goebbels.

— Ne vous fatiguez pas, je suis au courant.

— Mais comment...

— C'est mon métier, professeur. Je suis un genre de chercheur, moi aussi. Je n'ai pas besoin d'ausculter les cerveaux. Ouvrir les yeux me suffit. Les yeux et les oreilles. Et ce que je trouve n'est généralement pas reluisant. Pourquoi m'avoir caché votre rupture avec Antoine Griffart ?

Le pur esprit tombait de ses cimes. Maintenant, c'était le *Götterdämmerung* qu'il se jouait en dedans. *Le crépuscule des dieux*, c'est surfait. Sans les trompettes et le fla-fla, il n'en reste qu'un soir de panouille.

— Qui êtes-vous, monsieur de Chébohman ?

— Il m'arrive de me le demander. J'aurais peut-être besoin d'une consultation pour le savoir. Comme Max Fehcker.

— Qui ?

— Ce nom ne vous dit rien ? C'est celui du barbu aphasique dont je vous ai parlé lors de notre première rencontre. Il faisait partie de vos pensionnaires évacués pendant l'exode.

— Croyez-vous vraiment que je connaisse tous nos malades ?

— Combien savent où sont planqués trois cents millions de pesetas-or ?

— De l'or ?

— Une partie des réserves de la République espagnole volée par Fehcker.

— Êtes-vous sérieux ?

— J'ignore ce que vous savez et ne savez pas, professeur, mais ce que je sais, moi, c'est que Fehcker était interné chez vous, qu'il détenait des informations de nature à faire bouillir bien des cervelles et que le professeur Griffart étudiait son cas.

Le rôle de l'abruti lui allait plutôt bien :

— Vous en déduisez ?

— Rien, je raccorde. Griffart menaçait de ruiner vos projets. Griffart passait de longues heures avec Fehcker dont la sœur est sans doute morte gazée par les nazis, en application de l'hygiène raciale que vous prônez.

— Rien dans mes travaux ou mes propos...

— Qui sait si, lors de ses séances de thérapie, Fehcker n'avait pas fourni à Griffart de quoi appuyer ce qu'il s'apprêtait à publier ?

— Vous m'accusez ?

— Sa frangine a expérimenté votre hygiène raciale.

— Vous mélangez tout...

— J'ai pas fini. Fehcker savait aussi où était caché l'or volé en Espagne... Et Fehcker a côtoyé Jean Bastien.

— Jean Bastien ?

— Jeannot le Dingue... Vous ne connaissez pas grand monde parmi vos malades.

— Je ne comprends rien à vos propos.

— Je vais essayer d'être plus clair. Je suis tombé sur Bastien à la Salpêtrière. Juste après votre conférence. Bastien venait de Crest, Fehcker y avait été soigné... Ça fait beaucoup de coïncidences, vous ne trouvez pas ?

Delettram a haussé les sourcils. Il a remonté sa mèche. Et son regard est devenu professionnel :

— En effet...

— Bastien, Fehcker, Griffart, l'or piqué à Staline.

— Staline ? il a demandé.

— L'or espagnol en route pour Moscou...

J'ai eu un geste un peu large. Ma veste a découvert mon pétard.

— Moscou, oui, oui, oui..., a dit Delettram, un œil sur le soufflant.

— ... avant que Fehcker n'en étouffe une partie. Peut-être avec Marius Jacob.

— Qui ?

— Jacob... Arsène Lupin. Il était en Espagne à l'époque.

— Arsène Lupin... Voyez-vous...

— Jeannot le Dingue avait flairé quelque chose. Il avait du nez pour un lapin russe.

— Un lapin ? Mais bien sûr.

— À Crest, il avait côtoyé Fehcker. Peut-être lui avait-il inspiré confiance ?

— Il faut toujours avoir confiance dans les lapins.

— ... Mais pas suffisamment pour que Fehcker crache le morceau.

— Évidemment, cela ne doit pas empêcher la prudence. Certains lapins sont nos ennemis.

— Lorsqu'on vous amène Fehcker, il s'est muré

dans le silence. Mais le boulot des psys, c'est de faire causer, non ?

Delettram s'était insensiblement déplacé à gauche du bureau :

— Si, si.

— Pas de chance, c'est à Griffart qu'il cause, Fehcker. Vous ne l'avez pas compris tout de suite, mais s'il a effacé le français de sa mémoire, il lui reste l'allemand. Alors, il parle de l'or espagnol, de la cachette... En tout cas, Bastien le croit.

— Les lapins sont comme ça.

— Et quand il rejoint Maillebeau...

— Maillebeau ?

— Bec-de-lièvre...

— Où avais-je la tête ?

— ... Griffart est assassiné, ils me prennent en chasse.

— Lapins chasseurs...

— Et pendant que la police se lance sur la piste du tueur fou...

— Un tueur fou.

— Claude Colbert. À qui vous avez taillé ce costard...

— J'avais oublié.

— ... Bastien et Maillebeau peuvent rechercher *L'aphasie segmentaire*.

— Cela devait les passionner.

— Les notes d'un psychiatre sont souvent passionnantes. Surtout quand leur sujet est un muet aussi bavard.

— Élémentaire...

— Pourtant, je ne parviens toujours pas à savoir

si Griffart est mort parce qu'il tentait de contre-carrer vos projets ou parce qu'on essayait de lui faire avouer l'emplacement de l'or. À moins que les deux...

J'ai pas entendu sa réponse. Le plafond qui m'est tombé sur le crâne était trop lourd pour ça. Je ne me rappelle rien d'autre. Hormis les chaussures du professeur. Il les entretenait mal. Le nez sur le tapis, je m'en suis fait la remarque avant l'extinction des feux.

XXXII

On a beau aimer la lingerie, se réveiller en camisole fout un choc. Ensuqué comme j'étais, j'ai pas réalisé tout de suite. Le crâne douloureux, la bouche pâteuse, j'ai d'abord cru à un lendemain de cuite. Pas longtemps. Sanglé, serré à en étouffer, les bras croisés sur la poitrine qui se rejoignaient dans le dos, avec les manches comme des longes et les lanières tendues à en craquer, j'ai compris ma douleur. Rien que d'y être, là-dedans, faut se cramponner pour pas basculer vers la dinguerie. La camisole de force, elle vous bricole un fou plus sûrement que l'habit fait le moine.

Quand la bestiole m'a cavalé sur la joue, je me suis senti frémir. J'essayais de me raisonner. Un cafard a jamais bouffé personne, même quand il vous grimpe dessus en famille. Mais pour raison garder, Clermont était pas le meilleur endroit. J'ai pensé à l'homme caoutchouc. Le contorsionniste de Médrano qui s'étirait comme une guimauve. Pas une cage lui résistait, il se glissait entre les barreaux les plus serrés. Enroulé dans des kilomètres de chaînes, il s'éjectait en se déboîtant de partout.

Plus mou que s'il avait pas d'os. Il serait passé par un trou de souris si on l'avait laissé faire. Pour sûr, la camisole, il en aurait fait son amusement. Moi, j'avais pas la pratique. M'échiner à m'extraire, me rouler sur la paillasse, je ressemblais à une grosse chenille trop gourde pour larguer son cocon.

À l'aube, j'avais tout juste réussi à tomber de mon bat-flanc. À travers la lucarne grillagée, le jour peinait à éclairer ma cellule. Des générations de barges s'y étaient succédé sans qu'on ait seulement songé à la récurer. À force de se frotter aux murs, ils avaient laissé leurs traces. De crasse, de merde, et de sang quand ils s'y étaient cassé la tête. Je me suis relevé. L'oreille à la porte je n'entendais rien. Je me suis assis sur la litière et j'ai attendu. Le jour a dû monter. Puis décliner. Le soir m'a trouvé à la même place. Grelottant. Les pieds nus et gelés. Sur le sol froid, les cafards continuaient leur ronde noire. L'envie de pisser au ventre, j'ai appelé. Longtemps. Personne n'est venu. Je dormais, recroquevillé, quand l'infirmier m'a secoué.

— Médicaments !

J'ai cru que ma vessie éclatait.

— Je vais me pisser dessus, j'ai dit.

Le type avait la gueule de King Kong et les mêmes poils sur les bras. Il m'a levé d'une main. De l'autre il a ouvert la braguette de mon pyjama.

— Je t'ai apporté un seau, tâche de bien viser. Je suis pas là pour nettoyer.

— J'ai vu.

— Tiens, il a fait, on a un marrant.

Il restait planté devant moi.

— Alors ? il a dit au bout d'un moment.

— Alors quoi ?

— Après la piquouse, tu vas tellement pioncer que t'auras pas l'idée de te relever. Si tu veux pas te pisser dessus en dormant, t'as intérêt à y aller maintenant. Je devrais pas mais je vais t'aider.

Je me suis exécuté tandis qu'il sifflotait *Sambre et Meuse*.

— Allonge-toi maintenant, il a ordonné quand j'ai eu rempli un demi-seau.

— J'ai pas à manger ?

— On verra ça demain. On va t'apporter un bol d'eau pour la nuit.

— Comment je fais pour boire ?

— Comment ils font, les manchots ? Te bile pas, ça m'étonnerait que t'ouvres un œil.

J'ai à peine senti l'aiguille dans mon bras. Mentalement, j'ai compté les secondes. À la deuxième, je sombrais.

Le matin m'a trouvé sur la paillasse. Les paupières en plomb et la langue plus chargée qu'un canon de 75. J'ai voulu remuer la tête, histoire de dissiper le brouillard à l'intérieur. Le soleil d'hiver était haut quand j'ai réussi à la décoller de la couchette. Je crois qu'on m'a repiqué. Après, je ne sais plus.

Le troisième jour, j'avais appris à laper dans le bol.

Le quatrième, une surprise m'attendait.

— Aujourd'hui, c'est fête.

Dans la cellule, King Kong ondulait, un plateau sur le bras. C'était drôle. Il me rappelait la course des garçons de café. En 38, j'avais vu l'arrivée avec Yvette. Il faisait chaud, on était en terrasse. Avec la vapeur qui montait de l'asphalte, les loufiats cavalaient dans un halo. Pareil à ces mirages qu'on imagine dans le désert. King Kong s'est approché en zigzaguant. J'ai cherché Yvette du regard, elle avait dû s'absenter. King Kong a posé son plateau. Je me suis dit qu'il pouvait pas flancher si près de la ligne.

— Vas... y... Totor, j'ai articulé.

Et je suis reparti dans les vapes.

Quand j'en suis sorti, un cafard visitait mes oreilles. Ses pattes faisaient un sacré boucan. C'était pas l'heure des claquettes. J'avais sommeil, moi. Je l'ai chassé de la main. Ça m'a pris un bon quart d'heure pour la lever. Et autant pour piger qu'elle était libre.

Ouvrir les yeux a pas été plus facile. Au bout d'une éternité, les murs ont cessé de gondoler. Et j'ai pu m'asseoir.

Mon premier geste a été pour me frotter les bras. Je les sentais plus, rapport à l'ankylose. Je me suis souvenu d'un film avec Lon Chaney. *L'inconnu*, ça s'appelait. L'histoire terrible d'un lanceur de poignards manchot. En fait, le gars est un criminel, planqué dans un cirque. Pour pas être reconnu, il joue les infirmes. Les bras dans un corset planqué sous ses fringues, il lance ses couteaux avec les pieds. Sa partenaire est confiante. C'est bien la seule. Les spectateurs attendent qu'un truc, c'est qu'il foire son coup, Lon Chaney. Mais jamais il rate. Il a le pied très sûr. Personne connaît son secret. Pas même la fille. Il en est fou amoureux mais il peut pas l'enlacer. En plus de le croire manchot, elle a une phobie. Les bras des hommes la terrorisent. Toute la violence qu'elle y devine... Petit à petit, on se rend compte qu'elle a du sentiment pour lui. C'est mélangé. De la compassion, de l'amitié, de l'amour, peut-être. Il sait plus où il en est, Lon. Alors, il décide de se faire amputer. C'est le seul truc pour la garder. Il prétexte un voyage et part se faire couper les bras. Quand il revient, manchot pour de bon, la fille est tombée amoureuse d'un autre gars qui lui a sauvé la vie entre-temps. Elle a plus du tout peur des bras. Elle l'annonce à Lon Chaney. Elle est heureuse et saura jamais ce qu'il a fait pour elle. Lui, il dit rien. On voit juste son sourire se transformer en grimace de désespoir, avec les larmes dans ses yeux. Et la haine soudaine qui s'y reflète. La détresse, aussi. Celle d'un type qui est devenu fou.

Sur ma paillasse, je revoyais tout ça en attendant que le sang revienne dans mes membres. Quand j'ai recouvré leur usage, je me suis jeté sur la gamelle laissée par King Kong. La première depuis que j'étais interné. C'était froid, dégueulasse. Du moisi, avec, par-derrière, l'aigreur du rance. Un brouet où trempaient un quignon et des feuilles qui se donnaient plus la peine de passer pour du chou.

J'ai tout bouffé. J'en aurais repris, même. Mais en guise de rab, j'ai eu droit au toubib.

— Nous allons mieux à ce que je vois.

J'aurais pas su dire s'il se foutait de moi. Les mains dans les poches de sa blouse blanche, il m'observait comme il aurait regardé une poussière sur sa manche. Un pas en retrait, King Kong veillait au grain, matraque en main.

On dit qu'il faut jamais contrarier un dingue. Ça devait être pareil avec un psy.

— Qu'est-ce que je fais ici, docteur ?

— Vous ne vous souvenez pas ?

— C'est un peu confus.

— Aviez-vous déjà été victime de bouffées délirantes ?

J'ai pas eu à me forcer pour paraître ahuri :

— Jamais, vous voulez dire...

— Que vous évoquent les lapins ?

J'arrivais pas à contrôler mon équilibre. J'ai senti mes yeux partir sur le côté.

— Pardon ? j'ai fait.

— Les lapins russes. Renvoient-ils à un événement qui aurait pu marquer votre inconscient ? Cherchez bien. Cela peut être un fait auquel vous n'avez attaché aucune importance. Avez-vous vécu à la campagne durant votre enfance ?

J'ai essayé de fixer un point sur le mur.

— Oui, un peu... Chez ma grand-mère.

— Bien. Avait-elle des clapiers ?

Le point tenait pas en place. C'était peut-être un cafard.

— Oui.

— Je vois. Vous arrivait-il d'être présent quand elle tuait ses lapins ?

— J'évitais.
— Pourquoi ?
— J'aimais bien les lapins.
— Vous n'en mangiez pas ?
— Si.
— À regret ?
— Plutôt.
— Un sentiment que vous qualifieriez de culpabilité ?
Je me suis concentré sur le sol. C'était encore plus dur.
— C'est possible.
— Vous arrivait-il de rêver à ces lapins morts ?
— Peut-être. Je me souviens pas.
— Des cauchemars d'enfant au cours desquels ces lapins que vous regrettiez d'avoir mangés seraient revenus vous hanter... vous demander des comptes...
J'ai regardé le toubib, puis King Kong. Ils avaient l'air sérieux.
— Des comptes ?
— Au point de vous sentir menacé par les lapins... Aviez-vous des jouets en peluche ?
J'ai rigolé.
— Oui, bien sûr.
— Quel genre ?
— Un ours... Et...
Je me suis mis à claquer des dents. Je crevais de froid. Le toubib y a vu une manifestation subconsciente. Un machin du genre. Pour sûr, il avait mis le doigt sur la plaie. Il a jeté un œil satisfait à King Kong :

— Un lapin, n'est-ce pas ? Vous l'aviez oublié ?
— Oui, j'ai fait pour pas le fâcher.
— Vous souvenez-vous, maintenant, de ce qu'il est devenu ?
Je me sentais vaseux. J'ai pensé à Corbeau et à ses impros quand il lisait l'avenir :
— Je crois qu'on me l'a pris. Bon sang, docteur, j'avais gommé ce truc de ma mémoire.
Il a eu l'air ravi. Il lui fallait pas grand-chose. Lui en donner pour son argent me ruinerait pas.
— Un de mes copains me l'a fauché. Arsène, il s'appelait... Arsène.
— Comme Arsène Lupin ?
— C'est vrai. Ça remonte à loin...
— Vous souvenez-vous de ce qu'Arsène a fait de votre lapin ?
— Non, il a déménagé, je l'ai plus jamais revu. C'est dommage. On était toujours fourrés ensemble. On faisait des parties de chasse au trésor, je vous dis que ça...
— Chasse au trésor ?
Tenir le cap sans dérailler, c'était duraille. La gelée dans le citron favorise pas les fulgurances.
— Je l'ai regretté, Arsène. Mais surtout, j'ai regretté mon lapin. Je crois que je m'en suis voulu de lui avoir donné.
— Que venez-vous de dire ?
— Je m'en suis voulu de lui avoir donné...
Il était aux anges. J'ai pris l'air effondré :
— Donné, j'ai donné Pinpin !
Il a écarté les bras dans un geste de triomphe :
— Pinpin symbolisait votre remords d'avoir

mangé les lapins. Vous vous en êtes débarrassé. Mais cela n'a fait qu'accroître votre sentiment de culpabilité. Vous avez alors tenté de l'effacer en transformant votre souvenir. Dans votre inconscient, le don de votre peluche est ainsi devenu vol. Mais cela n'a pas empêché l'installation de la psychose. Celle d'une vengeance des lapins. Les lapins que vous aviez dévorés, le lapin que vous avez abandonné.

— Bouffre ! Et ce civet aurait mijoté des années ?

— Le processus est classique. Vous l'avez reproduit avec la mort d'Antoine Griffart.

— C'était pas un lapin. Pourquoi j'aurais fait ça ?

— Là encore, pour fuir ce que vous croyez être votre responsabilité. Le poids en était trop lourd. Vous l'avez allégé en le transférant sur le professeur Delettram. Vos deux traumatismes se sont additionnés, et, lors de votre crise, vous avez expulsé, à votre façon, tout ce que vous aviez refoulé. Votre subconscient a mêlé les lapins, leur vengeance, la chasse au trésor, Arsène et la mort du professeur.

Je rêvais pas. Ils étaient bien réels, lui et son écheveau de conneries.

— Mince alors !

— Je crois que le plus dur est passé, il a dit.

King Kong hochait la tête. Pénétré par la démonstration.

— Les lapins, c'est balaise, j'ai fait.

Ils m'ont regardé comme s'ils craignaient la rechute.

— Et le professeur ? j'ai demandé.
— Delettram ? Il a rejoint la Salpêtrière.
— Je vais pouvoir sortir, alors ?
— Vous croyez le professeur Delettram responsable de votre internement ?
— Non, non, j'ai rectifié, histoire de rattraper le coup. Les fautifs, c'est les lapins, pas vrai ?
— Oui, oui, oui, il a dit. Nous avons franchi un cap, mais il faudra encore du temps...
— Du temps... Ici ?
King Kong a serré les doigts sur sa matraque.
— Vous avez besoin de repos. De repos et de soins.
Le gorille en couverture, le toubib a reculé vers la porte. Ils faisaient gaffe à pas nous tourner le dos, à moi et mes lapins. Mon calme retrouvé pouvait annoncer des tempêtes. Je me sentais déraper, et la situation avec. Le toubib est sorti. J'ai cherché quelque chose à quoi me raccrocher. J'avais le cerveau sans consistance. Ça patinait, à l'intérieur. La lourde se refermait quand le truc m'est revenu. Il avait la forme d'un nom. Je l'ai lancé en espérant qu'il s'agissait pas d'une planche pourrie :
— Le professeur Ferdière, je voudrais prévenir le professeur Ferdière, à la Salpê.
Le toubib est revenu sur ses pas :
— Vous le connaissez ?
— Bien, très bien. Pas plus tard que la semaine dernière, on parlait boutique. Rüdin et Carrel, et tout le toutim.
— Il vous suit ?

— Dites-lui que j'ai encore besoin de ses lumières, j'ai crié. Parlez-lui du professeur Delettram, et de moi, et de ce qui m'est arrivé.

Ils ont fermé la lourde avec un gros bruit de serrure qu'on boucle.

XXXIII

— On est quel jour ?

Le type à table mâchait son pain, la bouche ouverte. Ça suffisait à lui occuper l'esprit. Ma question y entrait plus. Je me suis adressé à son voisin. L'œil fixe d'un mérou, il était pas mieux loti. Sous sa peau tendue comme celle d'un tambour, ses pommettes saillaient à faire peur.

— Tu sais quel jour on est ?

— Mardi, il a fait en se grattant les mains.

Elles étaient rouges d'un vilain eczéma.

— Mardi de quelle semaine ?

— Mardi du journal.

— T'as un canard ?

— Corvée de feuillées !

— Hein ?

Il s'était mis au garde-à-vous :

— Prenez Poupard et Dufieux. Une belle tranchée. Qu'on puisse chier confortable... À vos ordres, mon adjudant... Les dimensions, réglementaires, et les planches pour l'équilibre au-dessus de la fosse. C'était mardi, le journal le disait...

Le voilà qui se laboure les mains. Il me faisait mal rien qu'à le regarder. Et, par là-dessus, il continue son délire. Avec des voix changeantes. Comme s'ils étaient plusieurs.

— À mon commandement : posez culotte ! Passe-moi une feuille, Pibert. Tu m'emmerdes, Poupard... Je voudrais éviter, c'est pour ça, la feuille... Tiens, t'as qu'à te torcher avec l'horoscope... L'avenir sera pas plus merdeux... L'avenir ? Vivement la quille, Dufieux ! La quille, bordel... Dans le jardin d'mon père, les lauriers sont fleuris...

La toux l'a pris. Une quinte mauvaise, avec un souffle rauque quand il cherchait l'air. Je lui ai servi de la flotte.

— Pibert, c'est ton nom ? j'ai demandé quand il s'est calmé.

— Eugène Pibert, première pompe, 5e RI. Ligne Maginot-Val-de-Grâce. Arrêt Clermont... J'en ai encore sur les mains ?

Il les avait esquintées jusqu'au sang.

— Quoi donc ?

— Leur merde. J'en ai encore ?

Je pigeais pas.

— Non, j'ai dit, y'a rien.

— T'es sûr ? Moi, je la sens...

Il est reparti à la gratouille. La crasse de ses ongles arrangeait rien. Et toujours son charabia :

— Dufieux, t'as rien entendu ?... C'est Poupard, il a bouffé trop de fayots... T'es con. Écoute... Les stukas... C'était pas dans l'horoscope. Leur merde sur mes mains quand la bombe est tombée. Avec les boyaux. C'est chaud, un intestin... T'es sûr que j'en ai plus sur les mains ?

On aurait dit celles d'un grand brûlé. Il s'acharnait. Ses croûtes avaient pas le temps de sécher.

Elles tombaient sur la table, mélangées aux miettes de pain.

Je lui ai pris les pognes :

— Y'a plus rien, mon gars, plus rien.

Il a regardé nos mains, puis les miettes, puis le vide. Ou alors ce qu'il avait en dedans. Mais personne, que lui, pouvait voir ça.

Un coup de sifflet a retenti. Dans le réfectoire, les tables se sont vidées. Droite, gauche. Des zombies au pantalon pisseux piétinaient vers la sortie. Crades, abrutis de calmants et d'électrochocs pour les plus mal barrés. Les yeux fiévreux. Et maigres, avec ça. À se perdre dans leurs fringues. Le rationnement, dehors, c'était encore l'abondance. Ici, claquer du bec, on en savait le sens. La dalle vous tenaillait, ses crocs plantés dans l'estomac. À l'extérieur, la bouffe était déjà comptée pour tout un chacun. Alors, les sous-hommes... fallait pas rêver. Trois cents grammes de pain quotidien, une pincée de légumes et des rognures de bidoche avariée trois fois la semaine. Au régime famine, la folie, on lui faisait la peau. Les dingues y laissaient la leur.

À Clermont, j'étais bleubite. J'avais quoi, six jours de rang ? Une semaine ? Ça m'avait suffi à décoller. Bientôt, je serais une ombre comme les autres. La tête cafouilleuse, sitôt sorti de l'isolement j'avais cherché Edmond, le pote à Caducée. Les infirmiers s'étaient fermés comme des verrous. J'avais tenté de buter Delettram, à ce qu'il paraît. Alors, un pousse-seringue... j'étais capable de mauvaises pensées. C'était bien de la précaution inutile. Gavé de pilules, j'étais aussi dangereux qu'une limace du jardin.

J'avais encore des bouts d'idées, pourtant. Je pensais aux lapins, parfois. À Clermont, on n'en voyait pas la queue d'un. Je me demandais ce que vaut un monde sans lapins quand il m'a appelé :

— Psst...

Il sortait d'un dortoir. Le teint jaune et la poitrine creuse. Je me suis retourné pour vérifier si son psst était pour moi.

— T'es venu ? il a chuchoté en radinant à petits pas.

Sa main, quand il l'a posée sur mon bras, était aussi fragile qu'une libellule.

— Nestor..., il a dit, les yeux humides. Mon vieux Nes. Tu m'as pas abandonné. Je le savais.

J'ai essayé de rassembler mes souvenirs. C'était difficile dans la mélasse où ils barbotaient.

Il a regardé autour de nous :

— Faut faire attention.

J'ai regardé aussi.

— C'est les ondes, il a dit.

— Les ondes...

— Ils en envoient partout. Elles entrent dans ta tête. Ça leur permet de lire les pensées.

— Fortiche.

— Avec moi, ça marche plus, je les sens. Quand elles arrivent, hop, je pense plus à rien. Le vide, ça détruit les ondes.

— Je vais m'entraîner, j'ai dit. Je devrais y arriver.

On arpentait le couloir, nos chaussons faisaient un bruit de ressac sous les voûtes.

— Vrai, t'es là.

En passant devant une fenêtre, son profil s'est découpé sur le blanc des carreaux. Le grand front, le nez busqué et dans l'œil comme une lueur vive qui était restée. Il avait dû être beau, avant. Mais sa bouche édentée cassait le tableau. Elle évoquait une de ces têtes réduites par les Jivaros. Il a marmonné quelque chose que j'ai pas compris. Puis il s'est contenté de branler du chef. À le voir pensif, je me suis dit que les ondes devaient pas être dans le coin. C'était toujours ça. Déjà que je le remettais pas.

Arrivés au bout du couloir, on envisageait le retour quand il a demandé d'autor :

— Et Fehcker ?

J'ai eu l'impression que le sol bougeait. Les murs se sont mis à tanguer. Une grosse bouffée de chaleur s'est pointée sans prévenir, dans le froid polaire.

Le gars a dit un truc que j'ai pas entendu à cause du bourdonnement dans mes oreilles.

Sur mon bras, sa main est revenue se poser.

— Ça va pas ?

Je me suis adossé à la muraille. Peu à peu, le sol s'est stabilisé.

— C'est la faim. Tu vas t'habituer.

— Tu connais Fehcker ? j'ai bredouillé, trempé de sueur.

Il a mâchouillé ses gencives, là où auraient dû être ses dents.

— C'est lui qui t'a filé ma lettre, non ?

— L'appel au secours, c'était toi ?

Il m'a décollé du mur. Je lui aurais pas supposé tant de vigueur.

— Les ondes, il a chuchoté. Pense à rien... Surtout, pense à rien.

Il m'a traîné jusqu'au dortoir. Deux longues rangées de lits en fer rouillé. Avec des draps raides de crasse. Il m'a assis sur son plumard. Dans celui d'à côté, un type fixait le plafond.

— T'as eu chaud. Elles étaient après toi.

— Je crois qu'elles sont parties, j'ai dit.

— Luka t'a encore sorti de l'eau, hein ?

Je l'ai regardé. Malgré la bouche sans ratiches et le menton jivaro, même ternie par l'hosto et la vieillerie précoce, la lueur dans les yeux était toujours là. Les années me revenaient en pleine poire. Loin de l'asile. Belles comme l'aurore. Des années lilas aux bords de Marne, l'œillet rouge à la boutonnière et le vin frais dans les guinguettes. Les années camarades. Des acomptes pris sur les lendemains qu'allaient chanter. Le temps des cerises qu'on aimerait toujours. Les belles nappes sur l'herbe verte, le mousseux qui fait tourner la tête, et les bécots sur les talus. C'était des dimanches à plus finir, avec l'accordéon et ses trilles. Comme un moineau des rues qui retrouverait le ciel. Et les copains. Corback, Lecoin, Baquet et son violoncelle. Et les frères Prévert, au porte-voix : « Les camarades charpentiers en fer qui fabriquent les maisons de la porte Champerret... les camarades cimentiers, camarades égoutiers... camarades exploités... camarades pêcheurs de Douarnenez... camarades de Belleville, de Grenelle et de Mexico... » Elles étaient si proches, les jolies années. Et tellement loin, pourtant, qu'on peinait à y croire.

Luka et moi, on s'était rencontrés devant un décor de carton-pâte. C'était l'année *Belle équipe*, Duvivier cherchait des figurants. Trois coups de cuillère à pot, l'affaire était dans le sac, Luka et moi intronisés frimants. Les projos, les machinistes, les costumières, le clap et les grosses caméras Éclair sur leurs rails. La cantine, avec Aimos et sa gueule de piaf. Et Gabin, pas fier, à boire le coup avec nous autres. « ... Comme tout est beau, quel renouveau. » Elle avait bouclé sa boucle, la chansonnette. « Quand on s'promène au bord de l'eau... » Luka, il m'en avait sorti, de la flotte. J'y avais plongé, tête la première, une nuit trop arrosée. À nager comme une enclume, sans lui j'y passais. Jamais j'avais avoué m'être foutu à la baille pour une fanfreluche. Le foulard rouge à Gabin, emporté par le vent, qui flottait en surface, perdu sous la lune. C'était comme un drapeau en capilotade. Faut pas qu'il sombre, j'avais pensé avant de sauter. C'était pas malin, mais ça m'était venu.

Sur la rive, pendant que Luka essorait ses fringues dégoulinantes, j'avais sorti une carte plus trempée qu'une éponge :

— Mon pote, Nestor sera toujours là en cas de coup dur.

— Enquêtes, recherches et surveillance ? il s'était marré. Ça va me faire une belle jambe.

Cinq ans après, les tanks avaient dispersé *La belle équipe*, rasé le caboulot et cette fois, Luka et moi, on avait touché le fond.

— Comment t'es arrivé là ? j'ai demandé.

Il a eu le regard méfiant d'un chien qu'aurait trop pris de coups. Quand il a été certain que les ondes étaient pas dans le secteur, il m'a tiré à l'écart :

— Pareil qu'au tournage. J'ai trop bien joué le coup.

Cinq ans après, il avait toujours pas digéré la coupe de sa grande scène. Aux studios, Duvivier lui avait filé une phrase de texte. La dernière séquence, celle où les copains de *La belle équipe* comprennent que le rêve est foutu. La faute à Viviane Romance qu'a mis son grain de beauté dans leur belle amitié. Aimos est déjà mort, tombé de son toit, et ça va plus du tout entre Charles Vanel et Gabin. Duvivier était pas fixé sur la fin. Alors, il en a tourné deux. Une noire, et une plus rose. C'est dans celle-là que Luka devait prononcer trois mots. Il les avait répétés des jours durant. Moteur ! Son profil d'aigle bien dans le champ. Sûr qu'après ça, c'est un boulevard qui s'ouvrait devant lui. Avec le tapis rouge déroulé. Le cinoche, il s'en était fait un vrai de vrai. C'est à la première qu'il a déchanté. Duvivier avait choisi l'autre fin. Adieu, tirade, gros plan et carrière naissante. « T'as trop bien joué le coup, j'avais dit, histoire de le consoler. Les étoiles, ça aime pas être à l'ombre. » Il avait fini par s'en persuader. Combien de fois il l'avait chanté, l'air du complot ? De Boulogne-Billancourt aux Buttes-Chaumont, pas un seul zinc y avait échappé.

Dans le dortoir-frigo qui reniflait la couenne sale, il suçotait ses gencives. Il était bien décati, le beau Luka.

— Mon pote, je suis pas dingue pour un rond, il me fait après s'être assuré une nouvelle fois que les ondes rôdaient pas autour de nous. Quand la guerre a éclaté, ils se sont mis à faire la chasse aux ressortissants étrangers. Avec mon passeport allemand, j'étais bon pour le camp.

— Ça fait quinze piges que t'es en France.

— Et alors ? Tu crois que ça compte, ça ? J'avais pas envie de me retrouver à Loriol ou aux Milles. Les camps, merci ! J'ai eu le nez creux. T'as vu comment Pétain et Laval les ont refourgués aux nazis, mes compatriotes ? Moi, j'avais senti le truc. J'ai joué les dingues. Peinard à l'hosto, je me disais. Je sortirai quand l'orage sera passé. Macache ! Quand t'as mis le pied ici, c'est pour perpète. Faire le maboul, c'est du perdant. Surtout quand tu joues trop bien le coup. Ça pardonne pas, ça. Jamais. Alors, avec les ondes... À moins que tu saches les piéger. Et bibi, il a pigé comment... Dis rien à Duvivier, hein ?

— Duvivier ?

— Faut lui lâcher le truc en pleine poire seulement quand tu m'auras sorti de là. Crac ! Le rôle du frappé, je l'ai si bien tenu que même les toubibs s'y sont trompés. Il sera obligé d'en convenir, Duvivier.

— Sûr... Et Fehcker ? Comment tu l'as rencontré, Fehcker ?

— Au dortoir. Il causait pas, sauf une fois, un truc en allemand. Je lui ai répondu. Après je lui ai expliqué les ondes. Il arrivait pas bien à les détecter. Quand il était pas sûr, il venait me voir. Je lui disais si elles étaient là ou pas. Il parlait qu'à moi.

En allemand. À force, on est devenus copains. Puis il a été évacué.

— Pas toi ?

— Mon dortoir devait partir le surlendemain. Les Allemands ont été plus rapides. J'ai juste eu le temps d'écrire un mot pour toi et de le filer à Fehcker. Au cas où...

Près de nous, dans son page, le type hypnotisait toujours le plafond. Il est sorti de sa catalepsie dans un cri. Luka m'a fait signe de pas me biler pour si peu.

— Où il est maintenant, Fehcker ? il a demandé en tétouillant une canine qui lui restait.

Je lui ai dit la cathédrale, La Charité et les bombes. Il a hoché la tête, un moment. Avec des petits mouvements sur le côté, comme un qui voudrait décoincer un torticolis.

— L'or... Il est toujours enterré, alors ?

XXXIV

— Encore une cuillère !

— Une de plus et je vais regretter Clermont.

Assise au bord du lit, Yvette jouait les infirmières. Le truc avait de quoi faire rêver. Mais les blouses blanches, j'en étais revenu.

— Vous êtes maigre à faire peur, elle s'est apitoyée.

— Bon sang, vous n'avez pas vu les autres.

Depuis deux jours qu'elle m'avait récupéré, elle quittait plus mon chevet. Peut-être une vocation qu'elle s'était découverte. Ou un penchant contrarié quand elle était môme. Un machin refoulé, elle aussi. Chacun ses lapins.

— Vous remercierez jamais assez le docteur Ferdière, elle a soupiré en m'enfournant sa cuillère dans le gosier.

— Si vous me lâchez pas, je vais le maudire.

Elle a levé les yeux au ciel. Des quinquets pareils, je me sentais fondre rien qu'à les revoir.

J'étais comme au retour de la maison des morts. Avec Ferdière, j'avais tiré la bonne carte. Je revoyais l'ambulance sous la neige. Le toubib m'annoncer ma sortie, King Kong dans son dos, un sourire idiot. Et le visage de Luka, aussi, qui s'effacerait plus. Gravé à tout jamais, avec ses cris quand il m'avait vu partir sans lui. La stupeur d'abord. Puis, dans les yeux, la grande désillusion des bêtes abandonnées.

— Me laisse pas !

Depuis deux jours, elle m'assourdissait, sa supplique. Jusqu'au bout, il avait refusé d'y croire. Et l'insulte avait fini par sortir. « Salaud ! il beuglait. Salaud ! » Elles étaient bien dérisoires, ses injures, mouillées d'une grosse rage aux accents de chagrin. Entre les pattes des infirmiers qui le ceinturaient pour l'empêcher de se jeter sur le mur, on aurait dit un fétu de paille piétiné par des taureaux de concours.

— Électrochoc ! avait bramé un toubib.

C'est là que j'avais pigé sa bouche sans crocs. Avec les électros, la secousse est telle, quand on vous envoie le courant, que les dents se brisent à force de les serrer.

— Nes ! il avait encore hurlé. Je t'avais sorti de l'eau, moi !

Tandis que les costauds le traînaient dans le couloir, ses larmes étaient venues. Furieuses.

— Pas les ondes ! Pas les ondes !

— Encore une ?

J'ai repoussé la cuillère d'Yvette :

— Faut sortir Luka !

— Vous n'avez pas cessé de le répéter. Le docteur Ferdière ne pouvait pas faire transférer tout

Clermont. Déjà bien beau qu'il ait réussi avec vous. Votre Luka est là-bas depuis assez longtemps pour patienter encore un peu.

— Vous pouvez pas imaginer...

Elle a posé le bol de potage sur le plateau :

— Ce que j'imagine bien, ce sont tous ces jolis lingots qui n'attendent que nous.

— Plus tard, pour l'instant, c'est Luka qui nous attend.

— Ferdière a promis de s'en occuper... Tout de même... (Elle a sucé la cuillère d'un air gourmand.) Vous êtes certain qu'il n'a pas une idée plus précise de l'endroit où l'or est enterré ?

— Yvette !

— Parce que ses trucs, ses machins et ses clairières dans la montagne... Si Fehcker ne lui en a pas dit davantage, ça ne vaut pas un pet de lapin.

— Non ! Plus de lapin, j'ai fait.

— Quoi, plus de lapin ?

— Rien, laissez courir.

Je me suis levé. Yvette a ajusté ses lunettes :

— La vigueur revient, elle a fait, rêveuse devant ma nudité.

— Vous ne pensez donc qu'à ça ?

Elle a descendu ses binocles :

— Détrompez-vous, je pense à des tas de choses. Vous croyez être le centre du monde ?

— Yvette, c'est pas le moment. Où sont mes fringues ?

— Pendant que vous vous emberlificotez dans les camisoles, je cogite, moi, et je fais des découvertes.

— C'est bien. Vous allez m'aider à découvrir mon pantalon...

Elle s'est levée, l'air pincé :

— Le maître est de retour au logis. Je retourne à l'office. Je pensais que le maître serait intéressé par ce que j'ai trouvé en son absence, mais le maître a mieux à faire. Le pantalon ! Le pantalon !

Elle a jeté un truc sur le lit et elle est partie, la tête haute. Sur la couette, j'ai reconnu la photo envoyée par le cousin Gopian. Fehcker et ses camarades, en forêt, à l'heure de la pause.

— Yvette !

Je l'ai trouvée dans la cuisine.

— Mince ! Que faites-vous ?

Assise sur un tabouret, elle se peignait une jambe.

— J'enfile mes bas, maître.

— Arrêtez votre cirque. Les dingues, j'en sors et je vous jure qu'il y a rien de marrant.

— Et ne plus trouver une seule paire de bas à Paris, vous croyez que c'est rigolo ? En être réduite à se peinturlurer la peau...

Elle a allongé la jambe :

— Vous pouvez me dessiner la couture sur le mollet ?

Pinceau en main, elle a levé les yeux :

— Nestor ! Vous n'avez toujours pas trouvé votre pantalon ?

Quand on s'est démêlés, le soir était tombé sans préavis. Yvette a allumé la lampe de chevet.

— Bientôt le couvre-feu, elle a bâillé.

Une jambe peinte jusqu'à mi-cuisse, l'autre d'une blancheur de lait, elle aurait ravi Man Ray. J'ai repensé à la photo.

— Pourquoi avoir ressorti le cliché de Fehcker ? j'ai demandé en cherchant vainement un fond de tabac dans la table de nuit.

— Mes découvertes vous intéressent, maintenant ?

— Cette photographie n'a rien d'une découverte...

— Vous y voyez quoi ?

— Cette question. Des prisonniers en train de trimer dans une forêt. Enfin... plutôt à l'heure du casse-croûte.

— Vous êtes plus inspiré quand vous lorgnez mes jambes...

Je l'ai observée. Puis la photo, à nouveau.

— Regardez mieux, elle a fait en me passant la loupe. Alors ?

— Alors quoi ?

— La bouteille de vin, sur la souche. Que lisez-vous sur l'étiquette ?

— Manzanilla...

— Vous croyez qu'on en boit à Loriol ? Et là, ce panneau qu'on distingue à peine à l'œil nu ?

— ... Maleo 3,5 km... Lerida 50...

Quand j'ai reposé la loupe, mes mains tremblaient.

— Et maintenant ? a demandé Yvette. Vous en dites quoi ?

— Qu'on a peut-être déniché Tigartentras.

L'endroit où est enterré l'or de la République espagnole.

— On ? Qui ça, on ?

— Vous.

On pouvait pas être plus ravie.

— Je me suis aussi procuré la recette du phénobarbital. Ce n'est pas seulement un calmant. On l'emploie aussi pour faire causer. Une dose et votre langue est si déliée qu'elle n'a plus besoin de vous pour raconter tout ce qu'on vous demande.

— L'emplacement d'un magot, par exemple ?

— Ça donne faim, elle a fait. Debout !

J'ai entendu l'eau dans les toilettes. Puis le poêle qu'elle tisonnait.

— Gopian vous a dégotté des œufs ! elle a crié de la cuisine. Ça vous tente ?

J'ai repris la photo. Au lieu d'internés dans leur camp, c'était une tout autre histoire qu'elle me racontait. Celle d'une cargaison d'or qui ne serait jamais arrivée à Moscou. Les types au visage piqué par le grain de la pelloche venaient de jouer un sacré tour au monde. Ils en revenaient pas eux-mêmes. Outils posés, harassés par leur équipée, recrus de fatigue, ils allaient étancher leur soif. Après quoi, leur butin enterré, ils se sépareraient jusqu'à ce que les temps soient venus. Alors, ils retourneraient à Tigartentras et tout recommencerait. La photo leur servirait à retrouver le chemin. Derrière eux, imperceptible, le panneau l'indiquait. Pour eux seuls.

— Comment vous avez trouvé ça ? j'ai demandé en dévorant l'omelette d'Yvette.

— C'est leurs visages. À les voir là, à longueur de temps, j'ai eu besoin d'en savoir davantage. Comme si leur image n'avait pas tout dit. C'est trompeur, l'image. Vous savez pas ça, vous. Moi, si.

— Vous avez un don ?

— J'ai que des lunettes, Nes. Des foutues bésicles. Depuis le temps, j'ai appris à m'y faire. Ça n'a pas toujours été facile. Bigleuse, miro, binoclarde, je connais des petits noms plus affectueux. Mais à force d'entendre ceux-là, les pare-brise, on se planque derrière. Ça donne du recul aux choses. Et puis, à travers ou par-dessus les carreaux, devant les yeux ou au bout du nez, on voit des mondes différents. J'ai longtemps cru que c'était ma myopie. C'est la réalité qui change selon la façon dont on la regarde. Toutes les taupes vous le diront. Une image sera jamais vraie.

— Celle-là vaut pourtant son pesant de macchabs.

Dehors, la neige était revenue. Elle recouvrait l'allée, les branches et le reste. Un grand silence qui tombait.

— Je vais tirer les rideaux, a dit Yvette. C'est l'heure du black-out.

J'ai fourgonné dans le poêle. L'espace d'un instant, le feu a retrouvé de la vigueur.

— Sur Tigartentras j'ai fait chou blanc, a soupiré Yvette en radinant près des braises. Je peux pas toujours être géniale.

— C'est sûr.

— Nib de nib. Nada. Même à l'ambassade d'Espagne, ils connaissent pas. J'ai essayé le photographe de votre copain Cription, mais décrocher Marseille au téléphone, en ce moment...

J'ai refermé le couvercle du Godin :

— Tout de même, Delettram en chercheur d'or...

— Il en a peut-être assez des costumes élimés. Et puis, qu'il ait fait tuer Griffart pour ça ou pour lui clouer le bec, quelle importance ?

— Merde !

— Qu'est-ce qui vous prend ? Je peux donner mon avis, non ?

— Le rencard...

— Pardon ?

— Mimile devait m'introduire dans la bande...

La suite s'est perdue dans le hurlement de l'alerte. Une montée chromatique à rendre jalouse Lucienne Grignand. Elle partait du plus profond des basses pour atteindre un aigu à réveiller les morts. La sirène restait en équilibre là-dessus, après quoi une autre prenait le relais. Amplifié de partout, ça montait comme un chant à plusieurs voix. Un canon, on dit. C'était approprié.

Entendre un machin pareil vous donnait l'idée de ce qui pouvait vous descendre sur le râble. Avec les éclairs des projecteurs qui zébraient la nuit... Un sacré son et lumière. Des milliers de volts et autant de watts, pour peindre le ciel en blanc électrique. Dans leur chasse au zinc, les faisceaux s'entrecroisaient. Des batteries entières sur le toit des édifices. Avec la DCA prête à entrer en piste. Et sur les trottoirs la cavalcade des civils, jetés au bas du lit, en robe de chambre et bigoudis.

— Aux abris !

Le piétinement vers les caves et les métros. À chaque coup de semonce, s'engouffrer là-dedans, le souffle court et le cœur battant. L'attente souterraine, serrés les uns contre les autres. Avec les yeux au ciel qu'on ne pouvait plus qu'imaginer, enterrés comme on l'était, et le masque à gaz comme un groin, et le type de la défense passive vous disant quoi faire.

— Y'a rien à faire !

— Vous le retrouvez pas ?

— C'est... me... lon.

Yvette a placé ses mains en porte-voix :

— Je vous entends pas avec l'alerte.

— Je dis : c'est tout de même raide de paumer son pantalon.

— En... ro... cham.

— Quoi ?

— Enfilez ma robe de chambre.

— Vous me voyez descendre à l'abri en mousseline fuchsia ?

— Hein ?

La défense aérienne balayait les nuages. J'ai laissé retomber le rideau pour me coller contre Yvette.

— Y'aura rien cette nuit, j'ai crié dans son oreille. Autant se recoucher.

— Je pourrai jamais fermer l'œil, elle a hurlé.

— Qui vous parle de ça ?

XXXV

Rue Buot, le soleil tirait la gueule sous une couvrante de nuages. La neige de la nuit avait tenu. On y voyait les traces des piafs, le crottin chaud d'un cheval et, près de l'empreinte des sabots, les marques de son attelage. C'était comme un livre d'images qu'on lisait sur les pavés. Les vélos, enfourchés à l'aube. Les semelles de bois des ouvrières descendues aux usines Delahaye, rue du Banquier.

Chez Mimile, pas de bahut dans la cour. Ni costaud se coltinant du mobilier. Rien que la farine sans tache. Si des traces de pas n'y avaient convergé, on aurait cru les lieux inhabités. À bien regarder, pourtant, ils étaient trois là-dedans.

J'ai libéré mon pétard de son cran de sûreté. Je l'ai gardé en main dans la poche de mon pardingue et j'ai cogné à la porte. Après une poignée de secondes, je suis entré. La même odeur de tannerie avec, en arrière-goût, la même senteur poussiéreuse des meubles entassés. Dans l'allée d'armoires à glace, aucun bec-de-lièvre ne se reflétait. J'ai assuré mon pas et mon flingot.

Du bureau d'Émile sourdait une conversation. Elle paraissait animée. C'était ce qu'on appelle un échange. Du genre inégal, à mieux écouter. Quand je me suis approché, les arguments tombaient comme des baffes. Mimile les encaissait.

— Il est où, maintenant, hein ?

— J'en sais rien, moi. Est-ce que je pouvais me douter que c'était un privé ?

— Il est vraiment trop con. Laisse-moi le buter, il nous amènera que des emmerdes.

— Déconnez pas, les gars, j'y ai rien dit. C'est que dalle, ce qu'il sait.

— Ah, oui ! Nos blazes, c'est que dalle. Qu'il se pointe à Clermont, c'est que dalle. Et ça, c'est que dalle ?

— J'y ai rien cassé, je vous jure, a bredouillé Mimile qui venait d'en prendre une.

— Mon pote a raison, tu nous amèneras jamais que des emmerdes.

Ça augurait l'extrême-onction. Pour un pilleur d'églises, c'était comme un retour de goupillon. J'ai sorti le mien.

— Les pognes en l'air ! j'ai crié en surgissant dans le burlingue.

La réponse s'est plantée à deux doigts de mon oreille. En une fraction de seconde, j'ai repensé aux poignards de Lon Chaney. Je me suis accroupi derrière un casier métallique et j'ai envoyé la fumée au jugé. Une fois, deux fois, trois fois. J'avais l'impression de bégayer.

Le retour de flamme est arrivé. Ça giclait de tous les côtés. Du plâtre, du bois, du verre. Toute une quincaille descendait. Avec la poudre en brouillard. La petite guerre des malfrats, je l'avais déclenchée comme un manche. J'étais mal barré.

Y'a pas cinquante pruneaux dans un chargeur, mais à les voir fuser, on perd ses repères. Et la notion du temps, avec. Je sais pas à quel moment l'artillerie m'a sauvé. Elle s'est pointée en couverture. Avec ce qu'il fallait de munitions. Du gros, ça s'entendait. Je me suis rencogné derrière mon casier. Des tirs trop courts, on en a vu sur tous les fronts. L'erreur de calcul à portée de galons, et c'est le fantassin pris en tenaille.

Au bout d'une éternité, la cadence a ralenti. La tête dans les bras, j'ai pas perçu le cessez-le-feu tout de suite.

— Mais si, il bouge encore...

Au-dessus de moi, Bailly se marrait. Personne aurait pu le deviner. Mais moi, je savais. Il se marrait.

Quai des Orfèvres, il rigolait toujours. Sans un mouvement de lèvres. Sans un éclair dans les yeux. Des lèvres, il en avait pas. Ou si peu. Tellement minces qu'on les perdait de vue. Quant à ses yeux, une vipère morte en aurait toujours de plus pétillants.

— Dur à cuire, il a fait. Dur à croire, oui. Roulé en boule derrière votre placard, vous faisiez une chouette réclame pour l'agence Bohman : nos détectives protègent leurs abattis, numérotez les vôtres.

— Quand on vous a dans le dos, vaut mieux. Vous veniez acheter du mobilier de bureau ?

— Tiens, j'y avais pas pensé. Non, c'est encore plus con que ce que vous dites. Depuis notre conversation, on planquait chez votre copain Émile. J'aimais pas savoir Maillebeau dans la nature. Un flic qui franchit la ligne, c'est jamais bon pour la maison. Ça donne des idées de désordre.

— Le désordre, en ce moment...

— Détrompez-vous, la vie reprend. On adopte de nouvelles habitudes. Un jour, on se souviendra même plus comment elles sont venues.

— Et Maillebeau, il se souvient de quoi ?

— La mémoire va lui revenir. Coup de pot qu'il ait conservé des réflexes de flic...

— Il s'est rendu...

Il vieillissait, Bailly. Quand il a soupiré, j'ai vu ses mâchoires se crisper.

— Il a eu l'intelligence de rester en vie. Et il n'était pas roulé en boule, lui. Avec votre intervention à la con, il s'en est fallu d'un poil qu'on ne ramasse que des cadavres. Interroger un cadavre fait toujours progresser une enquête.

— À ma place, vous auriez laissé Émile se faire zigouiller ?

— Je n'aurais pas été à votre place. Et je ne crois pas qu'Émile soit en état de vous remercier.

— Comment il va ?

— Demandez au chirurgien s'il a pu extraire le plomb encaissé pendant votre intervention humanitaire.

— Il est où ?

— À la Salpê.

— La Salpêtrière ? Vous avez fait ça ?

Il s'en est fallu d'un cil qu'il marque la surprise :

— C'était le plus près. Et pas le plus moche. Pourquoi ? Vous y avez un mauvais souvenir ?

— Delettram !

— Quoi, Delettram ?

— Il y bosse, désormais.

— J'ignorais. Et après ?

— S'il apprend qu'Émile est là, votre chirurgien peut lui remettre le plomb tout de suite.

Il pigeait pas.

— Delettram, c'est lui l'assassin de Griffart ! j'ai lancé.

— Quoi ? Vous êtes vraiment fou !

Je l'ai affranchi, en gardant pour moi l'or de Fehcker. Yvette l'avait dit, le mobile n'avait pas d'importance. Delettram était coupable. Bailly était flic. Ce qui comptait, c'était que chacun joue son rôle.

Quand j'ai eu fini, il a sorti son papier à cigarettes.

— Vous croyez vraiment que votre histoire de dingues justifie un meurtre ?

— Vous m'avez pas compris. Il s'agit pas de science-fiction. Éliminer les malades mentaux, purifier la race... un projet gigantesque. Les nazis l'ont déjà mis en place...

— Alors pourquoi Delettram aurait-il eu besoin de s'en cacher ?

— À l'heure où Griffart s'apprête à parler, le vent peut encore tourner. Delettram ne veut courir aucun risque. Son grand dessein a besoin de la communauté scientifique. Il ne faut pas la brusquer. L'effrayer risquerait de tout compromettre. Delettram voit sa fondation à portée de main. Mais si Griffart casse le morceau, tout peut être remis en question. La France n'est pas encore l'Allemagne. Delettram a besoin d'avancer en douceur. Il place ses pions, la faculté, l'occupant, les réseaux...

— Et, bien sûr, les truands. Les toubibs adorent s'entourer de truands...

— Maillebeau et ses potes sont pas sortis de taule en sciant leurs barreaux. Vous trouvez que mon histoire est plus dingue ?

La feuille de Job entre les doigts, Bailly n'avait pas songé à rouler son Caporal.

— Vous serez toujours aussi chiant, il a râlé en enfilant son trench-coat.

Le chauffeur ressemblait à Andrex. Quand on a grimpé dans la traction, j'ai cru qu'il allait nous chanter *Bébert le monte-en-l'air*. Mais à voir Bailly, il a pigé que c'était pas l'heure.

— À la Salpêtrière, en vitesse !

Une main sur le volant, il a effleuré son bada de l'index et il a mis les gaz sans que je l'aie vu faire un geste de plus. La bagnole sentait les pieds et le tabac froid. De temps à autre, le regard du flic s'encadrait dans le rétroviseur. Comme s'il voulait vérifier qu'il avait pas perdu son chef en route. À sa façon de conduire, ça aurait pu arriver. Sur la chaussée verglacée, on a évité de justesse un vélo-taxi, un motocycliste allemand et la charrette à bras d'un rémouleur. À travers le pare-brise embué, le décor défilait comme celui de la chenille à la fête, place d'Italie. Entre deux feux rouges grillés, je me suis souvenu d'un tour qu'on y avait fait avec Yvette. Le patron du manège avait bâché les wagonnets. Dans le noir, quand ça tournait, les baisers se volaient plus vite... J'ai biglé Bailly du coin de l'œil. J'étais pas sûr qu'il ait un jour échangé des baisers au goût de pomme d'amour sur les chevaux de bois.

La carriole d'un livreur stationnait devant une épicerie Maggi. Andrex a pilé.

— Dégage, merde. Pour ce que t'as à livrer !

Sur le trottoir opposé, le Majestic annonçait la projection prochaine du *Juif Süss*. Au fronton du cinéma, affiché grand format, Werner Krauss mimait un rabbin grimaçant enfermé dans une cage de fer. « Le Juif n'est pas un homme, c'est une bête puante. On se débarrasse des poux, on combat les épidémies. On se défend contre le mal, donc contre les Juifs. Mort à tout ce qui est faux, laid, négroïde, métissé, juif. Mort aux Juifs ! » avait écrit Paul Riche, célébrant la sortie du film, dans son torchon *Au pilori*.

Quand on a redémarré, j'ai surpris le regard de Bailly qui s'attardait sur l'affiche.

— On adopte de nouvelles habitudes... C'est ce que vous disiez, j'ai fait.

La neige s'était remise à tomber. Il a remonté son col, comme s'il avait oublié où il était.

— Quel temps de merde ! il a murmuré pour lui-même.

XXXVI

— C'est un hôpital ou un foutoir, ici ?

— Je ne trouve pas de Loiseau, inspecteur. Vous êtes certain qu'il a été admis chez nous ?

À son guichet, le type au pince-nez jetait un œil furtif à la pendule. À cette heure il aurait dû siffler son sauvignon au Réconfort. C'était jour avec. Mais voilà, son collègue Chabert était à la bourre pour prendre son service. Résultat, au lieu d'un blanc de Sancerre, c'est un flic acariâtre qu'il se tapait, le type au pince-nez.

Sous son béret, il en luisait de transpiration. Il faisait des gestes sans trop savoir à quoi ils servaient. Des feuilles affichées, qu'il consultait. Le registre qu'il feuilletait, en se mouillant l'index pour tourner les pages.

— Ah ! je l'ai, il a jeté, soulagé comme s'il venait d'apprendre que sa cirrhose était une erreur de diagnostic. Deux pages s'étaient collées ensemble, voyez... Émile Loiseau, chirurgie, troisième étage, chambre 212.

On s'est rués dans l'escalier. En déboulant,

Bailly a bousculé une fille de salle, le bassin qu'elle trimbalait a valdingué avec un bruit de casserole.

— Je vous jure que si vous m'avez fait cavaler pour rien..., il a soufflé en s'arrêtant, un point au côté.

— 212, c'est là !

Quand j'ai poussé la porte, un infirmier s'affairait au chevet d'un malade isolé derrière un paravent. Il s'est retourné, surpris :

— Qu'est-ce que...

— Riton ?

Caducée avait toujours l'air aussi crevé. Moins qu'Émile, cependant. Dans le plumard, plus raide que ses draps amidonnés, Loiseau avait définitivement passé l'arme à gauche.

— Nestor, tu me cherchais ? a demandé Riton.

Je me suis approché du macchabée.

— Non, je venais voir ton client.

— T'arrives trop tard, il a fait en refermant une boîte à pansements. Embolie. Il aura pas survécu longtemps à l'opération. Remarque, avec ce qu'il avait dégusté, c'est miraculeux qu'il ait tenu jusque-là. Tu le connaissais ?

Bailly arrivait, soufflant comme un phoque :

— Bon sang, j'ai cru que je retrouvais plus ma respiration...

Il a aperçu le cadavre :

— Lui, par contre...

— Embolie, a répété Riton.

— Delettram l'a vu depuis son admission ? j'ai demandé.

Caducée recouvrait le visage de Loiseau :

— Delettram ? Pourquoi lui ? Il est pas chirurgien.

Quand Bailly s'est appuyé au mur, il paraissait aussi fatigué que Riton.

— Je sais pas pourquoi j'écoute vos salades, il a soupiré.

Caducée m'a questionné du regard. Je lui ai fait signe que tout allait bien.

— Bon, il a dit, faut que je fasse sa toilette. Vous permettez ?

— Tu peux le mettre au frais un jour ou deux ?

— Sûrement, mais faudra fournir un motif.

— Complément d'enquête, ça pourrait en être un...

— Complément de quoi ? a crié Bailly.

De l'autre côté du paravent, un type a râlé.

— Si vous voulez causer tranquilles, je peux vous laisser mon lit, il a proposé d'une voix mourante.

— Vous m'avez fait perdre assez de temps, a chuchoté Bailly en ouvrant la porte.

Caducée m'a poussé vers la sortie :

— Les malades ont besoin de repos, Nes.

L'inspecteur était déjà loin dans le couloir. À contre-jour, les pans de son manteau lui dessinaient des ailes malingres.

— Tu m'expliqueras ? a demandé Riton.

— Quel toubib a opéré Loiseau ?

— Marchand. Tu cherches quoi, au juste ?

— À vérifier que l'embolie est naturelle.

J'ai trouvé le chirurgien à la sortie du bloc. Le calot sur le crâne et le masque au cou, il chantonnait une vieille scie où il était question de rate qui s'dilate et d'pylore qui s'colore. Avec lui, se faire ouvrir le bide devait donner l'impression de passer à l'Alhambra.

— Très belle variété de plomb, il a apprécié en connaisseur quand je lui ai parlé d'Émile. Loiseau s'est fait tirer comme un gibier.

Il s'est changé sans prêter attention à ce que je racontais. Après quoi, il s'est examiné dans le miroir de la salle de repos :

— Aaahhh ! il a fait, satisfait du spectacle. Vous disiez ?

— Ce n'est pas ça qui l'a tué.

— Tué qui ?

— Loiseau.

— Il est mort ?

— Vous l'ignoriez ?

— Je l'ai recousu vivant.

— Son état ne laissait pas entrevoir...

— La nature humaine est capricieuse, cher ami. Ainsi, j'ai extrait quatre balles du corps de notre blessé. Aucune n'avait touché un organe vital. Son état était sérieux, mais il avait bien supporté le choc opératoire. De quoi est-il décédé ?

— D'une embolie.

— C'est incroyable, on ne me dit rien dans cet hôpital. Qui a constaté le décès ?

— Je l'ignore.

— Ne pas me prévenir... Non, vraiment ! Il n'y a plus aucune organisation...

Sourcils froncés, il a consulté sa tocante :

— C'est la gabegie... Ne même plus vous avertir du décès d'un patient...

Il a vérifié si son nœud pap s'était pas envolé.

— Ils vont m'entendre, il a fait en me plantant là.

À l'étage, l'agitation battait son plein. Les infirmières à cornette qui cavalaient, le brancard à roulettes transbahuté, un soldat allemand venu aux nouvelles, et les malades, goutte-à-goutte en sautoir, qui reluquaient le va-et-vient.

Un toubib sortait de la 212.

— Marchand ? il s'est étonné. Je m'apprêtais à t'envoyer quérir.

— Mieux vaut tard que jamais !

— Comment tard ? Nous venons à peine de constater le décès.

Marchand m'a pris à témoin :

— La gabegie. Je vous le disais...

Il a fixé son collègue avec l'air de celui qui abat un atout au tarot :

— Monsieur m'a prévenu voilà dix minutes.

— Dix minutes ?

— Je suppose que c'est un règlement édicté par les nouvelles autorités, a continué Marchand en lorgnant le soldat qui essayait de piger. Avertir les visiteurs avant le corps médical. L'heure allemande, sans doute ?

Le bidasse a regardé sa montre.

— *Ja ! Ja !* Trois heures, il a souri, content de se rendre utile.

— Excusez-moi, j'ai fait, de quoi est mort Loiseau ?

— Comment ? s'est étonné Marchand, vous-même m'avez dit que...

Je l'ai interrompu :

— Docteur ?

— Embolie, a confirmé le médecin.

J'ai découvert le corps sans m'occuper des protestations de l'infirmière.

Loiseau avait morflé. Ses cicatrices écarlates et les fils noirs passés dedans lui faisaient des poches cousues à même la peau. Tout autour, de gros hématomes jaunissaient. À la saignée des bras, on distinguait les points rouges des piqûres.

— C'est quoi ? j'ai demandé.

Le docteur s'est penché, l'œil inquisiteur :

— La panoplie habituelle : anesthésie, antibiotiques, tonique cardiaque, perfusion...

— Les marques sont toutes à vous ?

— Évidemment...

Quelque chose clochait. Il le fallait... Mimile mort tout seul... Il pouvait pas me faire ça...

Sur la chair livide, les marbrures dessinaient un vitrail macabre. Le toubib a recouvert le corps.

— Attendez !

Il a suspendu son geste. Sur l'oreiller, la tronche de Mimile faisait comme une tête de veau chez le tripier. J'ai fait glisser le drap. Doucement. Le bras gauche de Loiseau y avait laissé une minuscule traînée de sang. Sur le bleu de la veine, une goutte rouge perlait. Comme celle qui avait séché sur la peau d'Antoine Griffart.

— Une piqûre saigne combien de temps ? j'ai demandé.

— Quelques minutes...

— Sa dernière injection remonte à quand ?

Marchand a consulté le dossier suspendu au lit :

— À plus de trois heures...

J'ai revu la chambre un peu plus tôt. L'infirmier penché sur Mimile. La boîte refermée quand il s'était retourné :

— Nes ? Tu me cherchais ?

Riton !

Les chars au train, j'aurais pas cavalé plus vite. Escaliers, couloirs, infirmerie... Personne n'avait aperçu Riton. En médecine, on l'avait perdu de vue. « Tiens, c'est vrai, où il est passé ? » Médecine, je savais pourtant qu'il y était affecté. J'aurais pu m'étonner de tomber dessus en chirurgie. Mais non, Nestor avait autre chose en tête. Des idées carrées, toutes faites. Nestor, de l'agence Bohman, enquêtes, recherches et surveillance. Et conneries en tout genre.

Au rez-de-chaussée, je me suis arrêté pour cracher mes poumons. Dans la cour, le pavillon des barges sommeillait. Et dans ma tête, le film défilait. Les séquences découpées bien net. Caducée et son réseau. Son pote Edmond, à Clermont, reniflant l'or espagnol dans les histoires d'un fou. Fehcker, pas muet pour tout le monde, qui parlait à Luka, son compatriote. Et Luka, allez savoir ce que ses ondes répétaient après les électros. « Elles lisent dans les pensées. »

Maille après maille, la chaîne reliait Fehcker à Caducée.

L'évacuation de Fehcker avait été un sale coup. Sa mort, c'était la panade. L'or perdu à jamais. Son Tigartentras pouvait percher n'importe où. Elle est grande, l'Espagne, avec ses hameaux, ses lieux-dits, ses fermes paumées. Tous ces trous du cul du monde, leurs cabanes pouilleuses, leurs coins de sierra brûlante, leurs nids d'aigle et leurs forêts profondes... Tigartentras c'était quoi ? Une ruine oubliée depuis les conquistadors ? Un arpent de vignes sur la pierraille ? Une grotte à ours ? Pour savoir, manquait la photo. Celle des gars, à la pause. Avec les tricots de corps à trous, les barbes pas rasées et les sourires en coin. Celle que Fehcker avait perdue en s'évadant de Loriol. Celle que m'avait envoyée le cousin Gopian.

— Riton ? Vous l'avez raté, il est parti y'a dix minutes.

Au guichet, Chabert avait remplacé son pote à pince-nez. Il sentait l'ail et le pas lavé.

— C'était pas son heure au fait, à Riton, il a remarqué en zieutant la pendule.

Dehors, la neige avait cessé. Éclairée à la bougie, la roulotte de Corbeau ressemblait à la crèche sur un calendrier de l'Avent. Il m'a ouvert, sapé comme un Roi mage.

— Nes ? J'allais boucler.

Il avait pas vu Caducée. Quand je l'ai rencardé, j'ai cru qu'il allait me refoutre à Clermont.

— T'es malade, Nes. Riton, quoi ! Riton ! Et puis, réfléchis... L'Espagne... S'il avait mijoté un coup pareil, il m'en aurait causé.

— Tu veux vérifier ?

XXXVII

La neige recouvrait la cité Doré. Un tapis blanc, jeté sur les gravats. Les pas de Riton s'y imprimaient en dessinant une frise noire. Sur la bicoque, la réclame gondolait. « Des oreilles ennemies vous écoutent. » Celles de Caducée avaient dû entendre crisser nos godillots. Du regard, j'ai cherché un abri. À découvert, on faisait de belles cibles. Mais la dégelée de plomb n'est pas venue. Caducée bouclait sa valise quand on a enfoncé la porte. Une valise déglinguée, comme lui.

Il a rien dit. Il a plongé la main dans sa valoche. Le miroir cassé, sur le mur, a réfléchi mon pétard. Riton a dû penser que c'était mal barré. Et puis, c'était pas son style.

— C'est vous ? il a demandé parce qu'il fallait bien dire quelque chose. Vous êtes malades...

Corback reluquait la valise sur le lit.

— Faut qu'on cause, hein ? il a fait.

Caducée a secoué la tête comme s'il voulait chasser des souvenirs à l'intérieur.

— Je vous offre un coup ? il a proposé sans transition.

Dans la turne glaciale, son coup, il était toujours bon à prendre.

— Pourquoi tu t'es foutu là-dedans ? j'ai questionné tandis qu'il ouvrait la boutanche.

— Pourquoi ? Elle est marrante, ta question. Pour trois cents briques, pardi.

— C'est Edmond qui t'a rencardé sur l'or ?

Caducée a séché son verre.

— T'as pas besoin de moi, il a souri en le reposant.

— Il racontait de drôles d'histoires, Luka, après les électrochocs. Pas vrai ? Des histoires de lingots. Elles ressemblaient pas aux élucubrations des autres malades. De quoi titiller Edmond. Petit à petit, vous avez pigé qu'il ne délirait pas, Luka, qu'il répétait à sa façon ce que lui racontait Fehcker. Il vous a intéressés, Fehcker... Vous vous êtes tuyautés sur son parcours. Edmond a fait causer le môme qui venait le voir...

— Tu sais ça aussi ?

— Pierrot y a pas vu malice. Edmond, il était là pour soigner son pote. Quand vous avez pigé que la guerre d'Espagne de Fehcker, c'était pas du flan, vous avez commencé à gamberger. Vous avez continué à piocher. Électrochocs pour Luka, infos sur Fehcker. Ton réseau s'est mis en branle. Tu as appris qu'il avait été soigné à Crest. Comme Bastien. Comment il s'est retrouvé à Clermont, Bastien ?

— Tiens, un truc que tu ignores ?

— J'arrive pas à penser que c'est le hasard.

— Crois ce que tu veux.

— Il est comme toi, Bastien. Dans le temps, il a eu des idées. Des idées noires. Bailly s'est fait un plaisir de me l'apprendre.

Riton a ricané.

— Les truands, les flics, chacun ses fréquentations. Bastien, il avait besoin de remonter à Paris. J'ai accéléré le transfert. Mais tu me croiras ou pas, ça n'avait rien à voir avec Fehcker.

— Sauf qu'une fois ici, tu le mets dans la confidence. C'est là qu'arrive le grain de sable ?

— Quel grain ?

— Griffart. Il travaille sur l'aphasie. Celle de Fehcker a de quoi l'intéresser. À l'étudier de si près, il pourrait même apprendre des choses, lui aussi. Alors, quand Fehcker est évacué, c'est la panique. Vous décidez de faire parler Griffart. Qui a eu l'idée ? Toi ou Delettram ?

— Delettram ?

Riton me biglait comme une poule regarde un œuf carré. J'ai senti comme une faille dans mes certitudes.

— Te fatigue pas à le couvrir.

— Couvrir cette truffe, mais de quoi ?

J'ai flairé la gourance. Quand Caducée a rigolé, elle m'est apparue. Aussi nette que les fissures dans le mur et la crasse du gourbi.

— Sérieux ? a dit Riton. Tu penses que Delettram est dans le coup ? T'es pas si fortiche, au fond.

J'ai senti le sol bouger.

— Griffart, c'est toi seul ?

— Y'avait rien de sorcier. Avec toi en ange gardien... Tu ronflais tellement qu'on devait t'entendre jusqu'à Berlin. Il régnait pourtant un foutu bordel cette nuit-là... Tu devais être le seul à pioncer. Faut pas demander si t'avais biberonné... Il avait une sacrée cave, Griffart. En tout cas, lui et moi, on a causé sans te déranger. Il a suffi que je lui annonce l'évacuation de Fehcker pour qu'il m'ouvre. Il y tenait, à son aphasique ! Pour le faire accoucher, ç'a été plus compliqué. Le phénobarbital, c'est le contraire du Pernod. Faut de la finesse au dosage. Moi, je suis un généreux. C'est ma nature. Quand je l'ai eu piqué, j'ai vite gaffé la surdose. Chargé comme il était, Griffart, c'était même plus la peine de lui demander l'heure. Alors, pour ce qui est de raconter sa vie... J'ai pigé qu'il reviendrait pas sur terre. Je lui ai filé du rab et je l'ai porté dans sa piaule. Le reste, tu sais.

Il avait son regard entre-deux. Il ne balisait pas. Il était comme un môme pris la main dans les confitures, mais qui s'en tamponne dans les grandes largeurs.

— Tu nous as bien aidés, il a fait.

Son air narquois trompait personne. C'était juste une manière de nous dire qu'il s'en foutait.

— Aidés...

— Bonne pomme. À chaque tuyau que tu me demandais, tu nous remettais dans la course. Je te jure, plus d'une fois j'ai eu l'impression que t'enquêtais pour nous. Il suffisait de te coller au train.

Écouter, ça donne soif. À étancher la sienne, Corback avait liquidé la boutanche.

— Pourquoi t'as fait ça ? il a bafouillé, vaseux.

— T'aurais sûrement laissé passer trois cents briques, toi...

Corbeau a cogné sur la table :
— Qu'est-ce que tu peux en savoir ? Tu m'as pas mis dans la confidence...
Caducée a souri.
— Je suis pas dingue !
Corback s'est levé. Pour pas tomber, il s'est accroché à la table.
— Ça veut dire quoi ? il a articulé.
— Rien.
— Si, si, il a insisté. Et je sais bien, moi, ce que ça signifie.
— Laisse tomber, j'ai conseillé.
— Ah ! Pardon, il a braillé. Pardon ! Je vais te dire, moi...
— Plus tard, Corback, plus tard.
— Ce gros dégueulasse savait que j'aurais pas étouffé l'or espagnol, moi. J'aurais empêché des fumiers comme Maillebeau de mettre le grappin dessus. L'or républicain dans les pattes de fascistes, moi vivant, jamais !
— Dis-lui de la fermer, a fait Riton d'une drôle de voix.
C'était peine perdue. Corbeau lancé, un régiment l'aurait pas arrêté. Dans ses nippes de fakir, il déconnait à plein tube. La vanne ouverte, fallait que ça s'écoule. C'était plutôt mélangé comme idées, et approximatif à l'élocution. Un chat y aurait pas retrouvé ses petits. Mais Riton et moi, si. Tout y est passé, dans le flot de sa biture. La vacherie de la vie, les idéaux largués, l'amitié en capilotade. Ça lui revenait en mal au cœur. Tout ce qui était parti en sucette, les années perdues, les

rangs qui se clairsemaient autour de lui et le grand vide devant, à plus voir que ça. À la fin, du fond de sa soûlographie, l'Espagne est remontée. C'était les matins bleus sur les Ramblas, les cours chaudes de soleil, les camarades et ceux qu'étaient tombés, le nez dans la terre rouge. Son cinéma, il s'y accrochait comme Luka à *La belle équipe*. C'était tout ce qu'il avait pour rester debout. Avec le fantôme de Lucia qui jamais le laisserait en repos.

Riton savait tout ça. Lui qui avait tourné casaque dans tous les sens à force de fatigue. Avec ce dégoût de tout qui lui était venu à trop voir des gars de vingt berges cracher leur sang. Les lits à faire, après la mort. Et des enfances perdues dans un fossé. La mouise, il en avait fait son ordinaire. Jusqu'à s'en tartiner. Sa manière à lui de se cramponner. Pendant que Corbeau dégoisait, je l'ai observé. Son gros bide, sa gueule bouffie et l'air de se foutre de vous toujours au fond des yeux sans qu'on sache si c'était vrai. L'or, c'était quoi, pour lui ? Bastien et Maillebeau, on voyait tout de suite. De la filouterie mauvaise, de la revanche et du rêve de puissance. Du plaisir à vilaines frappes. D'ici peu, la croix gammée, ils la porteraient en sautoir. Ils allaient bouffer du métèque, de l'enjuivé. Le champagne pour faire descendre, les virées dans les palaces et des femmes éméchées. Autour d'eux, ça schlinguerait la haine et la mort. Riton, lui, il dégagerait jamais d'autre odeur que la sueur des fins de journée. Je le regardais. Il avait pas bougé. Il encaissait ce que Corback lui envoyait comme un vieux punching-ball qui aurait fait son temps. C'était peut-être pour ça, au fond, qu'il s'était rué sur l'or, Riton. Pour se persuader qu'il était toujours vivant.

— Vous êtes cuits, il a dit avec l'air de le regretter sincèrement.

Corback, ça l'a séché net.

— Vous y pouvez plus rien, personne n'y peut plus rien, a continué Riton. Le chamboulement a commencé. Le reste, c'est plus que du souvenir. Vous devriez foutre le camp pendant qu'il en est encore temps.

C'était à croire qu'il disjonctait. J'ai maté sa valise... Il a surpris mon regard.

— Moi, je serai de retour dans quelques semaines, quand tout sera tassé. Mais vous, ils vous lâcheront pas.

— Qui, ils ? j'ai demandé. Bastien est mort et Maillebeau bouclé...

Il a eu un gros soupir :

— Tu piges pas. C'est que le début. D'ici peu, Maillebeau sera dehors. Y'a plus de prison assez balaise pour eux. Tu penses avoir mis la main sur une bande de bricolos ? C'est dans la fournaise que tu l'as plongée, Nestor.

— C'est de Delettram que tu parles ? Ses accointances avec les Allemands ?

— Delettram a rien à voir là-dedans, rien. Il sait que l'heure est venue, lui aussi. Pour le reste, il joue sa carte. Beaucoup jouent leur carte. Il en sort de partout, tu peux pas imaginer. Depuis des lustres qu'ils rongeaient leur frein... Ils s'observent, ils se reniflent, ils se bigornent, même. Après, ils se regrouperont, c'est comme les rats. T'as déjà observé des rats ? Moi oui, je suis aux premières loges. Ici, les décombres, c'est leur nid. Y'a la meute et puis les sauvages. Ceux qui foutent même la trouille aux autres. Maillebeau en est. Comme Bastien en était.

— Qu'est-ce que tu chantes ? Des truands...

— C'est l'heure des truands. Demande-toi pourquoi ils sont sortis de prison. Et comment.

Il a refermé sa valoche.

— Maintenant, je vais sortir...

Il était sérieux. La valise en main, il a fait quelques pas. J'ai levé mon pétard.

— Nestor, il a dit, je suis crevé. Me fatigue pas davantage. Pensez plutôt à vous mettre à l'abri. Et comptez pas sur votre flic pour ça. Même lui ne peut rien pour vous.

Il avançait. Il savait que je tirerais pas. Il avait sûrement prévu que je lui rentre dans le chou. Il se gourait pas mais Corback a été plus rapide. Il est sorti de sa soûlographie comme un diable de sa boîte. Sa boutanche s'est écrasée sur le crâne de Riton. Ça s'est mis à pisser le sang. Riton est tombé à genoux. Il a regardé Corbeau avec son air de se foutre du monde au fond des yeux. Je me suis longtemps demandé s'il savait ce qui allait suivre. Parfois, je me surprends à le penser. Corback a empoigné le tisonnier qui traînait. Il a cogné de toutes ses forces. Un crâne ouvert en deux, je souhaite à personne de voir ça. Quand Riton s'est affaissé, le bruit de son corps était si dégueulasse que j'ai jamais pu l'oublier.

XXXVIII

La suite n'a été qu'une longue descente. J'ai traîné Corbeau, sa panoplie de fakir tachée de sang, son air hagard et ses vapeurs d'alcool. Dans le métro, les soldats allemands nous biglaient. Moitié rigolards, moitié débectés. Les Français, c'était bien la grande décadence. À force de se métisser comme des bêtes, voilà où ça menait. Les gènes d'une grande nation perdus à tout jamais dans le mélange des sangs impurs.

À l'agence, on a retrouvé Yvette. Dans ce bordel, rivée à son clavier, elle faisait comme une balise en mer. Quand elle nous a vus, elle a rangé ce qu'elle tapait.

— Mon Dieu, que vous est-il arrivé ?

On s'est occupés de Corbeau comme on pouvait. À grands jets de flotte. Au-dessus de l'évier, il se laissait faire, aussi mou qu'une chiffe. Il marmonnait. C'était des je voulais pas et des j'ai vu rouge.

Quand il a été bien dégrisé, on a mesuré l'ampleur des dégâts.

Nos traces de pas dans la neige de la cité, Corback en tenue d'apparat, mon passage à la Salpê...

Les flics auraient pas trop de mal à faire le lien. J'ai décroché le bigophone. Quelques instants plus tard Bailly était à l'autre bout :

— Agence Bohman ? il a fait. Non, je vois pas.

— Cessez votre numéro et filez plutôt cité Doré. Une bicoque avec une réclame Ricard à la fenêtre. Quelqu'un vous y a mis de la viande froide de côté.

Je l'ai entendu respirer plus fort. C'était presque un soupir.

— Henri Pasquier, dit Riton Caducée.

— Connais pas.

— Vous l'avez vu tout à l'heure. Salpêtrière, chambre 212, il venait d'assassiner Émile Loiseau.

— C'est plus Delettram ?

— Envoyez un gus à la Salpê, s'ils n'ont pas viré la boîte à pansements qui était dans la piaule, la seringue de Riton y est toujours.

J'entendais plus rien dans le bigo.

— Allô ?

— J'attends.

— Vous attendez quoi ?

— La suite de votre numéro... Le pourquoi, le comment, tout ça, quoi.

Le pourquoi, je voyais d'ici ce qu'il en aurait fait, Bailly. Avec ses idées sur l'ordre et la loi, l'or espagnol serait retourné à son propriétaire aussi sûr que 22 fait les flics. Et la République morte, le propriétaire, maintenant, c'était Franco.

— Riton jouait de la seringue, j'ai dit. Il écrivait pas la partition...

Corback m'a reluqué comme si un éléphant rose était passé dans son champ de vision.

— Delettram, sa grande idée, sa fondation... Vous avez oublié, inspecteur ?

Le téléphone restait muet.

— Allô ? Inspecteur ? Vous réfléchissez ?

— Vous m'emmerdez, Nestor, il a gueulé en raccrochant.

Dans l'œil de Corbeau, l'éléphant rose est repassé.

— Je pige pas. Delettram était dans le coup ?

Yvette a fait glisser ses lunettes au bout de son nez :

— Nestor adore les belles histoires. Vous supposeriez jamais combien il en invente...

— C'est du flan ? a demandé Corback. Ils sont foutus de coffrer Delettram...

J'ai embouché ma pipe vide :

— Ce serait pas la première erreur judiciaire.

Yvette a regardé sa montre :

— Je crois que je vais pouvoir m'offrir des bas. Et un tas de bonnes choses à manger, aussi.

— Vous avez dégotté le photographe !

— Dans une heure, vous aurez Marseille au téléphone. Votre copain Cription est charmant. Elles sont d'un bon rapport, ses parts ?

— Quelles parts ?

— Sa coopérative...

— Autant que l'emprunt russe... S'il vous en a vendu, j'ai pas fini de vous peindre les jambes.

— J'aime bien votre coup de pinceau, elle a dit.

Des plans sur la comète, on en a tiré comme ça jusqu'au soir. Le comptoir à Gopian semblait pas assez grand pour les étaler. On avait fini par y descendre. C'était des mots couverts et des sous-entendus qu'on posait sur le zinc. Entre deux verres qu'il nous sortait de derrière ses fagots, on se remontait comme des pendules. Corbeau en oubliait Riton. Tout à l'heure, dans son plumard, il se retournerait sans trouver le sommeil. Peut-être il le trouverait plus jamais. Mais là, accroché au comptoir et au bras d'Yvette, il voulait pas être en reste. On irait chercher Luka, Ferdière avait demandé son transfert. Pour les lingots, y'avait que l'embarras du choix. Au fond de la bouteille, on était tombés d'accord. La dîme prélevée, ils serviraient aux camarades. Avec ça, on balayait Franco, Hitler et Mussolini. Gopian a branché sa TSF. Rina Ketty chantait : « J'attendrai, le jour et la nuit, j'attendrai toujours ton retour... » On a repris en chœur : « Car l'oiseau qui s'enfuit vient chercher l'oubli dans son nid... » On en était au temps qui passe et qui court quand la musique s'est arrêtée.

« Nous apprenons l'exécution de Jacques Bonsergent, arrêté le 10 novembre rue Saint-Lazare après une altercation avec une patrouille militaire. Condamné à mort pour acte de violence envers un membre de l'armée allemande, Jacques Bonsergent, vingt-huit ans, a été fusillé ce matin. Nous rappelons... » Gopian a coupé le son.

Yvette avait pâli.

— Exécuté..., elle a répété comme on le fait avec un mot nouveau.

Gopian a regardé vers le mur, là où il avait accroché une photo d'Arménie :

— La première fois, c'est toujours un signal.

On est remontés à l'agence. À l'heure dite, le bigo a sonné. Au bout du fil, la voix de Cription chantait comme une cigale en hiver. On a échangé quelques vannes sur les temps qu'étaient moches et il m'a passé Wilhelm Scup.

— Vous vous intéressez à mes photographies de la guerre d'Espagne..., il a fait avec l'accent d'Erich von Stroheim.

— Particulièrement celles où figure Max Fehcker.

— Je m'en souviens parfaitement. Il s'agissait d'un reportage pour *Life*. Le carnet de guerre de trois combattants. Pendant deux semaines, j'ai suivi la colonne Francisco-Ferrer. Parmi les hommes que j'avais choisis figurait Max Fehcker. Il est allemand, comme moi. Je voulais montrer que tous les Allemands ne sont pas des nazis.

— Vous rappelez-vous une photo où ces hommes observent une pause en forêt ?

Yvette a sauté sur l'écouteur.

— Oui, bien sûr, c'était près de Maleo, un village non loin de l'Èbre.

Yvette a levé le pouce vers Corbeau.

— Vous savez ce qu'ils y faisaient ?

Corback s'est approché.

— Ils venaient de creuser des tranchées pour ralentir l'avancée franquiste. La chaleur était étouffante. J'ai eu envie de prendre une photo de groupe. Très posée, comme ces photos de classe sur lesquelles on retrouve des visages oubliés.

On s'est regardés...

— Des tranchées ?

— Oui, le reste de la colonne s'affairait un peu plus loin.

— C'était bien à Tigartentras...

— Tigartentras ? Cela ne m'évoque rien. Qu'est-ce que c'est ?

— Un lieu-dit, sans doute.

— Je ne vois pas.

— Vous êtes resté avec eux durant toute l'opération ?

— Je les ai même aidés. Je pourrais reconstituer le percement des tranchées. J'ai fait trois rouleaux de pellicule.

— Ils ont bien enterré des caisses ?

Il a marqué un temps de réflexion :

— Non. Quel genre de caisses ?

— Monsieur Scup, sur l'une des photos, on voit Max Fehcker discutant avec un homme, devant la Banque centrale de Catalogne...

— Marius Jacob... Une rencontre étonnante... Max m'avait expliqué qui était ce petit homme à cheveux blancs. Je n'ai pas pu résister au plaisir de prendre le vrai Arsène Lupin devant une banque.

— Vous voulez dire qu'il s'agit d'une photo mise en scène ?

— J'avoue. Jacob s'est fait tirer l'oreille, mais il a fini par se prêter au jeu. Je n'avais pas encore développé la pellicule lorsque j'ai quitté l'Espagne. J'avais promis d'envoyer un tirage à Max... Pauvre Max.

— Vous n'aviez pas développé cette photo...

— Non.

— Elle est pourtant antérieure à celle de la forêt...

— Non. Postérieure. Elle a été prise deux semaines plus tard. Le 29 mai 1938.

— Vous êtes très précis...

— Je n'ai aucun mérite, le 29 mai est le jour de mon anniversaire...

Yvette avait fermé les yeux. Elle se livrait au même calcul mental que moi. Et elle parvenait aux mêmes conclusions :

— Rien ne colle avec le transfert de fonds...

Au téléphone, Scup a toussoté :

— Je dois raccrocher, il va être l'heure d'embarquer. Rater ce navire serait une très mauvaise chose pour moi.

Autant se jeter à l'eau. Au point où j'en étais, c'est ce que j'ai fait :

— Monsieur Scup, en Espagne avez-vous entendu parler d'un transfert d'or à Moscou ?

— Bien sûr. On a dit tant de choses à ce sujet. L'expédition, les faux convois, les histoires de brigands... C'est devenu une légende là-bas, comme les moulins de don Quichotte. La réalité est moins romantique. L'or de la République dort dans les coffres de Staline.

Dans le bigo, le brouhaha s'amplifiait. Avec des appels et la sirène d'un navire qui hurlait.

— Tigartentras ne vous évoque vraiment rien ? Max ne cessait de répéter ce mot.

— Tigartentras ? Vous êtes certain ?

— Oui... Enfin...

« Tigartentras... Comme un truc espagnol qui serait remonté à la surface... Je comprenais que pouic... » Pierrot, le môme de la rue Duméril, était le seul à m'en avoir parlé. « Je comprenais que pouic... »

— Peut-être ma prononciation n'est-elle pas bonne, j'ai crié pour couvrir le vacarme dans le téléphone.

— Je dois vous quitter. Je suis désolé...

Le navire cornait sur le port.

— J'arrive, a dit Scup à un gars qui le pressait d'embarquer. Allô ?

— Oui, je vous entends.

— Ne serait-ce pas plutôt Tiergartenstrasse ?

— Qu'est-ce que c'est ?

De nouveau la sirène. Un coup long et grave. Les caisses qu'on finissait de charger. Les passagers sur la passerelle et ceux qui, déjà, regardaient la terre du bastingage.

— Allô ? Monsieur Scup ? Qu'est-ce que c'est ?

— Rien d'espagnol. C'est une rue de Berlin.

— Allô, allô... Quelle rue ?

La sirène, encore. Le quai, les cordages, le cargo. Cription, près du téléphone, dans la coopé aux odeurs d'olive, de saumure et de tonneaux. « Monsieur Scup, vous allez le rater. »

— Quelle rue ?

— Hélas, une rue bien sinistre... Celle où a été décidée l'élimination des malades mentaux...

Il a résonné longtemps, l'appel du navire. Le bigo raccroché, il continuait. À croire que la trompe marine était dans le burlingue. Yvette lâchait pas l'écouteur. Et Corbeau comme un disque rayé :

— Quoi ? Alors, quoi ? Qu'est-ce qu'il y a ?

— Justement, il y a rien, j'ai dit. Rien de rien.

— Rien quoi ?

— Le trésor, c'est du vent. De la poudre à rêve. Du sable chez le marchand...

Il s'est assis :

— Tu déconnes.

Il trouvait pas autre chose tant c'était impossible. L'évidence niée à ce point dépassait l'entendement. Les lingots, on les avait presque vus. Et on était pas les seuls. À cause d'eux, les morts se comptaient plus. C'était une preuve, ça. Autant de macchabées pouvaient pas nous avoir menés en bateau. Y'aurait plus eu de justice. Jamais.

— On s'est monté le bourrichon. Riton pareil. Et les autres aussi. À fond. Comme les mômes qui voient le Père Noël, ses rennes et son traîneau. Il nous a suffi de deux photos-souvenirs. On a fait que broder dessus.

— Fehcker, il existait pas, peut-être ? Et ce qu'il racontait à Luka...

En parlant, il se rendait compte, Corback, qu'il était mince, le fil. Aussi tordu qu'une histoire de fou racontée par un maboul.

Yvette a ôté ses lunettes. Elle avait plus envie de voir grand-chose.

— Quand Fehcker a basculé, il a tout mélangé, j'ai expliqué. La mort de sa sœur, les guerres et les légendes des feux de camp. Celles qu'on se racontait dans la sierra avant l'assaut.

Il en courait tant. Et de partout. Elles faisaient le tour et finissaient par vous revenir. Amplifiées, déformées, embellies... On y voyait de la confirmation. On en rajoutait une couche et c'était reparti. Luka avait fait pareil, dans son délire. Et nous, idem.

— Tigartentras, on l'a pas inventé...

— Qui en a parlé ?

— Tout le monde.

— Non. Pierrot seulement. Fehcker était déjà secoué. Il a définitivement perdu les pédales en apprenant comment sa sœur était morte. Il a répété à Pierrot le nom de la rue où les nazis avaient décidé leur programme d'élimination : Tiergartenstrasse. Pierrot a mal compris. C'est devenu Tigartentras, prononcé à l'espagnole. On l'a repris à notre compte, on l'a collé sur les photos, et voilà. Riton et ses potes n'ont pas fait autre chose.

— Y'a jamais eu d'or ?

— L'or des fous. C'est tout.

XXXIX

Il avait recommencé à neiger quand on s'est pointés à Clermont. Je me souviens, les essuie-glaces fonctionnaient mal. De temps en temps, le chauffeur de l'ambulance tapait dans le pare-brise pour les décoincer. Au soir tombant, il a dit un truc sur cette saleté de mécanique qui tenait pas le froid, sur la météo et sur les bons d'essence. Il a dû dire quelque chose sur la guerre mais je me rappelle pas quoi.

L'hôpital était toujours aussi tarte avec sa gueule de prison. Et qu'est-ce qui l'aurait changé ? Sur le siège avant, le chauffeur a sorti une vanne qui l'a fait rigoler. À côté de lui, Yvette a pas souri. Ça m'a fait plaisir. Le gars s'est renfrogné, il a filé deux coups de klaxon et le portier borgne a ouvert la grille.

Tandis qu'on entrait, je me suis dit que Luka serait drôlement content de nous voir. Il allait me serrer dans ses bras. Je sentirais ses os sous sa peau. Peut-être même qu'il se fendrait la pipe. J'aimerais bien. J'avais encore jamais vu rire un Jivaro.

L'ambulance s'est rangée le long du bâtiment. Il

faisait bon dans l'habitacle. La couchette était confortable. Luka serait bien là-dessus. Avec la couvrante marron et l'oreiller marqué Assistance publique au fil rouge. Sur le chemin du retour, on parlerait d'un tas de trucs. Et de la Salpê où il allait se retaper avant la grande sortie. Ferdière était chouette. Il penserait pareil, Luka.

En descendant de bagnole, le froid m'a saisi. J'ai grimpé l'escalier. Dans le couloir aux murs lépreux, j'ai retrouvé les malades et leurs petits pas. Ils m'ont paru plus maigres encore. Les yeux plus cernés, enfoncés dans les orbites, et la poitrine plus creuse.

J'ai chassé les idées noires qui venaient m'asticoter. J'ai tendu mon papelard à la grosse femme emmitouflée qui somnolait au guichet. Elle avait un poireau au menton et une ombre de moustache. Elle a examiné le papier, la signature de Ferdière, le tampon. Tout était bien conforme.

— Vous patientez ? elle a demandé avec un sourire gêné.

J'étais plus à ça près. Elle s'est éloignée. Engoncée dans ses fringues, avec sa masse et ses cuisses qui frottaient l'une contre l'autre, ça lui a pris du temps. Lorsqu'elle est revenue, un toubib l'accompagnait.

— Le docteur Ferdière m'avait prévenu, il a dit, la bouche en coin.

— Parfait. Luka est prêt ? j'ai demandé.

Ils se sont regardés. Et le toubib s'est jeté à l'eau :

— M. Luka Sterner est décédé cette nuit.

L'hosto m'est tombé sur la gueule. Avec ses dortoirs, ses cellules infâmes, sa puanteur et ses couloirs pisseux. Ça faisait lourd.

— Vous voulez vous asseoir ?

Elle était prévenante, la grosse femme à moustache. On voyait qu'elle compatissait. Elle aurait même dit un truc gentil mais elle savait pas lequel. Alors elle me proposait une chaise.

— De quoi il est mort ? j'ai demandé.

Ils m'ont parlé de sa grande faiblesse, de sa maladie qui s'était aggravée subitement, des restrictions qui n'arrangeaient rien. Des soins dont ils l'avaient entouré, aussi.

— Il a eu d'autres électros ? j'ai demandé.

Le toubib s'est tordu la bouche et il a regardé par terre. Y'avait rien, par terre. Que de la poussière et un peu de neige apportée sous mes semelles.

Je me souviens pas du retour. Quand j'essaie, je revois le pare-brise, l'essuie-glace qui se coince, le plafond de l'ambulance. Et surtout un truc que je donnerais cher pour oublier. La couchette vide sous la couvrante marron.

Le lendemain, j'ai appelé Ferdière pour lui annoncer la nouvelle. Après quoi, je me suis recouché et je suis tombé dans un mauvais sommeil.

En fin de journée, je suis passé à l'agence. Yvette a fait semblant de pas remarquer l'heure.

— Bailly a téléphoné ce matin, elle a dit.

J'ai décroché le grelot. Quelques minutes plus tard, un flic à tronche de serpent sifflait dans l'appareil.

— Vous m'avez appelé ? j'ai demandé.

Sa voix était aussi enjouée qu'une marche funèbre :

— C'est sans importance, à présent. Je voulais vous dire que l'embolie de Loiseau avait été provoquée par injection d'air. On a retrouvé la seringue à la Salpêtrière, le chariot était resté dans la chambre. Elle est identique à celle qui a servi pour Griffart...

— Et ?

— Et quoi ?

— La suite ?

— Y'a pas de suite.

— Comment ça, pas de suite ? Delettram, Maillebeau... Vous avez interrogé Maillebeau, non ?

— Maillebeau est libre.

— Quoi ?

— Vous avez parfaitement entendu. Un type s'est présenté voilà une heure, muni d'un ordre de mise en liberté des autorités allemandes.

— Et l'enquête ?

— Close. Le coupable est mort. Riton a tué le professeur Griffart pour lui faire avouer où il planquait ses objets de valeur. Il comptait les fourguer à Loiseau. Lui aussi est mort.

— Qu'est-ce que...

— Affaire classée.

— Sur ordre de qui ?

— Sur ordre. Ça vous suffit.

Il était inutile d'insister. J'allais raccrocher quand il a dit :

— Faites gaffe à vous, Nestor...

Yvette me biglait, les doigts sur son clavier :

— J'ai annulé Gopian. Mais je ne parviens pas à joindre Corbeau.

— Hein ?

— On devait dîner chez Gopian ce soir, vous vous souvenez pas ?

Dans la pièce, la lumière baissait. Mon regard est tombé sur le phono du patron, je me suis dit qu'on devait tenir.

— Eh bien, rappelez-le, Gopian, on y va.

Toute cette saleté, personne l'avait méritée. Elle était venue comme ces poussières de sable que le vent charrie. Elle s'était déposée là, voilà tout. On y pouvait quoi, nous autres ? On serait jamais que de la piétaille entassée sur les routes. Des bêtes de somme dans la tourmente. On nous menait au fouet, à la carotte. Et puis après ? On marcherait toujours, dans le grand troupeau des pauvres gens. Avec parfois des lambeaux de rêves dorés, encore trop grands pour nous.

Yvette a recouvert son Olympia. On aurait dit une cage à piafs parée pour la nuit.

— Ça va, Nes ? elle a demandé.

— Vous vous préoccupez sacrément de ma santé, ces temps derniers.

— Vos yeux...

J'ai sorti une bouffarde du râtelier.

— Qu'est-ce que je pourrais mettre là-dedans qui se fume ?

— ... Ils sont tout rouges. Si je vous connaissais pas...

— Mais voilà, vous me connaissez. Allez ! Zou ! On descend chez Gopian. Si vous êtes sage, je vous raconterai comment Luka et moi, on a connu Gabin.

Elle sortait son poudrier.

— Gabin ?

— Dame ! Si y'avait pas eu la guerre... il pensait à un film avec Luka.

— Vrai ? elle a dit, sa houppette en main.

— C'était un sacré acteur, Luka, vous pouvez me croire.

On est descendus bras dessus, bras dessous. Dehors, la nuit était tombée. Les passants se hâtaient. Le long des Buttes, le graveur de plaques à vélos pliait boutique.

— Gopian m'avait parlé de mironton, a fait Yvette en se pourléchant. Il a reçu un arrivage.

Sur l'avenue, une patrouille contrôlait les chalands. Des flics à pèlerine et des soldats allemands, le fusil à l'épaule et la grosse plaque au cou.

— À propos d'arrivage..., j'ai dit.

Yvette s'est accrochée à mon bras. J'ai souri :

— Ben quoi, ils vont pas vous bouffer. Vous avez vos papiers, non ?

Je l'ai sentie trembler.

— J'ai pas que ça...

On s'est arrêtés.

— Je comprends pas.

— Le truc de l'autre jour...

— Quel truc ?

— Le tract, les conseils à l'inconnu occupé...

— Me dites pas...

— J'en ai plein mon sac.

J'ai soupiré mais déjà c'était plus l'heure. Je l'ai embrassée. Façon amoureux qui se séparent. Et allez savoir ?

— La rue de l'Équerre est dans votre dos. Descendez les escaliers et tirez-vous. À gauche, y'a une bouche d'égout. Vous avez une minute pour jeter vos machins.

Je l'ai poussée gentiment.

— À demain, chérie, j'ai fait bien fort.

Elle était au milieu de l'escalier quand un flic s'est avancé :

— Monsieur !

Yvette s'est retournée.

— Filez, bon Dieu ! j'ai lancé.

Le flic s'approchait.

— Papiers, s'il vous plaît !

Je suis allé à sa rencontre.

— Voilà, voilà...

Yvette avait tourné le coin de la rue.

— Où... est... la demoiselle ? a demandé un des soldats qui radinait.

— Demoiselle ?

— Papiers ! il a lancé.

J'ai plongé la main dans ma poche... Quand j'y ai trouvé mon soufflant, j'ai su que ça allait mal finir.

— Ils sont dans l'autre poche, j'ai fait avec un sourire à rendre jaloux un bataillon de collabos.

Le soldat a stoppé mon geste.

— Les mains en l'air, *bitte*, il a ordonné en écartant les pans de mon manteau.

À son visage, j'ai vu qu'il avait senti mon flingot. Le canon de sa mitraillette m'a heurté l'estomac.

— *Er hat eine Waffe !* il a crié à ses potes.

— Hé, j'ai fait, pas de méprise, je suis policier. Détective privé...

— *Detektiv ?*

— Agence Bohman, enquêtes, recherches et surveillance...

J'ai pris le flic à témoin :

— Je peux vous montrer, mon bureau est à côté...

— Allons voir, il a fait, la mine emmerdée.

C'est en bas de l'agence que j'ai repéré l'affiche. La colle était encore fraîche. Sur le mur, elle coulait comme un dégueulis.

ENTREPRISE JUIVE

JÜDISCHES GESCHÄFT

Les soldats ont maté l'affiche, puis mon pétard qu'ils se repassaient.

— *Nehmen Sie ihn zur Kommandantur mit !*

J'ai encore le son du sifflet dans l'oreille. Les autres sont arrivés en cavalant dans la neige sale. Le sergent de ville m'a fait signe qu'il y pouvait plus rien.

— Quai des Orfèvres, prévenez l'inspecteur Bailly, j'ai soufflé.

Je saurais pas dire s'il m'a entendu. La lueur du lampadaire a accroché l'éclat métallique des armes. Les soldats me mettaient en joue.

— *Kamerad*, j'ai dit les bras levés. *Kamerad*.

Camarade. Ça m'a fait drôle. J'ai pas pu m'empêcher de me marrer tandis qu'ils m'embarquaient.

Camarades...

— *Kamerad*, j'ai fait les bras levés. *Kamerad*... Camarade... Ça m'a fait drôle... J'ai pas pu m'empêcher de me marrer quand ils m'embarquaient...
Camarade...

ÉPILOGUE

[illegible]

[illegible] de la Santé [illegible] d'Henri Lafont, figure du « Milieu » qui les avaient fait sortir de prison, ils constituaient le « carrosse » de la Gestapo française de la rue Lauriston. Maillebeau fut [illegible] par la Résistance. [illegible]

[illegible]

[illegible]

[illegible]

ÉPILOGUE

Le dossier Griffart n'a jamais été rouvert.

Charles Maillebeau et les truands libérés sur ordre des services secrets allemands ont poursuivi leurs forfaits. Quelques mois plus tard, sous le commandement de Pierre Bonny, ancien inspecteur de la Sûreté nationale, et d'Henri Lafont, figure du Milieu, qui les avaient fait sortir de prison, ils constituaient la « carlingue », la Gestapo française de la rue Lauriston. Maillebeau fut abattu en 1944 à Sochaux par la Résistance. Bonny et Lafont furent exécutés le 26 décembre 1944 au fort de Montrouge.

En 1941, le docteur Alexis Carrel fut nommé régent de la Fondation française pour l'étude des problèmes humains, créée par le gouvernement de Vichy. De nombreuses rues portent encore son nom.

On estime à quarante mille le nombre des malades qui trouvèrent la mort dans les hôpitaux psychiatriques français entre 1940 et 1945.

En Allemagne, en application du programme T4, élaboré dans la Tiergartenstrasse, et de ceux qui suivraient, près de trois cent mille malades mentaux et handicapés furent exterminés. À cette occasion, les nazis utilisèrent les premières chambres à gaz.

Emprisonné à la Santé, Nestor en sortit un mois plus tard sur l'intervention de l'inspecteur Bailly. Envoyé au stalag, il s'en évada en mai 1941, mais cela est une autre histoire.

DU MÊME AUTEUR

Aux Éditions Gallimard

UNE PLAIE OUVERTE, 2015, Folio Policier n° 834.

LA SAGA DES BROUILLARDS, Trilogie parisienne : Les brouillards de la Butte, Belleville-Barcelone, Boulevard des Branques, 2014, Folio Policier n° 744.

PETIT ÉLOGE DES COINS DE RUE, 2012, Folio 2 € n° 5468.

L'HOMME À LA CARABINE, 2011, Folio n° 5483.

TRANCHECAILLE, 2008, Folio Policier n° 581.

SOLEIL NOIR, 2007, Folio Policier n° 553.

BOULEVARD DES BRANQUES, 2005, Folio Policier n° 531.

BELLEVILLE-BARCELONE, 2003, Folio Policier n° 489.

LES BROUILLARDS DE LA BUTTE, (Grand Prix de littérature policière 2002), 2001, Folio Policier n° 405.

TERMINUS NUIT, 1999.

TIURAÏ, 1996, Folio Policier n° 379.

Chez d'autres éditeurs

L'AFFAIRE JULES BATHIAS, collection Souris Noire, Syros, 2006.

LE VOYAGE DE PHIL, collection Souris Noire, Syros, 2005.

COLLECTIF : PARIS NOIR, Asphalte Éditions, 2010, Folio Policier n° 655.

Avec Jeff Pourquié

VAGUE À LAME, Casterman, 2003.

CIAO PÉKIN, Casterman, 2001.

DES MÉDUSES PLEIN LA TÊTE, Casterman, 2000.

Composition : IGS-CP
Impression Novoprint
à Barcelone, le 15 mars 2019
Dépôt légal : mars 2019
1er dépôt légal dans la collection : octobre 2008

ISBN 978-2-07-035955-4./ Imprimé en Espagne.

356337